LA SERIE X-CLAN

IL SETTORE BARILOCHE

Un romanzo della serie X-Clan

LEXI C. FOSS

Titolo originale: *Bariloche Sector*

Copyright © 2021 Lexi C. Foss

Traduzione italiana: Claudia Sartori

A cura di: Biba Sven

Design di copertina: Covers by Julie

Fotografia di copertina: CJC Photography

Modelli di copertina: Kristen & Mason

Pubblicato da: Ninja Newt Publishing, LLC

Edizione Print

eBook ISBN: 978-1-68530-238-2

Paperback ISBN: 978-1-68530-239-9

Alla mia assistente pelosa Zoey. Le tue coccole e il tuo sostegno mi hanno aiutata a sopravvivere a questo libro <3

Un ringraziamento speciale a Bethany, Katie e Jean per avermi aiutata a finire in tempo. E a Louise e Diane per avermi tenuta a galla e per essere state il mio indispensabile supporto vitale <3

IL SETTORE BARILOCHE

UN ROMANZO DELLA SERIE X-CLAN

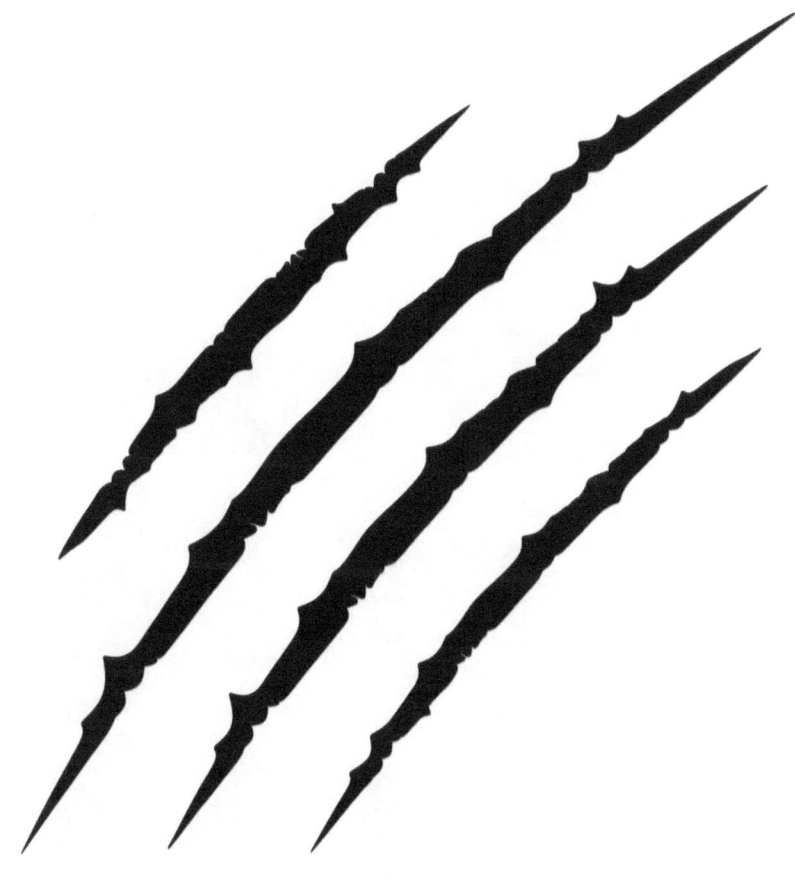

IL SETTORE BARILOCHE

Un romanzo della serie X-Clan

La vita è una serie di prigioni.
E alla fine c'è soltanto la morte.

Kari Zamora

Mio padre mi ha resa una schiava. Mi ha rovinata. Mi ha
venduta, condannandomi a una vita di sofferenza.
Finché *lui* non mi ha liberata.

L'alfa Sven Mickelson del settore Norse afferma di essere il
mio salvatore. Vuole che viva, e ha giurato di proteggermi.
Ma so che non ci si può fidare degli alfa. Vuole solo
accoppiarsi con me. Possedermi. Farmi sua.

A nessuno importa cosa voglio io. Sono solo una bambola.
Una creatura da sfruttare e distruggere.

Quindi stavolta sarò io a usare un alfa.
O forse sarà lui a diventare ciò che ho sempre desiderato.

Sven Mickelson

Il mio destino è comandare. Possedere. Rivendicare. Sono
un alfa con un'ascendenza importante, e sono pronto a
reclamare ciò che è mio. Solo che lei continua a
respingermi.

L'omega Kari è distrutta. È stata fatta a pezzi dalle persone di cui si fidava di più. E io sono l'unico che può rimetterla insieme. Se me lo permette.

Ho scorto la combattente che si annida sotto la pelliccia. L'ho sfidata a uscire a giocare. E quando lo farà, potrò finalmente rivendicarla.

Fa' pure, lupacchiotta.
Dammi il tuo dolore.
E insieme raderemo al suolo il settore Bariloche.

Nota: Questo è un romanzo autoconclusivo sui mutaforma; sono presenti elementi distopici e appartenenti all'Omegaverse. Leggete con attenzione la nota dell'autrice, perché la storia contiene materiale molto deprimente.

UNA NOTA DI LEXI

Questo libro è forse uno dei più difficili che abbia mai scritto. Non è stata tanto la storia a mettermi in difficoltà, quanto la voce di Kari. È così distrutta. Mi ha condotta in un luogo oscuro, forse il più oscuro che abbia mai visitato nella mia mente. È stata un'esperienza deprimente, ma è sbocciata in un racconto di forza e bellezza.

Tuttavia, penso sia importante avvertire i lettori che questo libro è emotivamente sconvolgente. All'inizio della storia, Kari è nel pieno della sua depressione, che trapela attraverso le pagine. Ha tendenze suicide, è devastata e senza speranza. Se state attraversando un periodo difficile, o se vi lasciate facilmente coinvolgere da tematiche particolarmente tristi, vi consiglio di pensarci bene prima di leggere questo libro. Oppure potete iniziare dalla seconda parte, in cui comincia il percorso di guarigione di Kari.

Questa è una storia di crescita, forza e potere. Ma per diventare la lupa che ha bisogno di essere, Kari deve superare il suo passato.

Mentre gli altri libri di questa serie contengono scene in cui il consenso è dubbio, questo si concentra sugli aspetti di cura di una relazione in cui si affronta un percorso di guarigione. Il passato di Kari è composto da situazioni prive di consenso, ma questo libro si occupa principalmente del suo presente e del suo futuro.

Sven, infatti, è diverso dagli altri alfa. È premuroso e attento, e per quanto spesso insista con Kari, è molto più rispettoso degli alfa che abitano questo mondo. È ciò di cui Kari ha bisogno, anche se non vuole ammetterlo.

Questa storia mi ha spezzato il cuore. Ma alla fine ne è valsa la pena.

Spero che l'ultimo capitolo della serie X-Clan vi piaccia. Non vedo l'ora di presentarvi anche i settori dei lupi V-Clan.

Un abbraccio,

Lexi

Avviso sui contenuti: Questo libro contiene del materiale molto deprimente, inclusi pensieri suicidi e scene di autolesionismo; in generale, c'è un forte senso di disperazione. Questo libro potrebbe non essere adatto ai lettori che vengono influenzati da contenuti particolarmente tristi.

UN AVVERTIMENTO DA

PARTE DI KARI

Il mio mondo è un incubo.

Sono un'omega sterile, perché mio padre non voleva che trovassi un compagno. Così mi ha trasformata in un guscio vuoto, destinato esclusivamente al piacere maschile, su cui sfogare passioni oscure.

Gli alfa mi hanno presa.

Hanno abusato di me.

Mi hanno annientata.

Non so più come posso fidarmi degli altri, né come vivere.

La mia storia è crudele. Perversa. Non è per i deboli di cuore.

In questo universo non esiste il lieto fine. Ci sono solo dolore, sofferenza e scambio di potere.

Forse un giorno riuscirò a fuggire.

Ma quel giorno non è oggi.

E probabilmente neanche domani.

Sven Mickelson ha promesso di aiutarmi. Non gli credo. So cosa vuole davvero: un'omega obbediente desiderosa di prendere il suo nodo. Non avrò altra scelta. Mi farà sua, perché può.

Gli alfa sono tutti uguali.

Sono creature oscure e senz'anima, il cui unico scopo è procreare.

Mio padre si è assicurato che non accadesse.

Quindi ora non sono altro che un giocattolo sessuale.

Ho imparato qual è il mio posto molto tempo fa.

Non cambierà mai nulla.

Perché questo universo non è accogliente, è selvaggio.

Gli alfa dominano. I beta lavorano per loro per tenere in piedi la società. E le omega sono i gioielli più rari e preziosi, che gli alfa prendono come compagne per perpetuare l'esistenza dei lupi X-Clan.

Ma quella non è la mia storia.

Io sono un'omega incapace di restare incinta. C'è un solo destino che mi aspetta. E di certo non prevede amore e devozione.

Vi ho avvertiti.

PARTE UNO
SETTORI SCANDINAVI

CAPITOLO I

KARI

Un'altra notte. Una sola. Mi basterà sopravvivere a questa e... Mi bloccai, non sapevo come continuare. Non sapevo cosa sarebbe successo. La mia vita era nelle mani dell'alfa Enrique. Non sarei stata libera. Avrei comunque sofferto. Ma non poteva essere peggio del settore Bariloche.

Anche se i sensori che vibravano sulle mie zone erogene suggerivano il contrario. Ricordandomi quale fosse il mio scopo.

Un oggetto destinato a far godere gli alfa.

Il mio piacere era irrilevante. Solo il loro contava. Sempre e solo il loro.

Gli ululati riecheggiavano attorno alla mia gabbia, facendomi rabbrividire per la loro crudeltà. Avevo lo stomaco annodato e le cosce serrate, e l'odore della mia eccitazione permeava l'aria.

Le vibrazioni aumentarono, stimolandomi ancora di più. Era come se le mie vene fossero percorse da scariche elettriche. Bruciavo. Pulsavo. Mi faceva *male*.

Solo un'altra notte, ripetei a me stessa, obbligando la mia mente a rilassarsi. *Posso farcela...*

Un ringhio feroce si levò su tutti gli altri, facendomi venire la pelle d'oca. Schizzi di sangue macchiarono il pavimento, gli alfa avevano cominciato ad azzuffarsi. Con un unico obiettivo: *darmi il loro nodo.*

Avrebbero fatto a turno. Uno dopo l'altro. Finché di me non fosse rimasto nient'altro che un ammasso di membra doloranti.

I dispositivi posizionati sulle mie zone erogene stavano riproducendo degli effetti simili a quelli che avrei provato andando naturalmente in calore, e gli alfa stavano reagendo di conseguenza.

Chi avrebbe infranto la gabbia per primo?

Sarebbe stato così accecato dalla violenza e dalla lussuria da uccidermi?

Avrebbero tentato di prendermi contemporaneamente in due?

Rabbrividii, ricordando l'immagine fin troppo vivida di quello che era successo a mia sorella la settimana prima. L'avevano scopata a sangue, portandola a un passo dalla morte. Dopo aver ammazzato il suo compagno.

Chiusi gli occhi.

Sei viva?, mi domandai per la milionesima volta, interrogandomi sul suo destino. *O finalmente hai trovato la pace?*

Mi chiedevo spesso come sarebbe stata la morte. Silenziosa. Placida. Un oblio di tenebre. La fuga definitiva.

No, ringhiò la mia lupa, riportandomi al presente. Mi tremavano le gambe per il desiderio di essere presa da un alfa. Tutto il mio corpo li implorava di scoparmi, di farmi sentire intera.

Una falsa promessa. Perché per quanto ci provassi, non

sarei mai stata soddisfatta. Non dopo quello che mi aveva fatto *lui*.

Un nodo accentuava soltanto la mia agonia

Non che gli alfa se ne fossero mai accorti. Ottenevano sempre il sollievo di cui avevano bisogno, senza curarsi del resto.

Un ruggito mi fece raggomitolare su me stessa, mentre l'esplosione di violenza giungeva alla conclusione.

Non mi preoccupai nemmeno di guardare chi avesse vinto. Né ascoltai la femmina alfa che si rivolgeva ai concorrenti per discutere di ciò che sarebbe accaduto in seguito.

Lo sapevo già.

Avrebbero fatto a turno, dal più forte al più debole, assicurandosi che gli alfa migliori potessero impossessarsi di me mentre ero ancora cosciente.

Andava bene anche a me: i più forti erano anche i più crudeli, e tendevano a farmi perdere conoscenza nel giro di qualche secondo.

Presto il dolce oblio sarebbe stato mio. Dovevo solo resistere. Sopravvivere. Aspettare.

I dispositivi continuavano a stimolarmi, assicurandosi che il mio corpo lasciasse entrare facilmente chiunque mi prendesse per primo.

I miei capezzoli si indurirono in una finta dimostrazione di interesse.

Tutte reazioni automatiche dovute al precondizionamento intrinseco del mio corpo. Le omega occupavano il gradino più basso della società ed esistevano per essere usate dagli alfa a loro piacimento.

I beta rimanevano a guardare senza intervenire. Preferivano contribuire alla società lasciando le cose così come stavano.

E gli alfa governavano.

Beh, non tutti. Solo i più forti. Gli altri combattevano per proteggere il loro re.

Anche se, da quel poco che avevo visto del settore Winter, sembrava che quella colonia fosse composta principalmente di beta. E ciò spiegava come mai l'alfa Vanessa avesse assoldato l'alfa Enrique. La regina aveva bisogno di un vice, qualcuno che le coprisse le spalle e fosse al suo servizio.

L'alfa del settore Bariloche mi aveva detto che sarei stata il regalo dell'alfa Enrique, un premio per il suo impegno. Mi aveva detto di fare la brava omega e obbedire. In cambio, forse un giorno mi avrebbe rivelato le sorti di mia sorella.

Era tutta una bugia.

Avevo imparato da tempo a non fidarmi mai della parola di un alfa.

Ma Enrique mi aveva donato un pizzico di speranza. Non era come gli altri. Era sempre così... gentile. Incoraggiante. A volte addirittura curioso. Non si era mai abbandonato ai deliri dettati dalla rabbia tipici dei suoi simili. Mi aveva tenuta tra le braccia mentre piangevo.

Un vortice di energia mise in allarme i miei istinti. Il vetro che mi imprigionava si stava sollevando.

È giunto il momento, pensai rassegnata, cercando inutilmente di chiudere gli occhi.

Gli alfa che mi circondavano ringhiarono, l'impulso di reclamarmi stava offuscando la loro lucidità.

Uno si fece largo tra la massa di bestie. I suoi occhi azzurri avevano un'espressione glaciale e determinata. Stava abbattendo chiunque fosse sulla sua strada, e la rabbia incisa nei suoi lineamenti mi fece mancare diversi battiti.

Mi farà a pezzi, mi dissi, notando la sua stazza imponente e i suoi ringhi feroci. Era un pensiero che mi assillava spesso, ma in quell'alfa c'era qualcosa che rendeva la mia paura molto più legittima.

Emanava un'autorità che percepivo nel profondo dell'anima, che spingeva la mia lupa a guaire per il bisogno di sottomettersi e permettergli di fare tutto quello che voleva.

Gli altri maschi cercarono di raggiungermi per primi, ma le loro ossa si frantumarono, vittime della sua ira e dei ringhi di un altro lupo.

Strinsi le cosce, tremando di desiderio e terrore.

Erano *due* gli alfa che stavano per riscuotere il loro premio.

E da quello che potevo intuire, avevano la stessa forza.

Se entrano insieme dentro di me... Mi interruppi, incapace di immaginare cosa sarebbe successo. Sarebbe stata un'esperienza diversa dalle altre, e mi avrebbe devastata prima ancora di avere la possibilità di respirare.

I ringhi dell'alfa Enrique raggiunsero le mie orecchie, rendendo sempre più evidente la sua furia nei confronti della situazione. *Sa che sto per morire.* Cercai di concentrarmi su di lui, di dirgli con gli occhi che accettavo il mio destino, ma un paio di mani forti mi circondarono la vita prima che potessi trovare la forza di muovermi.

La mia lupa si afflosciò immediatamente, arrendendosi alla forza dell'alfa. Ora ero nelle sue grinfie. Non c'era niente che potessi fare, se non tentare di sopravvivere.

Non riuscivo a capire chi dei due mi tenesse, e cercavo di non pensarci. Il suo calore avvolgeva la mia pelle sudata, facendomi gemere, mentre le vibrazioni continuavano a sollecitare il mio interesse.

Mi strinse al petto e scattò tra la folla, andando alla ricerca di un luogo sicuro per montare la sua preda.

Chiusi gli occhi e mi costrinsi a trovare quel posto

segreto nella mia mente che mi permetteva di sfuggire all'orrore.

Ma una folata di aria gelida sferzò la mia pelle rovente dopo quello che mi sembrò un istante, spingendomi ancora una volta ad aprire gli occhi.

Vuole scoparmi fuori? Sulla neve?

Il solo pensiero mi strappò un lamento. Sarebbe stata un'esperienza terribile. E poi mi avrebbe sicuramente lasciata lì a congelare.

E cos'è successo al secondo alfa?, mi domandai.

Sentivo gli ululati e i ringhi degli altri riecheggiare dietro di noi, ma il lupo che mi aveva presa era troppo veloce per loro. Troppo forte. Troppo *dominante*.

Alla fine rallentò il passo, e rimasi a tremare tra le sue braccia provando un contorto miscuglio di aspettativa e paura.

Avevo bisogno di sentirlo dentro di me.

Eppure, sapevo che il suo nodo avrebbe potuto uccidermi.

Una vertiginosa combinazione di desideri che mi strappò un mugolio.

«Ssh» mi zittì lui. E accompagnò il suono con un basso brusio, spingendo un altro gemito a sfuggirmi dalla gola.

Mi teneva stretta a sé con un braccio solo, mentre la mano libera mi accarezzava con interesse. Le sue dita toccarono subito le mie parti più sensibili, esplorandomi come il premio che credeva che fossi.

Il brontolio che gli rimbombava nel petto si intensificò, la sua irritazione era palpabile.

Qualcosa che mi riguardava lo infastidiva. Forse non ero abbastanza bagnata? Si aspettava che lo implorassi? Che piagnucolassi dal desiderio? Cosa...

La vibrazione sulla mia carne umida cessò, un sollievo

che accolsi con un sospiro scioccato. Fu così improvviso e inaspettato che vidi delle macchioliné nere danzarmi davanti agli occhi.

Poi sparirono i dispositivi posti sui miei seni, ai quali seguì anche quello che avevano infilato dentro di me.

Lo tirò fuori come se gli fosse stato di intralcio.

Una scossa elettrica mi pervase, rubandomi la vista.

«Non preoccuparti, lupacchiotta. Sono qui» mormorò dolcemente l'alfa. Le sue parole mi risuonarono più volte nella mente.

Perché non ero sicura che fossero vere.

Forse le avevo sognate.

Ad ogni modo, c'era solo una cosa che potevo rispondergli. *Sì, lo so che sei qui. Ed è esattamente ciò di cui ho paura.*

Non riuscivo a capire se l'avevo detto ad alta voce oppure no.

Probabilmente la seconda.

Perché, mentre ci pensavo, ero già caduta nel mio agognato oblio. In un mare di oscurità. E mi trovavo nel mio stato d'animo preferito: l'incoscienza.

CAPITOLO 2

KARI

SPAZIO AEREO SCANDINAVO

L a realtà mi trascinò di nuovo a sé con un crepitio e una specie di scoppio nelle orecchie. Il mio animale interiore si agitò confuso. L'aria era strana e puzzava di pesce.

Dove sono?

Il vento ruggiva fuori dalle pareti di lamiera, soffocando a stento due voci maschili.

Sono viva?

Qualcosa di morbido e caldo mi copriva le spalle, ma ero bloccata da una cinghia attorno ai fianchi.

Uno degli alfa disse qualcosa e poi si voltò verso di me, scoccandomi un'occhiata. Lo fissai a mia volta, non avendo colto le sue parole. Un lampo di soddisfazione illuminò la sua espressione, e tornò a concentrarsi sul suo compagno dai capelli biondi.

Erano seduti su due lussuosi sedili di pelle ed erano circondati da diversi dispositivi elettronici. Davanti a loro vidi un'ampia fetta di cielo, la notte stellata era illuminata dalla luna.

Stiamo volando, capii.

Era la seconda volta che volavo. Il primo viaggio in aereo era avvenuto di recente, quando mi avevano portata dal settore Bariloche al settore Winter. Prima di partire, l'alfa del settore Bariloche mi aveva costretta a trasformarmi in lupo e mi aveva chiusa in una gabbia, lasciandomi nella stiva per quelli che mi sembrarono giorni.

Gli alfa che mi avevano presa, invece, mi avevano messo una coperta sulle spalle... e mi avevano assicurata a un sedile come il loro.

Li osservai, domandandomi dove mi avrebbero portata.

Erano simili di statura e dimensioni, e l'aria di dominio che emanavano confermò che erano i due di cui avevo avuto paura nella gabbia di vetro.

Ma non mi avevano ancora toccata, o almeno non mi sembrava. Mi avevano tolto i dispositivi, quello sì, ma poi mi avevano avvolta in un morbido tessuto e mi avevano sistemata nella cabina con loro. Avevo le braccia libere, così come le gambe. E la cintura stretta attorno ai fianchi era chiusa con un meccanismo a scatto, quindi avrei potuto liberarmi facilmente premendo un pulsante.

Aggrottai la fronte. *Cosa sta succedendo?*

Sbirciai dal finestrino più vicino a me, ma non trovai una risposta neanche al di là del vetro.

Mi misi ad annusare gli odori presenti nella cabina; i più persistenti erano la puzza di pesce e un qualcosa di metallico.

Mi guardai attorno e percepii la presenza di qualcun altro. Qualcuno di familiare.

Snow.

La promessa sposa di Enrique.

Il suo odore si irradiava dalla zona di carico vicino alla parte posteriore dell'aereo. L'avevano rinchiusa in una cassa o qualcosa del genere? Come avevano fatto con me per portarmi nel settore Winter?

Mi accigliai ancora di più. *Perché avrebbero dovuto prendere Snow?* Era una principessa beta, riverita da tutti. Che l'avessero rapita per chiedere un riscatto?

O forse non era affatto lì e il suo odore era solo nella mia testa.

L'avevo incontrata di sfuggita, quando l'alfa Vanessa mi aveva presentata come un regalo per l'alfa Enrique. La principessa non aveva reagito, ma immaginavo che non fosse entusiasta che il suo promesso sposo ricevesse un'omega in dono. Anche perché la mia presenza aveva un unico scopo, la soddisfazione. Perché le beta non erano in grado di accogliere il nodo di un alfa. Almeno non senza rischi.

I minuti passarono in silenzio, e i due alfa seduti sul lato anteriore dell'aereo si rilassarono.

Aspettai che uno di loro facesse una mossa. Ero certa che non mi avrebbero semplicemente tenuta lì senza approfittarsi di me.

Ma quei minuti di silenzio si protrassero finché l'aereo non cominciò a scendere.

Era ancora buio, segno che non eravamo andati molto lontano e che non avevamo viaggiato a lungo. Forse un'ora? Non lo sapevo e non mi importava. Ero molto più interessata a scoprire dove fossimo diretti. Mentre atterravamo, vidi l'oceano sul lato destro dell'aereo. Su quello sinistro, invece, apparve un piccolo villaggio, e in lontananza degli edifici moderni.

Molta neve, proprio come nel settore Winter.

Il settore Norse, ipotizzai. Conoscevo il nome dei vari settori di lupi X-Clan sparsi per il mondo. Me li aveva insegnati mia madre quando ero piccola, spiegandomi dove andare nel caso in cui fossi riuscita a fuggire dal settore

Bariloche. Il settore Norse faceva parte della lista, ma non ero sicura che quelle vecchie informazioni fossero ancora affidabili. E non sapevo nemmeno se avevo individuato correttamente la mia posizione.

I due alfa si parlarono a voce bassa, le loro voci vibrarono nel piccolo spazio.

Cercai di non ascoltare, preferendo dedicarmi alle mie riflessioni piuttosto che alla loro discussione. Ma mi fu difficile non cogliere l'argomento generale. *Me*. Il biondo voleva sapere se quello moro avrebbe lottato contro di lui per avermi.

«Perderesti» disse quello dai capelli scuri in tono piatto.

«Lo so» rispose subito l'altro, stupendomi. Era raro che un alfa si arrendesse così facilmente. Tra l'altro, osservandoli, non avrei saputo dire chi aveva ragione; mi sembravano abbastanza alla pari.

«Allora perché mi stai sfidando?» chiese quello dallo sguardo letale.

«Non ti sto sfidando. Voglio solo sapere se *dovrò* farlo».

«Cosa diavolo ti prende?».

Il biondo si limitò a fissare l'altro con determinazione. «Rispondimi, Kazek. Ti batterai con me per averla?».

Ondate di testosterone permearono la cabina, agitando la mia lupa. Desiderava sottomettersi e trovare sollievo al bisogno che continuava a farmi stringere le cosce. I dispositivi mi avevano lasciata insoddisfatta. Ma almeno avevano smesso di tormentarmi.

«Sei sempre stato così presuntuoso» borbottò l'alfa di nome Kazek.

L'altro non rispose, continuando semplicemente a fissarlo.

«Oh, sei proprio nei guai, amico. Non la conosci nemmeno». L'alfa Kazek restò in silenzio per qualche istante. «Come vuoi, Mickelson. Non combatterò contro di te per lei. Ma è probabile che altri lo faranno».

Mickelson, ripetei tra me e me, riconoscendo quel cognome. *L'alfa Ludvig Mickelson del settore Norse.* Faceva parte della lista di mia madre degli alfa di cui fidarsi.

Nella mia esperienza, però, non c'era da fidarsi di nessuno di loro. Non in quel mondo.

I due maschi continuarono a parlare, ma io smisi di ascoltare, pensando invece a mia madre e a mia sorella.

La prima era morta da più di dieci anni, per mano di mio padre. Aveva rifiutato di soddisfare uno dei suoi generali. Un rifiuto pagato a caro prezzo... dopo che mio padre l'aveva costretta a guardare i suoi generali sfogarsi su mia sorella.

Strinsi i denti al ricordo, il senso di perdita mi attanagliò il cuore.

È in un posto migliore, ricordai a me stessa, un mantra che mi ero ripetuta spesso nel corso degli anni. *Non soffre più.*

«Vuoi l'omega o no?» sbottò l'alfa Kazek. Il suo tono mi fece rabbrividire. Gli alfa arrabbiati mi innervosivano. Quando si abbandonavano all'aggressività, di solito ero io a pagarne il prezzo.

«È mia» rispose l'alfa Mickelson, strappandomi un altro brivido.

Lupo forte. Maschio dominante. Degno compagno. Il mio animale interiore era già stregato. Ma la mia parte umana sapeva benissimo che quelle valutazioni non contavano nulla.

Non avrei mai avuto un compagno.

Non era quello il mio scopo.

L'alfa Kazek disse qualcos'altro, praticamente ringhiando, e terminò con: «Se la vuoi, dovrai portarla dall'alfa del settore Norse e lottare per lei. Non sarò io a farlo al tuo posto».

Le sue parole mi stupirono.

Un attimo... ero convinta che l'alfa Mickelson fosse a capo del settore Norse.

Ma non ebbi il tempo di rifletterci sopra, perché l'alfa biondo si stava avvicinando. Tremai di paura e di aspettativa, certa di cosa sarebbe accaduto.

In un attimo, mi slacciò la cintura e mi sollevò tra le sue braccia muscolose come se non pesassi nulla. Il contatto con il suo corpo mi strappò un piccolo lamento dettato dal terrore, una reazione istintiva dovuta a tutte le esperienze dolorose vissute con i suoi simili.

Lui rispose con un leggero brontolio proveniente dal petto, facendomi trasalire. Non era un ringhio, quanto una sorta di brusio simile a delle fusa.

Forse era un suono che esprimeva fastidio?

Ma no, non sembrava infastidito.

In realtà, era... era piacevole. Continuò a emetterlo, e il brusio mi avvolse e mi accarezzò i sensi, calmando la mia lupa.

Mi accorsi a malapena che mi stava portando fuori dall'aereo, la mia mente e il mio animale erano troppo rapiti dal ritmo rilassante proveniente dal petto dell'alfa.

Sono delle fusa, pensai, desiderando di stringermi a lui.

Mia madre mi aveva spiegato cosa fossero e che solo gli alfa erano in grado di produrle. Quando me ne aveva parlato, lo aveva fatto con un'aria sognante, dicendomi che le avevano concesso uno dei pochi momenti in cui si era sentita veramente in pace.

Anche Savi aveva accennato a quel suono così peculiare che aveva udito dal suo compagno.

Ma nessun alfa aveva mai fatto nulla di simile per me.

«Come ti chiami, lupacchiotta?» chiese l'alfa continuando a emettere quel dolce brusio.

«Ka... Kari». La mia voce era strozzata, come se avessi trascorso intere giornate a gridare.

E forse era proprio così.

Non ero io a controllare il mio corpo. Reagivo obbedendo agli ordini e facevo tutto quello che mi dicevano gli alfa, nella speranza di guadagnarmi qualche momento da sola, in silenzio.

«Kari» ripeté. La sua voce profonda era come una carezza sensuale. «Io sono Sven».

Allora non è Ludvig Mickelson. Forse è suo fratello? O magari il figlio?

«Benvenuta nel settore Norse» continuò. «Qui sarai al sicuro».

Al sicuro? Fui sul punto di sbuffare. Non esisteva un luogo in cui potessi essere *al sicuro*.

Il brontolio si intensificò come se l'alfa avesse potuto percepire i miei dubbi, e mi strinse a sé con un po' più di forza. Attraversammo la zona che mi era sembrata un villaggio, e che ora mi resi conto essere parte dell'aeroporto, diretti verso gli edifici imponenti che avevo visto dall'aereo.

Una luce soffusa illuminava il nostro percorso, la neve era stata spalata e ammucchiata sotto a degli alberi enormi. La vegetazione era molto diversa da quella di casa. Almeno per quanto ne sapevo, visto che non avevo trascorso molto tempo all'esterno. Mi trasformavo in lupo solo quando me lo ordinava un alfa. A volte preferivano scopare in forma animale.

Il pensiero mi fece venire la nausea, e mi domandai come avrebbe scelto di montarmi l'alfa che mi teneva tra le braccia.

Reagì aumentando ulteriormente il brontolio che

emanava dal petto. La vibrazione riverberò sulla mia pelle, insinuandosi dentro di me, esigendo che mi rilassassi. Era così piacevole. E anche un po'... fastidioso... perché sapevo che era solo un modo per rendermi più docile e potermi scopare senza problemi.

«Ssh» mormorò. «Non ti farò del male, Kari».

Stavolta lo sbuffo mi sfuggì dalle labbra prima che potessi soffocarlo.

L'alfa si bloccò a metà di un passo per guardarmi con i suoi occhi azzurri e ipnotici. I capelli biondi gli ricaddero sulla fronte, costringendolo a scuotere il capo per allontanarli dal viso. Solo che un ciuffo tornò esattamente dov'era, donandogli un fascino quasi fanciullesco.

Ma non c'era niente di *fanciullesco* in lui.

I suoi lineamenti erano affilati e mascolini, aveva la mascella cesellata e gli zigomi perfetti. Era veramente bello. Come la maggior parte degli alfa. Aveva anche un qualcosa di animalesco. Vidi il suo lupo ricambiare il mio sguardo, valutando il mio aspetto e la mia idoneità come compagna.

Presto la sua bestia avrebbe respinto l'idea, capendo che ero troppo distrutta per poter prendere il suo nodo all'infinito.

Non potevo dargli un erede. Non potevo nemmeno andare in calore.

«Parlo sul serio» disse, catturando il mio sguardo. «Non ti farò del male, Kari. Te lo giuro».

Sapevo di non dovergli credere. Così guardai altrove. Poteva giocare la carta dell'onore quanto voleva. Poteva anche fingere di essere gentile con me. Me lo sarei goduto per quello che era: una distrazione finché il vero lui non fosse uscito allo scoperto.

«Va bene» mormorò. «Te lo dimostrerò con le azioni, allora».

Non ero certa di cosa intendesse.

Ma il suo brusio mi distrasse dal provare a capirlo.

Riprese a camminare e io mi abbandonai sul suo petto, assorbendo il suono e domandandomi se mi avrebbe seguito nei sogni. Una notte serena mi avrebbe fatto bene. Forse avrebbe emesso di nuovo quel brontolio, dopo avermi scopata.

Chiusi gli occhi, lasciandomi cullare ancora per qualche secondo.

Avrei usato il ricordo di quel momento per sopravvivere a qualsiasi cosa mi aspettasse.

Perché avevo visto quell'alfa in azione. Avevo scorto la violenza e l'istinto omicida che si annidavano nella sua anima. Era solo questione di tempo prima che li sfogasse su di me.

Dopotutto, era quello il mio scopo. Perché mai avrebbe dovuto essere diverso con lui?

CAPITOLO 3
SVEN
SETTORE NORSE

Kari si strinse a me. La sua figura minuta aveva più ferite di quante avrebbe mai dovuto subirne un'omega. Non che i segni fossero visibili. Erano cicatrici interne, che trasparivano sul suo viso e le incupivano lo sguardo.

Nessuna donna avrebbe mai dovuto soffrire così. E soprattutto non un'omega. Erano troppo rare per essere torturate, anche una nelle sue condizioni.

Sterile, aveva detto l'alfa Vanessa. *Kari è sterile.*

Era per questo che era stata relegata in una posizione di servizio, la sua esistenza era utile a un unico scopo.

Per quanto potesse essere vero, non meritava comunque di vivere in gabbia ed essere sfruttata per ispirare lussuria e violenza.

Il settore Bariloche l'aveva spedita dall'alfa Enrique come regalo di nozze.

Che gentili.

Ma invece di usarla come previsto, l'alfa Vanessa l'aveva spogliata e l'aveva costretta a eccitarsi con dei dispositivi erotici.

21

Maledetta stronza. Kari sarebbe stata fatta a pezzi dagli alfa presenti alla festa, un branco di individui incapaci di controllarsi. Ed ero abbastanza sicuro che fosse proprio quello lo scopo di Vanessa. La famigerata Regina degli Specchi era nota per la sua passione per i massacri. Probabilmente voleva godersi la sofferenza di Kari, per poi lasciare che Enrique finisse il lavoro.

E lui l'avrebbe accontentata. Nonostante fosse l'unico altro alfa presente abbastanza forte, sia mentalmente che fisicamente, da aiutare Kari, sarebbe stato accecato dalla lussuria dopo aver assistito all'assalto dei suoi simili.

Scossi la testa, ero di nuovo furioso.

Kari si dimenò tra le mie braccia, la sua lupa aveva percepito la mia agitazione.

Cercai di tranquillizzarla e aumentai l'intensità delle mie fusa. Era un suono riservato ai propri compagni. Eppure, con lei mi veniva naturale. Il mio lupo era contento e soddisfatto della femmina che stringevo al petto. A lui non importava che fosse sterile. La voleva comunque. E anch'io.

Era una sensazione che non avevo mai provato. Qualcuno avrebbe potuto pensare che si trattasse della normale reazione di un alfa alla presenza di un'omega, ma Kari non era la prima omega che incontravo.

Essendo il figlio di un alfa molto potente, i leader degli altri settori si erano messi in contatto, offrendosi di organizzare degli accoppiamenti per rinsaldare le rispettive alleanze. Ma nessuna delle omega che mi avevano presentato aveva parlato al mio lupo.

Finché non avevo visto la bionda nella gabbia di vetro. E quando avevo sentito il suo odore, avevo capito che dovevo averla.

Nel settore Norse non sarebbe stata destinata a una vita

di schiavitù. Perché era destinata a essere mia. Ne ero sicuro, lo sapevo nel profondo dell'anima. E il mio lupo era assolutamente d'accordo.

Sterile, pensai di nuovo, aggrottando la fronte. *Se è davvero sterile, perché sto reagendo così intensamente alla sua presenza?*

Non si trattava solo di scoparla. Volevo salvarla e tenerla con me.

Okay, era una reazione stupida. Non la conoscevo. Ma il suo profumo era stato come un faro per il mio animale.

Anche entrando nel cuore del settore Norse, dove gli odori del branco impregnavano l'aria, riuscivo a percepire soltanto il profumo della donna tra le mie braccia.

«Sven» disse Joel mentre mi avvicinavo all'edificio centrale. Era di guardia al solito posto. Tra tutti gli uomini di mio padre, era uno di quelli che mi piacevano meno.

«Joel» ricambiai il saluto. Lui si mise sulla mia strada, impedendomi di entrare. Mi fermai.

«Cos'hai lì?».

Mi limitai a guardarlo; l'odore di Kari era già una risposta sufficiente. Sapeva benissimo che era un'omega, e non avevo nessuna intenzione di spiegargli perché la tenessi in braccio.

«Dove l'hai trovata?» aggiunse, per poi inspirare profondamente. Le sue narici si dilatarono e fremettero per l'interesse, strappando un ringhio al mio lupo.

Kari si irrigidì, facendomi pentire all'istante del suono che avevo emesso. Ripresi con il brusio che chiaramente preferiva, a cui Joel reagì sollevando le sopracciglia dalla sorpresa.

Sì, non dirlo a me, pensai. Ma non gli diedi la soddisfazione di pronunciarlo ad alta voce, preferendo rispondergli: «Non ho tempo di stare qui a chiacchierare. Apri la porta e di' all'alfa Ludvig di venire nella suite degli ospiti».

«Vuoi che gli dia un ordine?». Joel sembrava incredulo.

«No. Voglio che tu gli riferisca il *mio* ordine» risposi. «È un problema?».

Joel digrignò i denti e aprì la porta con un gesto brusco. «Niente affatto» borbottò. Quando gli passai accanto, aggiunse: «Stronzo arrogante».

«Ne ho tutte le ragioni» ribattei senza neanche guardarlo. «Passa una bella serata».

Non riuscii a trattenere un accenno di sarcasmo. Era più anziano di me, ma nella gerarchia dei lupi si trovava in una posizione inferiore alla mia. Non a causa del ruolo di mio padre, ma perché avevo scalato i ranghi combattendo e vincendo. Gli unici lupi superiori a me, oltre a mio padre, erano Kaz e Alana.

Non li sfidavo per rispetto.

Ma questo non significava che non potessi batterli.

Chiamai l'ascensore. Entrando, Kari non emise un suono né cercò di muoversi.

Dopo aver digitato il codice per raggiungere le suite, le ripetei per l'ennesima volta: «Non ti farò del male».

Non disse nulla, ma non sbuffò. Decisi di considerarlo un miglioramento.

«Non sei più una schiava» aggiunsi, accarezzandole con il pollice la pelle martoriata del collo. Non era stato semplice liberarla dal collare, e i graffi e i lividi che nascondeva lasciavano pensare che non glielo togliessero spesso. Probabilmente poteva trasformarsi con lei ed era programmato per tracciarne i movimenti. Infatti lo avevamo distrutto subito.

Anche perché era semplicemente sbagliato mettere un collare a una creatura così splendida.

Sollevò timidamente la mano e la avvicinò alla gola; sentendo la pelle, spalancò gli occhi dalla sorpresa. «Perché...?».

«Perché non sei più una schiava» dissi ancora una volta, mentre le porte dell'ascensore si aprivano sull'attico.

Il lungo corridoio davanti a noi aveva una porta a ciascuna estremità, ed entrambe conducevano a uno spazio destinato agli ospiti che avevano bisogno di maggiore protezione. Solo chi aveva un codice di sicurezza poteva accedere a quel piano. Ciò significava anche che Kari non sarebbe potuta uscire. Ma gli ampi appartamenti e i balconi sarebbero stati sufficienti, almeno mentre mi occupavo di tutti i dettagli con mio padre.

Entrai nel corridoio e girai a sinistra, poi usai il mio orologio per aprire la porta.

Kari non si accorse di ciò che la circondava, la sua attenzione era tutta rivolta al collo. Colsi il leggero tremore dei suoi polpastrelli mentre continuava a toccarsi la base della gola.

«Ti fa male?» le chiesi.

«Fa sempre male» sussurrò.

«Il collo?». Lanciai un'occhiata al punto in questione.

«Tutto». La sua voce era così bassa che probabilmente un umano non sarebbe riuscito a sentire la risposta. Ma il mio udito soprannaturale l'aveva colta, insieme al tono devastato con cui l'aveva pronunciata.

«Hai fame?». Glielo chiesi cominciando già ad avviarmi verso la cucina.

Non rispose.

«Kari? Hai fame?» tentai di nuovo. Non sapevo se il frigorifero e la dispensa fossero ben riforniti, dal momento che gli alloggi degli ospiti venivano usati raramente. Probabilmente sarei dovuto andare a recuperare un po' di provviste.

Kari scosse lentamente la testa.

«Sete?».

Cominciò a scuotere di nuovo la testa, ma poi si bloccò e annuì.

Tenendola in equilibrio usando un braccio solo, aprii il frigorifero con la mano libera. Vi trovai una cassa d'acqua e poco altro. «Tieni» dissi, prendendo una bottiglia e passandogliela.

Le sue piccole dita svitarono il tappo e avvicinarono la bottiglia alle sue labbra carnose. Bevve senza guardarmi, preferendo concentrarsi sul muro. Si fermò dopo un paio di sorsi soltanto. Ma strinse l'acqua come un'ancora di salvezza, così non cercai di togliergliela. La portai invece attraverso la zona giorno fino alla camera da letto e le mostrai come accedere all'ampio balcone che costituiva l'area esterna.

«Nel caso in cui volessi far sgranchire la tua lupa» spiegai tornando in camera. «Il bagno di là dovrebbe avere tutto ciò che ti serve. Vedrò anche di trovarti dei vestiti».

«Perché?».

«Per stare più comoda» risposi.

«Oh».

Mi avvicinai al letto e ve la posai con cura. Lei spalancò gli occhi e si dimenò, il suo battito stava accelerando a dismisura. Mi ci volle qualche istante per capire il motivo del suo terrore improvviso, e quasi ringhiai in risposta. «Non sto per scoparti, Kari. Non così, almeno».

Oh, avevo tutte le intenzioni di prenderla. Ma non mentre era in quello stato.

Nonostante il suo dolce profumo affascinasse il mio lupo, il sottofondo di paura rovinava completamente l'atmosfera. Volevo che fosse eccitata e convinta. Non terrorizzata e ipersensibile a causa di quei dannati dispositivi.

«Non... non...». Deglutì e abbassò lo sguardo. «Non capisco».

Mi passai le dita tra i capelli e riflettei sulla sua situazione. Nel giro di poche ore, era passata dall'essere stimolata artificialmente in una gabbia di vetro a una lussuosa camera da letto. Capivo la sua confusione. Anche considerando quello che voleva ottenere Vanessa, sventolando un'omega eccitata davanti a una schiera di alfa affamati.

Kari si era aspettata che lottassero per lei e la scopassero.

E io l'avevo portata direttamente in una camera da letto.

La sua mente aveva fatto due più due, e ora non capiva perché fossi irritato.

Mi accucciai sul pavimento, appoggiando le mani sul materasso ai lati delle sue gambe a penzoloni. Lei si raddrizzò un po' e il suo sguardo si fece più vigile. Fu costretta ad abbassarlo per osservarmi, ed era proprio quello lo scopo della mia posizione.

«Il settore Norse non è come il settore Winter o il settore Bariloche» le giurai. «Qui non sei un schiava. Sei...». Non riuscii a trovare la parola giusta. Il mio lupo disse *mia*, mentre il mio cervello voleva definirla un'ospite. Ma nessuno dei due era il termine corretto. «Beh, capiremo cosa sei. Ma ora il tuo posto è qui, in questo settore».

Un ronzio proveniente dal mio polso mi impedì di aggiungere altro. Feci comparire il messaggio di mio padre con un movimento del braccio e mi rialzai in piedi.

«Devo incontrare l'alfa Ludvig per informarlo del tuo trasferimento» le spiegai dolcemente, usando per abitudine il nome e il titolo di mio padre. Mi riferivo quasi sempre così a lui, quando ero in mezzo agli altri. Una delle poche eccezioni era Kaz, perché per me lui era più simile a un familiare che a un membro del branco.

«Lavati e riposati» le suggerii. «Tra poco sarò di ritorno. E ti porterò anche del cibo».

Non rispose. Abbassai lo sguardo sulla bottiglia a cui era ancora avvinghiata.

«Nessuno entrerà in queste stanze tranne me. E forse l'alfa Ludvig, a seconda di ciò che gli serve. Pochi hanno i codici di accesso. Qui sei al sicuro, Kari».

La sua espressione mi disse che non ci credeva minimamente.

Sospirai e scossi la testa. «Ti dimostrerò che è vero» le promisi. «Vai a farti una doccia e dormi un po'. Non starò via molto».

Non rispose.

Invece di restare lì ad aspettare, me ne andai, deciso a dimostrarle con i fatti che dicevo sul serio. Non riuscivo nemmeno a immaginare l'enormità degli orrori che aveva dovuto sopportare, ma avevo qualche idea.

L'alfa del settore Bariloche non era noto per la sua gentilezza.

E quel collare non faceva che confermarlo.

Uscii in corridoio ringhiando, e trovai mio padre che mi aspettava accanto all'ascensore. «Sento odore di omega disponibile e di una sovrabbondanza di pesce» fu il suo saluto. «Perché?».

CAPITOLO 4

KARI

L a mia lupa guaì. *Alfa. Superiore. Dominante.*

Lo percepivo più che vederlo, la sua stessa presenza esigeva sottomissione.

L'alfa Sven aveva detto che nessun altro sarebbe entrato lì, a parte lui e l'alfa Ludvig. Quindi doveva trattarsi dell'alfa Ludvig. Ma non era nella stanza, altrimenti sarei riuscita a sentirlo parlare. Ma colsi soltanto il brusio delle voci.

Bevvi un altro sorso d'acqua, ma senza esagerare, nel caso l'alfa Sven avesse mentito e stesse per venire a scoparmi. Avevo imparato che era meglio affrontare il sesso a stomaco vuoto; se prima mangiavo, mi trovavo inevitabilmente a vomitare sull'alfa, e non andava mai a finire bene.

I borbottii continuarono, il volume suggeriva che gli alfa non si erano mossi.

Appoggiai la bottiglia sul comodino e mi avvolsi la coperta attorno al corpo. Poi mi alzai in piedi. Una sbirciata dalla porta della camera da letto confermò che non erano nell'appartamento. Così, in punta di piedi, mi avvicinai alla porta di ingresso per vedere se fossi riuscita ad ascoltare la loro conversazione.

Forse avrei scoperto cosa avevano in mente per me.

L'alfa Sven aveva detto che non ero una schiava. Aveva anche detto che non intendeva scoparmi "così", qualunque cosa significasse, e che avremmo capito quale fosse il mio posto nel settore.

Ma non mi aveva chiesto nemmeno una volta se volessi essere lì. Né si era preoccupato di spiegarmi il motivo per cui mi aveva portata via dal settore Winter. Continuava solo a ripetere che ero al sicuro.

Mi venne quasi da ridere.

Un'omega non era *mai* al sicuro con un alfa.

Avvicinandomi alla porta, le loro voci diventarono più chiare. Se avessi mangiato e se fossi stata più forte, probabilmente sarei riuscita a sentirli già dalla camera da letto. E invece fui costretta ad appoggiare l'orecchio alla porta per capire cosa stessero dicendo.

«...un animaletto da compagnia?» chiese la voce più profonda.

«Non è...».

«Ho capito, Sven. È un'omega sterile e priva di compagno che vuoi tenere per te. Non è così che funziona e lo sai».

«L'ho vinta. Quindi è mia».

«No. È *mia*» rispose la voce profonda con una calma letale. «Tutto quello che fai si riflette sul settore Norse. Incluso azzuffarti con altri alfa per una schiava omega».

Calò il silenzio, e un brivido corse lungo la mia spina dorsale.

«Era la cosa giusta da fare» disse l'alfa Sven dopo qualche istante. «Non mi scuserò per averla salvata».

«Non è una questione di giusto e sbagliato, ma dell'impatto che hanno le tue decisioni sull'intero settore. Se quello che mi hai detto è vero, allora sì, l'hai vinta lealmente. Ma non è tua, Sven. Ora appartiene al settore Norse. E di conseguenza sarà a disposizione di tutti gli alfa».

Mi si rivoltò lo stomaco, il mio futuro mi balenò davanti agli occhi.

L'alfa Sven aveva detto che lì non ero la proprietà di qualcuno. Non gli avevo creduto fino in fondo, ma togliermi il collare era stato un bel gesto.

«Non è pronta» disse l'alfa Sven con un tono altrettanto autoritario. «È malnutrita, esausta e terrorizzata. So che puoi sentirne l'odore quanto me. Ha bisogno di mangiare e di dormire. E deve anche essere esaminata per determinare se è davvero sterile».

«E vuoi essere tu a supervisionare tutto quanto». Un'affermazione, non una domanda.

«L'ho vinta io. Pertanto, dovrebbe essere mia responsabilità prepararla adeguatamente per il settore Norse».

Quasi sbuffai. Era ovvio che sarebbe stato lui a offrirsi di nutrirmi e di "esaminarmi". Sapevo cosa significava. Mi avrebbe scopata a suo piacimento e poi mi avrebbe passata ai suoi amici.

Gli alfa erano tutti uguali.

L'unica cosa importante erano i loro nodi. Il loro piacere. I loro *bisogni*.

Le omega e i loro desideri non contavano nulla. Dovevamo solo piegarci e prenderlo.

Non mi preoccupai di ascoltare il resto della conversazione. Avevo sentito quello che avevo bisogno di sapere.

Sven Mickelson era come tutti gli altri. Mi aveva vinta in un gioco violento e mi aveva portata nel suo settore.

Lontano dall'alfa Enrique, l'unico lupo a cui fosse mai importato qualcosa di me e dei miei desideri.

E adesso?, mi domandai. Ero in un luogo che non conoscevo, che secondo mia madre era diverso dagli altri, con degli alfa che volevano rendermi una schiava.

Sì, mi aveva tolto il collare. Ma non significava nulla se la sua intenzione era tenermi rinchiusa in quella prigione dorata per intrattenere gli alfa del settore Norse.

Digrignai i denti e tornai nella camera da letto.

Mi ha mentito. Non sapevo perché ne fossi sorpresa. O forse "sorpresa" non era il termine giusto. Mi sentivo... mi sentivo ferita. Forse perché aveva risvegliato in me un piccolo barlume di speranza, quello che aveva inculcato mia madre nei miei pensieri di bambina.

Mi ripeteva sempre che là fuori esistevano degli alfa onorevoli.

Per pochi minuti le avevo quasi creduto.

L'alfa Sven era stato tenero con me. Ma poi, in corridoio, era emersa la sua vera natura. Mi considerava un oggetto di sua proprietà perché mi aveva *vinta*.

E ora aveva intenzione di prepararmi per gli alfa del settore Norse.

Non avevo dubbi che l'avrebbe fatto fingendo di essere gentile e premuroso. Per poi privarmi di ogni cosa e sfogare le sue voglie su di me.

Beh, non gli avrei reso le cose facili. Tirandomi fuori dalla gabbia, mi aveva sottratto la mia unica via di fuga. Avrei dovuto soffrire solo per un'altra notte. E poi l'alfa Enrique mi avrebbe aiutata.

Era l'unico alfa che avesse mai mantenuto la sua parola.

E ora non potevo contattarlo perché l'alfa Sven mi aveva rapita. Aveva rovinato tutto.

Lo odiavo.

Non gli avrei mai obbedito.

Avrei cominciato rimanendo a digiuno.

E non lavandomi.

Lasciai cadere la coperta e abbassai lo sguardo. Anzi, sarei andata oltre.

Avrei smesso di essere umana.

La mia lupa accolse con gioia la mia chiamata, la nostra libertà di trasformarci a nostro piacimento era un'esperienza unica. Il collare mi aveva soggiogata al volere altrui. Senza quel dispositivo, potevo finalmente legare con il mio lato animale. Ogni mutaforma avrebbe dovuto essere libero di farlo.

L'alfa Sven mi aveva fornito inconsapevolmente l'opportunità di trasformarmi.

E ora l'avrei usata contro di lui.

Mi vuoi abbastanza in salute da poter essere scopata? Buona fortuna!

Non sarei più stata uno strumento per il piacere altrui.

Volevo il diritto di scegliere. E la mia scelta ormai era chiara: il digiuno... e la morte.

La mia lupa ringhiò tutto il suo disaccordo.

È meglio così, ribattei.

La sentii sbuffare, e mi resi conto che mi ero trasformata. Da sola. Senza che qualcuno mi obbligasse a farlo.

Ah.

Era stato così naturale che me ne ero accorta a malapena. Di solito, trasformarmi era molto doloroso, come se le mie ossa venissero piegate nella direzione sbagliata. Stavolta, però, era stato come alzarmi in piedi.

Feci un giro su me stessa, godendomi la sensazione di essere libera. La mia pelliccia si rizzò, densa di elettricità statica. Avevo voglia di correre. Di scatenarmi. Di giocare.

Ma non potevo andare da nessuna parte, se non nell'area esterna.

Trotterellai verso la porta che mi aveva mostrato l'alfa Sven e uscii all'esterno. Poi corsi fino in fondo al balcone ricoperto di erba in meno di un minuto.

Che delusione.

Conduceva a un'altra porta, che dava su una stanza molto simile a quella che avevo appena lasciato. Sbirciai all'interno della camera da letto e notai che anche la zona giorno era praticamente identica. Erano davvero due appartamenti comunicanti tramite il balcone e il corridoio con l'ascensore.

Tornai sui miei passi e alzai lo sguardo sui rami degli alberi. Erano alberi veri, vivi, con le radici affondate nella terra e nell'erba. E bloccavano gran parte del cielo. Le vetrate che racchiudevano l'area, partendo dalle pareti del balcone, permettevano di vedere l'oceano e la luna senza il rischio di cadere tra le onde. Considerando che la suite si trovava più o meno al ventesimo piano, capivo la necessità di quelle misure di sicurezza.

Beh, in ogni caso, era molto meglio della gabbia in cui mi rinchiudevano nel settore Bariloche. Ma sapevo che non era il caso di abituarsi a quel trattamento.

Non appena l'alfa Sven si fosse reso conto che non avevo nessuna intenzione di obbedirgli, mi avrebbe gettata in una cella molto meno lussuosa di quella.

Proprio come aveva fatto mio padre.

Al solo pensiero, la mia lupa emise un lamento. Così la distrassi cedendole le redini.

Vai ad annusare.

Gira.

Esplora.

E forse sarei anche riuscita a convincerla a distruggere

un po' di cose lungo la strada. Come i cuscini presenti nell'appartamento.

Non mi lascerò ingannare, alfa Sven. So come sei fatto. Come siete *fatti. Quindi ho deciso di provare qualcosa di nuovo: non mi sottometterò. In fin dei conti, non hai niente con cui minacciarmi. Perché non ho niente da perdere.*

CAPITOLO 5
SVEN

Quando avevo provato a portarle del cibo, Kari stava dormendo. Aveva fatto a pezzi i cuscini del divano per creare la sua versione di un letto. Valutai l'idea di prenderla e portarla su un *vero* letto, ma era così carina, tutta raggomitolata su se stessa come una palla di pelo, che non avevo voluto disturbarla.

Ma avrei dovuto rimproverarla per aver sfasciato il divano. Era abbastanza costoso, e mio padre non ne sarebbe stato felice.

Probabilmente avrei dovuto sistemare tutto, visto che lei era sotto la mia responsabilità. Ma potere ammirare il suo animale non aveva prezzo. L'omega aveva una pelliccia dall'aspetto molto soffice, dello stesso colore dei suoi capelli. Un particolare interessante, perché il manto del mio lupo era marrone scuro con delle striature bianche, completamente diverso dal colore dei miei capelli.

Mi domandai se anche i suoi occhi avrebbero mantenuto lo stesso colore anche in forma di lupo.

E quando aprii di nuovo la porta della suite, fu la prima cosa che scoprii.

Azzurri.

Fui quasi sul punto di sorridere. Ma poi mi accorsi dello stato della stanza. «Ma che diavolo...?» boccheggiai.

Il divano era stato soltanto l'inizio. Aveva ridotto il tavolo a un marasma di pezzi di legno. L'imbottitura dei cuscini era sparsa dappertutto, così come i loro resti sventrati. I libri erano stati fatti a brandelli. C'erano due scaffali rovesciati. Un televisore distrutto. E una distesa di cocci che un tempo erano un set di stoviglie.

L'omega aveva deciso di sfogarsi.

Era seduta al centro del disastro con un'aria compiaciuta. E mi lanciò un'occhiata che mi implorava di reagire. *E adesso, alfa?*, mi chiesero i suoi occhi luminosi.

Non sapevo cosa dire.

Alla fine mi limitai a chiederle: «Perché? Perché hai distrutto tutto?».

Lei sbuffò in risposta, dimostrando di non essere pentita. Anzi, sembrava quasi infastidita.

La scrutai, cercando di capire cosa avesse in testa quella piccola lupa. Una rapida occhiata alla cucina mi disse che non aveva mangiato nulla. Così andai in camera da letto, dove trovai le lenzuola a brandelli sul pavimento, e proseguii nel bagno.

La doccia profumava di pulito; lo shampoo e il bagnoschiuma non erano stati usati da un bel po'. Quindi non si era nemmeno lavata.

Si era solo trasformata in una splendida lupa bionda e aveva distrutto metà dell'attico.

Non mi avvicinai nemmeno all'altro appartamento; avevo già abbastanza di cui preoccuparmi. «Erano delle belle lenzuola» la informai tornando in soggiorno. Era sempre nello stesso punto, con quell'espressione insolente stampata sul muso. «Alla maggior parte delle omega sarebbe piaciuto usarle per fare il nido».

Mi mostrò le zanne e ringhiò.

«Adorabile» risposi in tono piatto. «Vuoi che ringhi anch'io?».

Grugnì come per dire: "Accomodati, alfa".

Voleva che reagissi, era chiaro. O forse quel disastro era una punizione per averla lasciata lì.

Ma io non amavo i giochetti.

L'avevo aiutata a uscire da una brutta situazione e lei mi ripagava così? Disprezzando la mia ospitalità?

«Trasformati» le dissi. «Adesso».

E invece si accucciò sul pavimento, distogliendo lo sguardo dal mio in un sottile accenno di sottomissione. Cominciai a ringhiare, ma la vidi tremare e mi trattenni.

Costringere un lupo sottomesso a trasformarsi contro il suo volere era doloroso, e sembrava che quel giorno Kari non fosse dell'umore giusto per essere umana. Forse si stava ancora riprendendo. Certo, questo non spiegava lo stato in cui versava l'appartamento. Ma non riuscivo nemmeno a immaginare cosa significasse trovarsi nella sua situazione.

Gli alfa dovevano prendersi cura dei membri più deboli del branco, non sfruttarli.

Mi accovacciai accanto a lei con un sospiro. «Ti ho promesso che non ti avrei fatto del male, Kari» dissi il più dolcemente possibile. «E manterrò la promessa».

Le sue orecchie fremettero, ma quella fu l'unica reazione. Anche se sospettavo che mi stesse sottoponendo a una specie di test per vedere fino a che punto potesse spingersi prima che mi avventassi su di lei.

In generale, gli alfa non erano molto pazienti.

Ma io sì.

Allungai una mano e le accarezzai un orecchio con l'intento di tranquillizzarla. Ma il suo pelo si rizzò per l'incertezza, e fui travolto dall'odore della sua apprensione. Ritrassi la mano di scatto e mi rialzai in piedi.

Se era determinata a restare in forma di lupo, glielo avrei concesso. Almeno per il momento. Ma doveva mangiare.

Andai in cucina alla ricerca di qualcosa di adatto a un animale e trovai una ciotola per l'acqua. Poi presi un piatto e ci misi sopra una bistecca cruda.

Lei non si mosse. Era immobile sul pavimento, con i muscoli tesi, in attesa di vedere cosa le avrei fatto. Con la sua postura sempre vigile, quella povera donna mi ricordava un animale maltrattato. Era come se si aspettasse il peggio da chiunque le stesse intorno.

Ci sarebbe voluto del tempo per guadagnare la sua fiducia. Ma purtroppo il tempo era l'unica cosa che mi mancava, visto che mio padre voleva presentarla al branco. Non che avesse intenzione di passarla da un alfa all'altro; voleva offrirle l'opportunità di trovare un protettore adatto.

Le omega avevano bisogno di sesso, proprio come gli alfa. Un bisogno innato che portava a una relazione proficua per entrambe le parti: gli alfa potevano sfogare la loro aggressività in modo appagante, e le omega si sentivano gratificate e al sicuro.

Ma io volevo molto di più.

Desideravo una compagna. E per quanto la biologia affermasse che con Kari sarebbe stato impossibile, il mio lupo non la vedeva allo stesso modo.

Ecco perché avevo poco tempo. Non solo dovevo prepararla a incontrare il branco, ma avevo anche bisogno che fosse pronta ad accettare di essere mia.

Per fortuna, adoravo qualsiasi tipo di sfida. E quella sarebbe stata la più entusiasmante di tutte.

«Ti darò un altro giorno per ambientarti» dissi tornando in soggiorno. «Ma mi aspetto che mangi, mentre sarò via». Appoggiai la ciotola e il piatto davanti a lei. «Ti consiglio anche di farti una doccia». Lanciai un'occhiata in giro. «E magari cerca di non distruggere altro. Sarà già difficile sistemare tutto questo». Per non parlare di quanto sarebbe costato rimpiazzare i mobili distrutti.

Lei non mi guardò, ma le sue orecchie fremettero di nuovo, confermando che aveva sentito tutto.

«Ventiquattr'ore» aggiunsi andando verso la porta. «E dico sul serio, Kari. Mi aspetto che mangi. O ci saranno delle conseguenze».

Le avevo promesso di non farle del male, e avrei mantenuto la mia promessa. Ma non avrei tollerato l'autolesionismo. E il rifiuto di mangiare rientrava in quella categoria.

«Se non ti piace la carne cruda, torna in forma umana. Il frigo è pieno di cibo». Indicai la cucina con un cenno del capo.

Lei fece finta di nulla.

Invece di ripetermi, me ne andai.

Aveva ventiquattr'ore per mostrarmi qualche miglioramento.

Altrimenti, le avrei fatto vedere come reagiva un vero alfa in una situazione del genere. Dubitavo che le sarebbe piaciuto. Ma sarebbe sopravvissuta. E forse un giorno mi avrebbe ringraziato.

CAPITOLO 6
SVEN

O sservai la bistecca che giaceva sulla neve, certo della sua provenienza: il balcone della suite degli ospiti.

Lars annusò la carne con la testa piegata di lato, percependo le tracce dell'odore di omega sulle impronte dei denti.

Sollevò il suo grosso muso nero e mi fissò con gli occhi marroni colmi di curiosità.

«È appena arrivata» dissi a bassa voce. «L'alfa Ludvig ha intenzione di presentarla a tutti tra qualche settimana».

O tra qualche giorno, pensai infastidito.

Quando gli avevo riferito dello stato di Kari, non aveva mostrato alcuna clemenza. Mi aveva ordinato di prepararla al più presto, prima che il branco ne cogliesse l'odore.

E lei non era minimamente d'aiuto, gettando il cibo giù dal balcone.

Probabilmente pensava che fosse finito nell'oceano, perché dal suo punto di osservazione non sarebbe riuscita a vedere la piccola striscia di terra. Guardando giù, attraverso le vetrate che costeggiavano le pareti del balcone, sembrava che ci fosse soltanto acqua. Doveva aver trovato una delle fessure di ventilazione e aver lanciato la bistecca da lì.

Di solito tenevamo le bocchette chiuse, per evitare che entrasse la neve. Ma, pensando che Kari avrebbe apprezzato un po' di aria fresca, le avevo lasciate aperte.

Avrei dovuto rimediare durante la mia prossima visita. Ammesso che me ne ricordassi. L'unica cosa a cui riuscivo a pensare era il mio desiderio di legarla e di impartirle una bella lezione sul rispetto.

Piccola omega disobbediente. Ti avevo avvertita. Ti avevo chiesto una cosa, una, e non l'hai fatta.

Lars grugnì, attirando di nuovo la mia attenzione su di lui. Probabilmente aveva percepito la mia crescente aggressività.

Se c'era una cosa che odiavo, era la mancanza di rispetto. Quando ero più giovane, la sperimentavo regolarmente. Ma c'era un motivo se avevo scalato la gerarchia del branco. E Kari stava per scoprire perché i lupi del settore Norse mi consideravano quasi al livello di Kaz e Alana, nonostante la mia giovane età.

«Non dirlo agli altri» proseguii con un tono tranquillo e autorevole. Essendogli superiore di rango, sapevo che Lars avrebbe rispettato il mio volere. Ma sentivo comunque il bisogno di spiegargli il motivo. I subordinati tendevano a obbedire più facilmente quando conoscevano le ragioni dietro un determinato ordine. «Non è ancora pronta a incontrare nessuno». Visto che continuava a fissarmi, aggiunsi: «Viene dal settore Bariloche».

Lars trasalì visibilmente, e il suo lupo ringhiò.

«Sì, la penso esattamente come te». Era noto che nel settore Bariloche le omega venissero maltrattate. Ma nessuno aveva mai fatto nulla al riguardo, perché tutti avevamo i nostri problemi di cui occuparci.

Come tenere alla larga gli Infetti.

I lupi X-Clan erano immuni al virus che trasformava in zombie, ma ciò non impediva agli umani contagiati di cercare di morderci lo stesso. Nelle loro menti ormai prive di ragione eravamo comunque cibo.

Ero cresciuto in quel contesto, dal momento che la pandemia era iniziata quasi ottant'anni prima della mia nascita. Ma altri, come ad esempio Kaz, parlavano spesso di come fosse la vita prima del Contagio.

Anche Kari ha vissuto in quel periodo?, mi domandai alzando gli occhi verso l'attico. *Quanti anni ha?*

Forse gliel'avrei chiesto.

Dopo essermi fatto spiegare perché avesse gettato un'ottima bistecca dal balcone.

Oh, ti conviene aver mangiato qualcos'altro, pensai, serrando la mascella per la frustrazione. Forse lasciarla sola per altre ventiquattr'ore non era stata una buona idea. Ma sembrava che avesse bisogno di spazio.

Scossi la testa.

Beh, hai avuto il tuo spazio, lupacchiotta. Ti ho lasciata in pace per quasi trentasei ore. Perché nel frattempo ero stato costretto ad aiutare mia madre con un compito che aveva richiesto più del previsto.

Ciò significava che Kari era lì da ormai due giorni.

E se i miei sospetti erano fondati, non aveva mangiato nulla da quando era arrivata.

«Fammi un favore e liberati di quella carne» dissi al beta in forma di lupo. «Non voglio che nessuno senta il suo odore». Perché avrei avuto ancora meno tempo per realizzare i miei propositi.

Lars abbassò il muso in segno di assenso, poi afferrò la bistecca con le zanne. Non sapevo se l'avrebbe mangiata o gettata nell'acqua, ma non restai lì per scoprirlo. Il mio animale interiore era furibondo con l'omega.

Le avevo offerto uno spazio sicuro dove potersi rifugiare e guarire. Le avevo dato tutto ciò di cui aveva bisogno. E lei mi aveva ringraziato distruggendo la suite e gettando dell'ottimo cibo.

Bene.

È ora di insegnarle come ci si comporta.

Se non era in grado di badare a se stessa, ci avrei pensato io.

Digitai i codici necessari e nel giro di qualche minuto stavo già abbassando la maniglia dell'appartamento.

Entrando, fui accolto dal silenzio. Un veloce giro in cucina confermò che Kari non aveva mangiato niente. La ciotola con l'acqua era rovesciata, il suo contenuto assorbito dal tappeto. L'ennesima cosa da pulire.

Ma prima mi sarei occupato di quella disobbediente di un'omega.

Non la chiamai; seguii il suo odore e la trovai appallottolata sul balcone.

«Trasformati» le ordinai.

Non si mosse. Non sollevò nemmeno il muso. Ma era sveglia. Il brivido che le corse lungo il corpo mi rivelò che non solo era consapevole della mia presenza, ma anche che la parte più intelligente di lei era preoccupata di cosa sarebbe successo.

«*Trasformati*» ripetei, dandole l'ultima possibilità di farlo volontariamente.

Quando si rifiutò, ringhiai. Un suono basso, profondo e autoritario, che la costrinse a tornare in forma umana.

Il suo corpo reagì al mio dominio, facendo esattamente quello che le avevo ordinato. Ma si trasformò lamentandosi disperatamente. La debolezza dovuta anche alla mancanza di cibo era evidente nella velocità con cui obbedì. Era troppo debole anche solo per tentare di opporsi al mio lupo.

Nella stanza risuonarono gli schiocchi delle ossa che si allungavano e si modificavano, e i lamenti sofferenti della sua lupa costretta a ritirarsi.

Poi cominciò a tremare. L'odore pungente del suo terrore mi fece arricciare il naso.

Si raggomitolò su se stessa, stringendosi le braccia al petto nel tentativo di nascondersi al mio sguardo.

«Kari». Pronunciai il suo nome con un ringhio, facendola sussultare. A quel punto si stese sulla schiena e allungò le gambe, spalancandole in quello che sarebbe potuto sembrare un invito a scopare.

Il mio lupo era incuriosito.

Ma la mia parte umana riconobbe la sua espressione rassegnata.

Era stata addestrata a reagire così, ad anticipare il bisogno di scopare di un alfa e a soddisfarlo. Rendermene conto fu come una pugnalata al cuore. Tutta la mia frustrazione e la mia rabbia per il fatto che non avesse mangiato saltarono giù dal balcone per unirsi all'impronta della bistecca sulla neve.

Kari aveva passato l'inferno e si aspettava il peggio. Si aspettava che sfogassi la mia rabbia su di lei.

Tutto ciò che volevo era prendermi cura di lei, ma temevo che non sarei mai riuscito a convincerla a parole. Potevo dimostrarglielo solo con le azioni.

Mi accovacciai accanto a lei e infilai le braccia sotto alle sue spalle e alle sue ginocchia per sollevarla dal terreno. Ebbi l'impressione che non pesasse praticamente nulla. Era così fragile. Chissà da quanti giorni non mangiava.

Stringendola al petto, cominciai a emettere il brusio con

cui ero riuscito a tranquillizzarla il giorno prima e la portai all'interno della suite.

A differenza dell'ultima volta, non si accoccolò a me. Rimase afflosciata tra le mie braccia, chiudendo gli occhi come se fosse già morta.

Le posai un bacio sulla testa e la portai in camera da letto. Non reagì. Respirava a malapena, era rassegnata al suo destino.

Ma non la misi sul letto.

La portai invece in bagno e la sistemai sul ripiano di marmo, con la schiena appoggiata allo specchio. La ressi con un braccio, preoccupato che potesse cadere di lato. Ma lei rimase seduta dritta, seppur con gli occhi chiusi e le labbra serrate.

L'omega era precipitata in qualche pozzo oscuro nella sua mente, lasciando che l'alfa le facesse quello che voleva. Non mi piaceva così. Non mi piaceva per nulla. Preferivo i suoi ringhi disobbedienti, o anche quella serenità che era riuscita a raggiungere quando l'avevo portata lì per la prima volta.

Era successo qualcosa. Aveva ceduto, si era arresa. E sospettavo che fosse stata sul punto di farlo fin dal suo arrivo nel settore Norse. Darle spazio era stata una pessima idea. Un errore che non avrei ripetuto.

Aveva bisogno di essere nutrita e confortata. Solo così avrebbe cominciato a fidarsi di me.

Ha bisogno anche di un bagno, pensai osservando la vasca.

Ma considerando il suo stato letargico, forse un bagno non era una grande idea. Così aprii la doccia. Le avrei dato da mangiare quando fosse stata pulita e avvolta in un asciugamano caldo.

Calciai via le scarpe, mi sfilai i calzini e mi spogliai,

restando solo con i boxer. Poi mi passai le dita tra i capelli in un tentativo di domare le ciocche indisciplinate.

Che tornarono immediatamente dov'erano.

I miei capelli erano troppo lunghi per rimanere in ordine, ma troppo corti per legarli o anche solo sistemarli dietro alle orecchie.

Mi arresi con un sospiro e controllai la temperatura dell'acqua. Era già calda, nonostante il gelo invernale che avvolgeva il settore. Lasciai la porta di vetro aperta e uscii dalla doccia per prendere di nuovo in braccio Kari. Per tranquillizzarla, aumentai l'intensità del brontolio che rimbombava dal mio petto. Ma non sembrò rendersene conto. Era troppo immersa nei suoi pensieri per accorgersi di quello che stava accadendo.

Costringerla a tornare in forma umana doveva essere stata l'ultima goccia. Essere costretti a trasformarsi era molto doloroso, e qualcosa mi diceva che mi aveva spinto fino a quel punto di proposito, per toglierle ogni possibilità di scelta. Voleva che fossi il cattivo, che le mostrassi il mio lato peggiore. Non ero sicuro di quale vantaggio potesse trarne. Forse era solo un modo per definire la sua nuova normalità.

Le accarezzai i capelli e ci posizionai entrambi sotto al getto di acqua calda. La sua mancanza di reazioni confermava che era caduta in uno stato di incoscienza. Per il momento poteva restare così, mentre mi prendevo cura di lei. Ma poi avrebbe dovuto riprendersi, almeno per mangiare.

Reggendola con un braccio soltanto, le lavai i capelli con la mano libera, spalmandole una buona dose di shampoo e risciacquandola con cura. La sua mancanza di collaborazione rese tutto più difficile, ma almeno la sua corporatura esile era semplice da manovrare. Ripetei i miei gesti con il balsamo, poi le insaponai il corpo.

Lei continuò a non reagire.

Non aprì nemmeno gli occhi.

Il suo battito cardiaco rimase costante, il suo respiro debole, ma non stava dormendo. Era solo... assente.

Lasciai che l'acqua ci scorresse addosso per un po', assicurandomi che tutta la schiuma vorticasse giù nello scarico. Continuai a emettere quel brusio tranquillo e ipnotico, nella speranza che la riportasse alla realtà.

Ma nulla sembrava funzionare.

Chiusi l'acqua e uscii dalla doccia, sempre tenendola tra le braccia. La avvolsi in un telo ampio e soffice, le pettinai i capelli. Poi mi asciugai. Ancora nessuna reazione da parte sua.

Con un sospiro, mormorai: «Va bene, piccola. Hai vinto tu». Non poteva mangiare in quello stato, e non volevo rischiare di peggiorare la situazione costringendola a uscirne con la forza.

La misi sul pavimento della camera mentre rifacevo il letto con delle lenzuola pulite, visto che aveva ridotto le altre a brandelli, e recuperai qualche bottiglia d'acqua dalla cucina.

Nel frattempo lei continuò a rimanere afflosciata su se stessa. Avrei potuto fare tutto quello che volevo con lei.

La sollevai dal pavimento e la misi a letto. Poi mi unii a lei. Se voleva riposare, le avrei fatto compagnia.

La abbracciai da dietro, lasciando che sentisse la mia forza di alfa, mentre il mio lupo, attraverso il brontolio emesso dal mio petto, giurava che l'avrebbe protetta anche in quello stato, per tutto il tempo necessario.

Mia, mormorò. *Quest'omega è destinata a essere mia.*

CAPITOLO 7

KARI

Fui svegliata dalla mia lupa che sbadigliava e si stiracchiava dentro di me, la sua serenità si irradiava tra i miei pensieri annebbiati. Mi sentivo riposata, ma debole.

Che sensazione strana. Non la debolezza, a cui ero abituata, ma l'impressione di essermi fatta una bella dormita.

E mi sento al sicuro, pensai. Il mio corpo formicolava per un calore estraneo.

Un profondo brusio si riverberò attraverso le mie membra, incendiandomi le vene e spingendo la mia lupa a brontolare a sua volta. Amava quel suono ripetitivo, amava la pace e il conforto che le donava.

Cos'è?, mi domandai, frugando nella mia mente alla ricerca di qualche informazione sulla fonte. *Dove sono?*

Mi svegliavo spesso in quello stato confuso, senza sapere dove fossi né quali violenze mi avessero appena inflitto. Ma non ricordavo di essermi mai sentita così appagata, come se avessi dormito serenamente per ore.

Dopo qualche secondo trascorso a riflettere, mi concentrai sull'ultimo ricordo che avevo: l'alfa Sven che mi costringeva a trasformarmi.

Rabbrividii. L'orrore del momento mi fece venire la pelle d'oca.

Ma il brusio aumentò, rilassandomi all'istante. *Quel suono mi piace proprio*, pensai con un sospiro. *Un brontolio splendido e ipnotico.*

Fui sul punto di sorridere.

Ma il ricordo dell'alfa Sven che mi obbligava a tornare in forma umana indugiò nella mia mente. L'avevo provocato, spingendomi troppo oltre. Ed era proprio quello il punto. Volevo che mi facesse del male. Volevo che l'alfa uscisse allo scoperto.

Che mi esaminasse.

Che mi presentasse agli altri alfa.

O semplicemente che mi uccidesse.

Un attimo... Aggrottai la fronte. *È per questo che mi sento così bene? Sono finalmente morta?*

Avevo le palpebre troppo pesanti per sollevarle e controllare, il mio corpo era troppo rilassato per muoversi.

Oh, e quel dolce suono mi spingeva a immergermi più a fondo nel calore che mi circondava, invece di rotolare via.

Non mi sentivo né esaminata né tantomeno usata. Alzi, non avevo male da nessuna parte. Ero solo affamata. Come confermò il mio stomaco con un sonoro brontolio.

Gli stomaci fanno così quando sei morta?, mi domandai.

Qualcosa di soffice scivolò sulla mia pelle, lisciando le rughe comparse sulla mia fronte e spostandosi verso il mento. «Hai bisogno di mangiare» mormorò una voce profonda, le cui parole erano sottolineate da quel brusio inebriante.

L'alfa Sven.

«Siamo rimasti a letto per quasi un giorno intero, lupacchiotta» continuò. «Quindi sono almeno tre giorni che non mangi. E il tuo stomaco mi dice che lo sai anche tu. Apri i tuoi splendidi occhi e risolveremo il problema insieme».

Il suo tocco gentile mi sfiorò gli zigomi, mentre una presa di acciaio si avvolse attorno al mio torso. Le sue dita si insinuarono tra i miei capelli, pettinandoli in un modo che mi fece correre un brivido lungo la schiena.

Come...? Mi bloccai, incerta su cosa chiedergli. Non riuscivo a ricordare niente di quello che era successo dopo che mi aveva costretta a trasformarmi. Mi ero chiusa in me stessa, aspettandomi il peggio. Ma il profumo di pulito e il calore che mi lambiva la pelle non erano i classici segni di una violenza.

Mi sentivo... *pulita*.

E al sicuro, pensai di nuovo. *Realmente al sicuro*.

Ma non aveva alcun senso. Era così furioso ed esigente, il suo ringhio era lo stesso che avevo sentito mille volte. *Trasformati, così posso scoparti. Trasformati, così posso darti il mio nodo. Trasformati, così posso possederti.*

Solo che le cosce non mi dolevano, e nemmeno le mie viscere, a parte i crampi allo stomaco per la mancanza di cibo. E la mia pelle era fresca e illesa.

«Non...». Avevo la voce roca e la gola incredibilmente secca.

L'alfa Sven si spostò, allontanandomi dal mio placido rifugio e suscitando una piccola protesta da parte della mia lupa. Cercai di soffocarla, di bandire i suoni del mio animale interiore. Ma l'alfa doveva avermi sentita, perché si mosse attorno a me, mormorando tenere rassicurazioni.

Le mie palpebre rifiutarono di sollevarsi, impedendomi di vedere cosa stesse facendo.

Poi il collo di una bottiglia di plastica incontrò le mie labbra. «Bevi» mi ordinò.

Lo feci perché avevo bisogno di acqua. Ma mi bruciò la gola, e sul mio viso comparve una smorfia. L'alfa riprese con il suo brusio, chiaramente compiaciuto della mia obbedienza.

Cosa diavolo è successo?

Gli alfa non si comportavano così. Non si prendevano cura di me dopo avermi scopata. Mi lasciavano intrisa del loro seme e mi passavano a qualcun altro.

Ma le lenzuola erano così soffici sotto di me.

E quel maschio così caldo. Mi ricordava il sole. Il suo calore si diffondeva sulla mia pelle, immergendomi in un mare di protezione che minacciava di sopraffare la mia lupa. Voleva abbandonarsi completamente a lui, accettare la sua forza e implorarlo di non lasciarla mai.

Dev'essere un trucco, pensai. *Qualche sorta di inganno.*

La plastica abbandonò la mia bocca, il pollice dell'alfa catturò una goccia che mi stava colando dalle labbra. Poi lui si spostò di nuovo e finalmente i miei occhi si aprirono, lasciando che lo osservassi appoggiare la bottiglia sul comodino.

Era a petto nudo, i suoi capelli biondi erano arruffati e andavano in tutte le direzioni. Le sue fusa mi avvolsero mentre tornava a sistemarsi davanti a me, condividendo lo stesso cuscino. Teneva un braccio sotto di me, una lingua di fuoco che mi scaldava la schiena.

Io ero nuda. Non ne fui sorpresa, considerando ciò che probabilmente era successo in quel letto.

Solo che non sentivo alcun odore di seme o altri fluidi corporei. Le lenzuola erano pulite, riuscii a cogliere un sottile profumo di sapone. Ero circondata anche dalla fragranza virile dell'alfa Sven, che mi aveva lasciato sulla pelle il suo marchio di sudore e di *maschio*.

Ma non come succedeva di solito.

Mi aveva marchiata in modo diverso, il suo tocco era stranamente tenero.

Mi accarezzò il mento e lo piegò appena, spostando il mio sguardo sul suo. «Sei pronta per mangiare qualcosa?».

La mia lupa annuì, implorandomi di accettare la sua offerta. Ma sapevo cosa sarebbe seguito al cibo. E solo perché non ricordavo la nostra prima scopata, non significava che sarebbe successo lo stesso con la seconda. Soprattutto se mi dava da mangiare. Era più difficile rintanarmi nella mia mente, mentre il mio corpo esigeva che vomitassi.

Un lampo attraversò i suoi occhi azzurri, e la sua espressione si incupì. «Mmh... capisco». Si allontanò e scese dal letto, e con lui se ne andò anche il suo dolce brontolio.

La mia lupa si lamentò per la perdita del contatto con lui, mentre la mia mente si sforzava di trovare un'altra via di fuga prima che iniziasse... qualsiasi cosa stesse per iniziare.

«Immagino che dovremo passare alle maniere forti» disse l'alfa Sven andando verso la porta.

Merda, devo nascond...

Un attimo. Perché non è nudo?

La sua schiena muscolosa si assottigliava verso la vita, la sua pelle liscia e pallida era ben visibile... fino ai boxer neri.

Rimasi a bocca aperta davanti al suo sedere sodo coperto dal tessuto.

E lui sparì attraverso la porta senza dire un'altra parola.

Afferrai il lenzuolo. La mia mano si mosse più lentamente di quanto volessi, a causa della mancanza di energia, ma alla fine riuscii a sollevarlo quel tanto che bastava per mostrarmi ciò che già sapevo. *Sono nuda.*

Ma lui no.

Mi aveva tenuta stretta a sé indossando un paio di boxer.

Quale alfa farebbe mai una cosa del genere?

Lasciai cadere il lenzuolo e mi stesi sulla schiena, restando a fissare il soffitto. *Non ha...? Cos'ha...?* Le domande inespresse continuavano a rimbalzarmi nella testa. La mia mente era incapace di trovare una risposta.

Per la prima volta nella vita, cercai di ricordare cosa mi avesse fatto un alfa. Ma il mio cervello si rifiutava di collaborare. Mi ero chiusa in me stessa non appena completata la trasformazione. Poi mi ero risvegliata nel tepore delle sue braccia, comoda e *al sicuro.* Mi sembrava che fosse trascorsa un'eternità dall'ultima volta che mi ero sentita in quel modo.

Forse era accaduto prima del mio primo estro, quando avevano permesso a mia madre di passare un po' di tempo con me e mia sorella. Mi ero sentita completa. Innocente. Felice.

Mia sorella aveva appena trovato il suo compagno e mia madre era così fiduciosa.

Finché mio padre non aveva ucciso l'alfa di Savi.

E mi aveva strappata a mia madre per mostrarmi quale fosse il mio ruolo.

Ero stata portata via dal mio rifugio e gettata nelle segrete, dove mi avevano sfruttata e distrutta, sia fisicamente che psicologicamente. Il mio stomaco si ribellò al ricordo di quel dolore.

Forse era proprio quello lo scopo dell'alfa: illudermi di essere al sicuro, per poi soffocare ogni barlume di speranza.

Ma a che fine? Cosa avrebbe ottenuto l'alfa Sven annientandomi subito dopo avermi confortata?

Ero già a pezzi.

Sconfitta.

Posseduta.

Poteva farmi tutto quello che voleva, e io glielo avrei permesso. Avrebbe potuto uccidermi e non mi sarei nemmeno ribellata. Perché disturbarsi con il suo brusio o i bagni o... *il cibo?* Il mio naso fremette, cogliendo i nuovi odori che serpeggiavano nell'aria.

Forse sapeva che mi avrebbe tenuto sveglia. Che avrei potuto sperimentare qualsiasi oscurità volesse infliggermi.

Valutai l'idea di trasformarmi e nascondermi, ma i suoi passi riecheggiarono nella suite. Stava arrivando.

Il mio cuore mancò un battito. *Se invoco la mia lupa, allora...*

«Non farlo» disse entrando in camera. «Non voglio farti del male, Kari. Ma ti costringerò a tornare in forma umana e a mangiare».

Lo fissai allarmata. *Come fa a saperlo?*

«Ho percepito la tua energia sulla pelle» spiegò dopo aver letto la mia espressione, o i miei pensieri, o la mia *energia*.

Non ero sicura di come mi facesse sentire quella connessione; era talmente in sintonia con me da sapere a cosa stessi pensando.

Appoggiò sul letto un vassoio con abbastanza cibo da sfamare un esercito di cuccioli. Il mio stomaco esultò, la mia lupa non vedeva l'ora di mangiare qualcosa.

Ma sapevamo entrambe cosa sarebbe accaduto dopo.

E ciò significava che potevo concedermi solo qualche morso, o me ne sarei pentita amaramente.

Era per questo che ero sempre priva di energia. Ma

preferivo essere debole che vomitare durante o dopo il sesso.

«In questo periodo dell'anno ci sono molte più ore di buio che di luce, quindi la colazione sembra sempre una scelta appropriata». Indicò i vari piatti presenti sul vassoio, descrivendone il contenuto.

C'erano uova, salmone affumicato, diversi tipi di formaggio e verdure. Niente mi sembrava appetitoso, pensando al motivo per cui voleva nutrirmi.

L'alfa Sven notò la mia riluttanza con un sopracciglio inarcato. «Se non prendi la forchetta e mangi da sola, inizierò a nutrirti a forza».

Serrai la mascella. Una parte di me voleva rifiutarsi solo per principio.

Un gesto insensato, che avrebbe sicuramente decretato la mia condanna a morte. Ma non riuscii a evitarlo. Sapevo cosa sarebbe accaduto dopo aver mangiato, e non volevo rovinarmi l'umore.

Avrei voluto chiedergli di ricominciare a emettere quel suono e lasciare che dormissi ancora tra le sue braccia. Mi sarebbe piaciuto avere qualche altro minuto di pace.

Ammesso che non avesse fatto altro. Ma considerando come mi sentivo, era improbabile. Un uomo con la sua stazza e la sua forza mi avrebbe sicuramente lasciato qualche livido. Se mi avesse scopata, l'avrei saputo, soprattutto perché aveva detto che avevo dormito solo per un giorno.

Sono qui da tre giorni, pensai, ricordando le sue parole. *Sì, lo avrei...*

«Kari». Pronunciò il mio nome con un ringhio di avvertimento.

Mi misi lentamente a sedere, appoggiando la schiena

alla testiera del letto. Poi afferrai un gambo di sedano e lo masticai con altrettanta lentezza.

Un muscolo si contrasse sulla sua mascella, ma l'alfa non disse nulla. Mi guardò e basta.

Dopo aver finito, presi un altro gambo. E lui mi scoccò un'occhiata inferocita.

Dopo il terzo gambo, mi catturò il polso. «Non so a che gioco stai giocando, omega, ma hai bisogno di qualcosa di più del mangime per conigli».

«Sei stato tu a portarmi della verdura» osservai.

Le sue sopracciglia si sollevarono. «Sono di contorno. Mangia il salmone».

«Allora potevi darmi solo il salmone, invece di un vassoio pieno di cibo» ribattei, incerta delle origini della mia sfrontatezza. Era il tono che usavo con mia sorella quando eravamo più giovani e serene. Di certo non avevo mai risposto in quel modo a un alfa.

Arretrai istintivamente, ricordandomi solo in quel momento della testiera. *Merda*. Abbassai lo sguardo e mormorai delle scuse, ma era troppo tardi. Gli alfa non amavano la disobbedienza. Avevano ucciso per molto meno.

L'alfa Sven mi catturò il mento e io chiusi gli occhi, rassegnata al mio destino.

«Guardami» disse in tono severo.

Allora è così che sarà. Costretta ad assistere alla mia punizione. E ora che avevo un po' di cibo nello stomaco, non sarei mai riuscita a estraniarmi.

Certo, me lo meritavo. Sapevo bene che non dovevo esprimere quello che pensavo.

«*Kari*» sbottò con impazienza, spingendomi ad aprire gli occhi di scatto.

Due tempeste gemelle ricambiarono il mio sguardo. Si inginocchiò accanto a me sul letto con un'espressione feroce. «Non ti farò del male». Le sue parole erano come pugnalate per i miei sensi, la sua irritazione mi aveva fatto venire la pelle d'oca. «Ma non permetterò nemmeno che *tu* ti faccia del male. Dovrai mangiare finché non ti dirò che puoi smettere».

Lasciò andare il mio mento e si sistemò accanto a me, appoggiando il vassoio sulle sue cosce muscolose. Mi sentivo così piccola in sua presenza, era almeno il doppio di me.

Quella non era una novità, ma i suoi lineamenti affascinanti possedevano una gentilezza che mancava agli altri alfa. Ciò non lo rendeva meno virile, anzi, semmai più attraente. Non aveva la barbara ferocia tipica di molti alfa del settore Bariloche. Sembrava quasi regale. Divino. Ultraterreno.

«Fissarmi così non ti aiuterà, tesoro» mormorò. Le sue labbra carnose si arricciarono di lato. «Anche se non mi dispiace avere i tuoi occhi addosso».

Sbattei le palpebre, confusa. Poi mi resi conto che lo stavo ammirando da chissà quanto, indugiando sul suo viso e apprezzando il taglio elegante del mento. Invece di smettere, continuai a studiarlo. La mia esplorazione mi condusse lungo i forti tendini del collo e verso le sue spalle imponenti.

La maggior parte degli alfa era un ammasso di muscoli, e lui non faceva eccezione. Ma le sue vene non sporgevano come quelle degli altri, le sue braccia erano più slanciate e atletiche che minacciose.

Interruppe il mio esame portandomi la forchetta alle labbra. Aprii la bocca perché sapevo di non avere altra scelta. Un sapore affumicato mi lambì la lingua, e la mia lupa ringhiò di approvazione. Era pesce di ottima qualità.

Erano passati anni dall'ultima volta che mi ero concessa qualcosa che non fosse del cibo avanzato da altri. Quelle pietanze avrebbero turbato il mio stomaco, facendomi venire più nausea del solito durante il sesso. Ma non riuscii a soffocare un gemito soddisfatto, perché il salmone era veramente buono.

L'alfa Sven ricominciò a emettere il suo solito brontolio, una carezza ipnotica che mi cullò in uno stato remissivo. Smisi di preoccuparmi della nausea e scelsi di godermi il momento. *Devo solo assicurarmi che ne valga la pena*, mi dissi, assaporando i diversi piatti. A un certo punto, il mio stomaco iniziò a protestare. Dopo anni trascorsi quasi a digiuno, non avevo mai molto appetito.

L'alfa Sven non insistette e finì quello che avevo avanzato, senza mai smettere di deliziarmi con il suo brontolio. Poi appoggiò il vassoio sul pavimento e mi guardò.

Mi sentii sprofondare.

Volevo chiedergli di aspettare un attimo, di darmi almeno il tempo di digerire, prima di cominciare. Ma sapevo che non era il caso.

Così mi stesi e spalancai le gambe come mi era stato insegnato. E aspettai.

L'alfa Sven si godette la visuale per qualche istante, poi si stese accanto a me, sul fianco, appoggiandosi sul gomito. «Non ho nessuna intenzione di scoparti in questo stato, omega» disse. «Non riusciresti a reggere. Non ancora, almeno. Quindi puoi rilassarti».

Aggrottai la fronte. *Cosa?*

Mi accarezzò il viso, intensificando il brusio man mano che scendeva con le dita lungo il mio collo, verso lo sterno e lo spazio tra i miei seni.

«Non voglio mentirti, Kari» sussurrò, avvicinandosi al mio ventre e seguendo il contorno del mio ombelico. «Il mio lupo ti ha già rivendicata. E ho tutte le intenzioni di farti mia. Ma non finché non sarai in forze».

Rabbrividii. Non sapevo cosa rispondere. Non avevo la possibilità di scegliere. Mi voleva, quindi mi avrebbe presa. Come tutti gli alfa. E quando si fosse stancato, mi avrebbe data a qualcun altro.

Un tempo sognavo di fuggire. Di costruirmi una vita da qualche altra parte. O anche solo di lasciarmi morire da sola nel bosco.

Forse quello era il posto giusto per provarci. Per quanto la suite fosse comunque una prigione, era ampia e confortevole. E il cibo mi avrebbe aiutata a rimettermi in forze.

Cosa sarebbe successo se avessi rotto le vetrate e mi fossi gettata nell'oceano? Sarei morta per l'impatto? O la mia lupa sarebbe riuscita a guarirmi? Nel mio stato attuale, sarei sicuramente morta. Ma se avessi continuato a mangiare e avessi riacquistato tutte le mie abilità di mutaforma, forse sarei sopravvissuta.

E poi?, mi domandai, pensando all'aria gelida che spirava all'esterno. *Mi trasformerò in un cubetto di ghiaccio?*

Il tocco dell'alfa raggiunse il mio inguine depilato e si spostò sul fianco. Le sue carezze erano così leggere, le sue mani esploravano un corpo che aveva deciso che gli apparteneva, e che sarebbe stato suo finché lo desiderava.

Rendermene conto mi fece rivoltare lo stomaco, riaccendendo il mio odio verso gli alfa e verso tutti i lupi. Verso il destino che mi era stato imposto.

Ma non potevo negare che le sue dita stessero evocando un certo calore, che si abbinava perfettamente al profondo brusio proveniente dal suo petto.

Mi stava conducendo a uno stato di sottomissione per piegarmi al suo volere. Non ero abbastanza forte da oppormi, così mi limitai ad assorbire la forza che mi offriva, lasciando che la mia mente sognasse un'alternativa. Che valutasse un'altra via di uscita.

Gli alfa mi avevano usata per tutta la vita.

Perché non fare lo stesso?

Mi sembrava giusto, considerando tutto quello che avevo dovuto sopportare. Se voleva rendermi più forte per potermi scopare, glielo avrei permesso. E quando si fosse presentata l'occasione, lo avrei sfruttato a mio vantaggio.

E sarei fuggita.

CAPITOLO 8

KARI

Mi risvegliai avvolta da una coltre di calore. Cercai di ricordare quando mi fossi addormentata. L'alfa Sven mi aveva accarezzata per quelle che mi erano sembrate ore. Le sue mani avevano esplorato tutto il mio corpo, tranne le parti più intime.

Mi aveva tentata con la sicurezza e il calore che la mia lupa aveva desiderato per tutta la vita. Nonostante la mia mente fosse consapevole di non dover cedere ai suoi trucchi, non potevo negare il conforto suscitato dalla sua presenza.

Aprii gli occhi e mi resi conto di avere la testa appoggiata al suo petto. Ero stretta tra le sue braccia, cullata dal suo meraviglioso brusio. L'aveva emesso continuamente per giorni, o almeno così mi sembrava. Era ipnotico e irresistibile, ed ero certa che ne avrei sentito la mancanza.

Mi accarezzò i capelli e disse: «È di nuovo ora di mangiare».

Quasi gemetti. Era ossessionato dal cibo. Avevo l'impressione di aver mangiato solo dieci minuti prima, ma il leggero crampo allo stomaco mi disse che era trascorso molto di più. Forse un giorno intero. Era difficile avere la cognizione del tempo in quel nido di calore e brusii. A un certo punto, avevo sistemato le lenzuola in modo da creare una specie di muro, come se volessi intrappolarci per sempre in quel letto.

Mi posò un bacio sulla testa, tentando di divincolarsi dal nostro bozzolo di tessuto. Ringhiai, infastidita. I suoi movimenti stavano smembrando la barriera che avevo costruito con tanta cura.

Si fermò e io mugolai in segno di approvazione, rannicchiandomi verso le vibrazioni provenienti dal suo petto.

«Non riuscirai a distrarmi, Kari. Devi mangiare» mi avvertì.

Lo ignorai. Non avevo nemmeno capito cosa intendesse. Continuai a premere il corpo sul suo per ritrovare il benessere che avevo provato prima che si muovesse.

Lui sospirò e mi strinse a sé, poi mi accarezzò la schiena. Mi sentivo in paradiso. O forse ero all'inferno. Perché sapevo che non sarebbe durato, e ogni respiro mi avvicinava all'inevitabile.

Ma più mi teneva tra le braccia, più mi rilassavo. Allungai la mano per sistemare la coperta che aveva spostato e chiusi di nuovo gli occhi.

Passarono i minuti.

O forse le ore.

E l'alfa cercò ancora una volta di muovermi.

Ringhiai.

Ringhiò anche lui.

La mia lupa uggiolò.

Lui mi baciò sulla fronte e si allontanò nonostante le mie proteste, lasciandomi nel fortino che avevo creato. Era strano, eppure molto naturale. Riconobbi i tipici segnali dell'impulso a costruire un nido. Lo avevo visto accadere ad altre omega, ma non lo avevo mai sperimentato in prima persona.

Non avevo mai posseduto un posto tutto mio, né avevo mai avuto accesso a della biancheria così lussuosa. Nel settore Bariloche, ero rinchiusa in una sorta di gabbia. Mi lasciavano uscire solo quando un alfa mi voleva prendere in un letto, che però non era mai il mio.

Nemmeno questo è mio, pensai.

Ma ciò non mi impedì di sprimacciare uno dei cuscini e sistemare di nuovo le coperte e le lenzuola dove le volevo. Lasciai uno spazio per l'alfa Sven. Una strana premura, perché non apparteneva assolutamente al mio nido. Eppure, mi piaceva il modo in cui il suo odore aveva impregnato il tessuto. E adoravo il suo calore.

Stavo dando gli ultimi ritocchi al mio rifugio quando una delle pareti si aprì, rivelando l'alfa Sven e un altro vassoio di cibo. Lo sistemò all'interno, strappandomi un lamento infastidito. Presi il vassoio e lo gettai a terra con un basso ringhio di avvertimento.

Il cibo non va nel nido!, urlai mentalmente.

«*Kari*». La sua furia era quasi palpabile e agitò la mia lupa. Ma non mi lasciai intimidire. Aveva cercato di sporcare il mio nido con *pesce* e... *bistecche*, mi resi conto arricciando il naso.

Lo fulminai con lo sguardo, incurante del cibo che giaceva sul pavimento. Meglio lì che sulle mie lenzuola.

«*Devi mangiare*» mi ordinò.

Sbuffai. Non aveva niente a che vedere con il cibo, ma con la sua mancanza di rispetto.

«Dico sul serio» continuò con un tono gelido. Il brusio era svanito. «Non voglio più saperne di queste stronzate autodistruttive».

Voleva parlare di distruzione? Aveva cercato di infilare

del *cibo* nel mio *nido*. «Sei un pessimo alfa». Avrebbe dovuto saperlo che uno spazio così prezioso non andava rovinato. *Il mio spazio.* Qualcosa che non avevo mai avuto. Forse era tutto parte del suo inganno. Cercava di farmi sentire a casa, per poi ricordarmi che non ero a casa, né al sicuro. Anzi, ero completamente alla sua mercé.

Sussultai.

Ecco.

Ecco qual era lo scopo. Mi aveva concesso qualche giorno di pace per poi strapparmelo...

«Un *pessimo* alfa?». La sua ira mi travolse, placando per un attimo il mio tumulto interiore.

L'ho chiamato davvero così? Non me lo ricordavo. Ero troppo concentrata sul mio nido e sulla situazione e... *Perché mi sto comportando così?* Non ero mai stata territoriale. Ed ero consapevole che quel letto non era mio, non avrei nemmeno dovuto costruirci un nido.

«Ti ho lavata, ti ho dato da mangiare, ti ho consolata, ti ho offerto calore e protezione e tu pensi che sia un *pessimo alfa?*». La sua voce divenne sempre più alta, fino ad assomigliare a un ruggito. Mi rifugiai nel nido e invocai istintivamente la mia lupa. La mia pelle si coprì di ciuffi di pelo, e mi trasformai molto più rapidamente di quanto mi aspettassi.

Perché sono ben nutrita, mi resi conto.

Mi sentivo già più forte, nonostante l'alfa Sven mi avesse dato solo un po' di conforto e di cibo.

Un ringhio furioso seguì la mia trasformazione. Non avevo mai visto l'alfa così arrabbiato. «Torna subito in forma umana» mi ordinò. «O le conseguenze non ti piaceranno, Kari».

Merda. L'avevo fatto veramente incazzare. E ora mi avrebbe distrutta.

Saltai fuori dal nido, terrorizzata che potesse afferrarmi e bloccarmi sul letto.

Ma fu la mossa sbagliata, perché si lanciò verso di me con un ringhio e il suo lupo che gli brillava negli occhi. Non solo l'avevo insultato, ma avevo anche provocato il predatore che c'era in lui.

Era un disastro.

Corsi in salotto, cercando di sfuggirgli, e feci cadere diversi oggetti lungo la strada. Lui ringhiò dietro di me, poi si bloccò accanto al divano e fissò la porta.

Un dolce profumo raggiunse le mie narici, facendomi rizzare la pelliccia.

Omega.

Competizione.

Non mi piace.

La mia lupa reagì con un ringhio, che l'alfa Sven ricambiò. Marciò verso la camera da letto e si vestì, per poi dirigersi verso la porta.

Ringhiai di nuovo, irritata che mi stesse abbandonando per un'altra omega. Ma mi immobilizzai quando sbottò: «*Basta*».

E si chiuse la porta alle spalle.

La mia lupa si ribellò, furiosa per essere stata trascurata in favore di un'altra femmina. Nel frattempo, la mia mente vorticava nel tentativo di capire cosa fosse appena successo e perché.

Avevo creato un nido.

Lui aveva cercato di rovinarlo.

Avevo gettato il cibo per terra.

Poi lo avevo chiamato un pessimo alfa.

E lui se n'era andato con un'altra.

Mi accasciai sul pavimento e mi misi a fissare il vuoto, cercando di elaborare il caos emotivo che mi aveva travolta.

Se n'era andato. Non era forse un bene? La mia lupa non era d'accordo. Una parte di me voleva andare in camera da letto e distruggere lo spazio sicuro che lui mi aveva aiutata a creare. Un'altra parte, invece, voleva rintanarsi nel nido e piangere tutte le sue lacrime.

Avevo... avevo rovinato tutto.

In un certo senso.

Forse.

Non capivo più niente. L'alfa Sven non si comportava come gli altri lupi. Mi... mi aveva dato da mangiare. Mi aveva offerto un rifugio. *Aveva emesso quel dolce suono per tranquillizzarmi.*

E ora mi stava punendo trastullandosi con un'altra omega. Era una schiava anche lei? Quante ne possedeva?

Arricciai il naso, il suo profumo era ancora persistente. Fu allora che capii che non se n'era realmente andato. Era in corridoio, fuori dalla porta, come aveva fatto qualche giorno prima con l'alfa Ludvig.

Colsi il brusio delle voci e le mie orecchie fremettero di irritazione per il suono di... *Un attimo...* Quel tono mi era familiare.

Snow Frost.

Ma Snow era una beta, non un'omega.

Aveva un'omega con sé?

Annusai l'aria, ma trovai solo il profumo stucchevole della competizione mescolato a quello del mio alfa.

Spalancai gli occhi. *Il mio alfa? No, no, no. Non è il "mio" niente.*

Un brontolio di disaccordo mi rimbombò nel petto. *Il mio alfa*, disse la mia lupa.

Scrollai la pelliccia cercando di riacquistare un briciolo di lucidità, perché avevo chiaramente perso la testa. Poi mi accovacciai su un mucchio di cuscini sventrati. *Starebbero benissimo nel mio nido. Forse...*

La porta si aprì e l'odore della competizione si diffuse nell'aria, strappando un altro ringhio alla mia lupa. *Rivale!*

«La conversazione non è finita» disse l'alfa Sven, i cui occhi azzurri piombarono su di me. «Considera questa pausa un regalo, omega. Adesso hai almeno due ore per darti una regolata».

Io dovrei darmi una regolata?!, pensai con un grugnito. *Sei tu che stai flirtando in corridoio con un'altra omega!*

«Dovrai mangiare mentre sarò via» continuò.

Tutto questo non ha niente a che vedere con il cibo, borbottai. Non che potesse sentirmi, visto che ero in forma di lupo, ma forse sarebbe riuscito a leggermi nella mente come aveva già fatto in precedenza. *E dove andrai per due ore? A giocare con la tua nuova omega?* Il solo pensiero mi fece rizzare di nuovo la pelliccia. Una reazione istintiva, priva di logica. Ma non c'era alcuna logica in quella situazione.

«Morire di fame non è un'opzione» sbottò, chiaramente incapace di leggermi la mente. O forse la nuova omega stava offuscando il suo giudizio.

Ti odio.

«Se non lo farai da sola, ti nutrirò a forza, proprio come ieri» aggiunse. «A te la scelta, omega».

Considerava quell'esperienza "nutrirmi a forza"? Mi aveva solo avvicinato la forchetta alla bocca, e io avevo fatto tutto il resto.

Oh, aspetta un secondo. Adesso mi stai distraendo con la tua ossessione per il cibo. Lo fulminai con lo sguardo. *Qui il cibo non c'entra nulla, stupido alfa.*

Posò le mani sui fianchi. «Due ore» disse. «Mangia, lavati e fatti trovare in forma umana».

Perché? Per usarmi mentre la tua nuova omega si riposa?,

domandai. Non sapevo da dove provenisse tutta quella furia, ma la assecondai comunque. Non mi ero mai sentita possessiva nei confronti di un alfa e non avevo idea del perché stesse accadendo proprio con lui. Forse perché, dopo anni di torture, era stato gentile con me per qualche minuto.

Ma non c'è niente di diverso in lui, pensai, riflettendoci sopra mentre il maschio in questione si accucciava davanti a me per guardarmi negli occhi.

«Sono stato indulgente con te per via della tua situazione. Al mio ritorno, però, non sarà più così. E la tua disobbedienza verrà punita a dovere». Parlò lentamente, come se pensasse che altrimenti non avrei capito.

Mi fece venir voglia di ringhiargli contro. Ma preferii sostenere il suo sguardo per dimostrargli che non avevo paura di lui. Poteva punirmi anche in quel momento, se significava che non sarebbe andato via con l'altra omega.

Cosa mi sta succedendo?, mi chiesi. Un improvviso impulso a lanciarmi verso di lui e mordergli la spalla mi lasciò stordita e incapace di reagire.

Mio, gridò la mia lupa con furia.

Perché?, le domandai. Quello scambio bizzarro mi stava dando le vertigini.

L'alfa Sven si alzò di scatto. La sua irritazione fu come una frustrata per i miei sensi che mi spinse a desiderarlo ancora di più. *Non andartene*, voleva dirgli la mia lupa. *Il tuo posto è qui. Nel mio nido.*

Smettila, la implorai. *Basta con questa follia.*

«Vedi di farla ragionare» disse l'alfa, confondendomi ancora di più.

Aveva percepito il bisogno della mia lupa di rivendicarlo? Mi stava ordinando di tenerla sotto controllo?

Certo che era quello che voleva. Essendo un'omega

sterile, non potevo realmente reclamarlo e viceversa. Tutta la situazione era...

«Devo andare ad assicurarmi che Kazek non uccida mezzo settore» aggiunse dal corridoio.

Cosa?

Il rumore dell'ascensore che si chiudeva agitò la mia lupa. Se n'era appena andato con quell'omega, assicurandosi che sapessi cosa avrebbero fatto per le due ore successive.

Ringhiai e rovesciai il tavolino accanto a me. Mi lanciai verso la porta, pronta a fare a pezzi anche tutto quello che avrei trovato in corridoio.

Ma mi bloccai sulla soglia alla vista di Snow Frost.

Era *lei* la fonte dell'odore di omega.

CAPITOLO 9
KARI

Il mio animale ringhiò. Ecco chi era la nostra rivale. Una principessa. Una ex beta. *Come hai fatto a diventare un'omega?*, avrei voluto chiederle. *E cosa vuoi dal mio Sven?*

Non è mio!, gridai a me stessa.

Sto delirando. Ho completamente perso la testa.

Snow ricambiò il mio ringhio con altrettanta veemenza, seppur mescolata a una punta di preoccupazione. «Non sono dell'umore, Kari» disse. «Ma sono contenta di vedere che stai bene».

Esitai, colpita dalle sue parole. *Sei contenta di vedere che sto bene? Perché?* Ci conoscevamo appena. Ero stata un regalo per il suo promesso sposo. Un'omega a cui dare il suo nodo perché Snow non poteva... *Ma adesso è un'omega.* Il profumo era inconfondibile. E standole vicino mi resi conto che era impregnata anche dell'odore di un altro alfa, un odore impresso nella sua pelle come un marchio.

Entrò nell'appartamento e cominciò a esplorarlo. Probabilmente ne aveva avuto abbastanza della nostra conversazione.

La seguii, incuriosita e vagamente infastidita dal fatto che si sentisse in diritto di invadere il mio spazio. *Non è mio*, corressi la mia lupa per la milionesima volta. Snow era passata a esaminare la cucina. C'era un altro vassoio colmo di cibo, che immaginai fosse destinato all'alfa Sven. Doveva aver pianificato di mangiare dopo essersi occupato di me.

Oops.

«Wow» esclamò Snow osservando il frigo.

Seguii il suo sguardo. Non avevo idea di cosa avesse potuto suscitare quella reazione.

Poi indugiò sui graffi che avevo lasciato sul tavolo con gli artigli, frutto del mio tentativo di ridecorare la suite dopo il mio arrivo, e alla fine andò nella mia stanza.

Mmh.

Tornai in forma umana. Volevo dirle di stare alla larga dal mio rifugio. «Okay...» mormorò, girandosi verso di me mentre terminavo la trasformazione.

«Cosa stai facendo?» le chiesi con un tono più aggressivo del previsto. Ma era troppo vicina al mio nido.

«Sto cercando di trovare l'area esterna di cui mi ha parlato Alana» rispose.

Non sapevo chi fosse quella *Alana*, quindi non potei far altro che dire: «Oh». Poi annuii e le mostrai la porta in fondo alla stanza che conduceva al balcone esterno. «È una serra» dissi, indicando gli alberi. «Immagino non sia male, per una cella». Un commento che mi portò a domandarmi perché fosse lì. Avevo percepito la sua presenza sul jet, ma avevo pensato che fosse frutto della mia immaginazione. E poi me ne ero dimenticata.

Il ricordo mi spinse a chiederle come mai si fosse intrufolata sull'aereo. A cui replicò: «Perché non li hai avvertiti che ero lì?».

Le confessai la mia incertezza, poi mi guardai attorno e

aggiunsi: «Non sono ancora convinta che *tutto questo* sia reale».

Era tutto così strano e insolito, e il mio istinto di reclamare l'alfa Sven non faceva che dimostrarlo.

Almeno non se n'è andato con un'omega, mi consolai.

Poi fui sul punto di ringhiare, perché non avrei dovuto esserne contenta. Avrei dovuto odiarlo. «Non sono delle brave persone» dissi più a me stessa che a Snow. «*Lui* continua a mentire. A ingannarmi. Ma non sono una stupida. Gli alfa non fanno altro che distruggere, ma non lascerò che distrugga anche me».

Ecco. L'avevo detto. E questo lo rendeva vero.

Allora perché mi sta tremando il mento?

Uffa!

Soffocai l'impulso di gridare e mi allontanai da lei, solo per irrigidirmi al suono lontano di un coro di ululati. Ululati di alfa. *Oh, no. Oh, no, no, no!* Conoscevo quel suono. *Battaglia. Distruzione. Aggressione.*

Gli alfa del settore Bariloche si azzuffavano spesso per sfogare la loro aggressività, salvo poi aver bisogno di qualcosa, o qualcuno, che li placasse.

Sta succedendo.

Stanno arrivando.

L'alfa Sven mi ha lasciata qui... perché vuole presentarmi al resto del branco.

Mi cedettero le gambe. Mi rintanai in un angolo e mi coprii il viso con le mani, dondolando avanti e indietro. *Andrà tutto bene. Oggi non ho mangiato. Sopravviverò al dolore.*

Non avrei dovuto litigare con lui. Avrei dovuto... avrei dovuto... Non sapevo cosa avrei dovuto fare. Non lo sapevo!

La voce di Snow riecheggiò attorno a me, ma non riuscii a sentirla. Gli ululati portati dal vento coprivano qualsiasi altro suono. Erano così arrabbiati. Così violenti. Così selvaggi.

L'omega accanto a me ricominciò a parlare.

Non capivo. Mescolate ai ringhi e agli ululati, le sue parole erano praticamente incomprensibili.

Ma, dopo qualche minuto, fecero breccia nella mia mente in preda al panico. Stava dicendo qualcosa sull'alfa Enrique, su come avesse pianificato di ucciderla. Mi sentii sprofondare.

L'alfa Enrique non farebbe mai nulla del genere, pensai. *A meno che non volesse proteggerti.*

Forse sapeva che era un'omega e voleva porre fine alle sue sofferenze prima che gli altri potessero sfruttarla come me e Savi?

Continuò a raccontarmi di come era andata in calore subito dopo l'atterraggio e borbottò qualcosa sui soppressori che nascondevano la sua vera natura. Questo spiegava l'odore di beta.

Poi mi disse dell'alfa Kazek e di come l'aveva reclamata. Ora lo stavano punendo per averlo fatto senza permesso. Ero ancora più confusa. Gli alfa non facevano quello che volevano? O forse era perché l'aveva reclamata senza l'approvazione dell'alfa del settore?

«Penso sia questa la causa di tutti gli ululati» concluse. «Mi ha detto che avrei sentito cosa sarebbe successo, ma non avrei potuto vederlo».

Non ero sicura di *chi* glielo avesse detto né cosa intendesse esattamente. Ma la sua spiegazione mi rassicurò, perché significava che tutto quello che stava succedendo non aveva a che fare con me.

Ha a che fare con lei.

E di colpo il gelo si insinuò nelle mie vene, perché mi resi conto che forse era anche peggio. Snow non sembrava capire cosa la aspettasse. Era innocente e ignara del destino da cui l'alfa Enrique aveva cercato di salvarla.

Povera Snow.

Non la consideravo più una rivale, ma una compagna.

In basso un alfa cominciò a parlare ad alta voce, con un tono che mi fece venire la pelle d'oca. Sembrava provenire da qualcuno di grosso. Potente. *Terrificante.*

E d'un tratto la riconobbi. L'avevo già sentita sull'aereo. *Questo dev'essere il suo alfa, Kazek.* Dopo qualche altra parola si presentò, confermando la mia ipotesi.

Poi spiegò che Snow Frost del settore Winter era diventata la sua compagna. L'annuncio fu accolto da una serie di ringhi inferociti; gli alfa non ne erano felici. Ma lui rimase impassibile. Disse che attendeva di essere sfidato da loro. Li avvertì che era pronto a combattere fino alla morte, piuttosto che sottomettersi, e concluse affermando: «Accoglierò con gioia il vostro sangue sulle mie mani».

Rabbrividii. «*Quello* è il tuo compagno?».

«Ehm... sì. Quello è l'alfa Kazek».

Sbiancai. «Sembra terrificante».

Non rispose, ma le lessi in viso che era d'accordo. Mi sentii improvvisamente fortunata al pensiero che era stato l'alfa Sven a cercare di prendersi cura di me, e non l'alfa Kazek.

«Cosa ti succederà se perde?» le domandai a bassa voce.

«Verrò reclamata da un altro alfa» sussurrò.

Non aveva alcun senso. «Ma se muore, il legame infranto ti distruggerà». La guardai, consapevole di cosa avrebbe dovuto sopportare. Perché era la stessa sorte capitata a mia sorella. «I legami di accoppiamento dovrebbero essere indissolubili».

«Indissolubili?» ripeté. Il suo tono confermava che non aveva idea di cosa la aspettasse.

Se l'alfa Kazek avesse perso, sarebbe diventata una schiava. Un'omega spezzata passata da un alfa all'altro, derisa e scopata fino a desiderare la morte. E solo un alfa gentile gliel'avrebbe concessa.

Anche se fino a quel momento ne avevo conosciuto soltanto uno. *L'alfa Enrique.* Ma aveva già tentato di salvarla, e aveva fallito. Proprio come era successo con me.

Perché ero stata portata via prima che ne avesse l'opportunità.

«Sì» mormorai, confermando che i legami di accoppiamento erano indissolubili. «Ero convinta che quello che mi ha fatto mio padre fosse una benedizione, perché nessun alfa avrebbe voluto reclamare un'omega incapace di procreare. L'assenza di un legame significa che la mia anima non dovrà mai connettersi a un'altra. Ma ho scoperto a mie spese che gli alfa possono distruggerti in un modo completamente diverso».

«Quello che tuo padre...». Si interruppe con un brusco sussulto. I suoi occhi neri si spalancarono per il terrore. Cadde a terra e si raggomitolò su se stessa.

I miei occhi si riempirono di lacrime. Il ricordo di mia sorella che cadeva in quella stessa identica posizione, tanti anni prima, mi riaffiorò nella mente.

Il suo compagno... Sente la sofferenza del suo compagno...

«Snow» ansimai. Non sapevo come aiutarla. Ma mi sentivo comunque obbligata a provarci. Il volume degli ululati aumentò, la violenza mi sferzò i sensi e mi fece desiderare di gettarmi a terra e unirmi alla sua disperazione. Ma dovevo essere forte, dovevo aiutare la mia nuova compagna di sventure. Non avevamo nient'altro che noi stesse. Non c'era nient'altro che potessi fare.

Rimasi con lei, sussurrando di tanto in tanto il suo nome, cercando di darle conforto. Lei urlò, la sua agonia mi trafisse il petto. Continuò per un tempo che mi sembrò infinito, ripetendo una scena fin troppo familiare. Il mio cuore si spezzò per lei, per mia sorella, per mia madre. Per tutte le omega che erano state costrette a soffrire.

Avevo le guance bagnate di lacrime e i polmoni doloranti per la mancanza di fiato.

Alla fine Snow smise di gridare. Le sue spalle si afflosciarono, il tremore cessò. *È troppo presto*, pensai. *È troppo presto per avere quell'espressione spenta.* Mia sorella aveva impiegato mesi per raggiungere quello stato. Aveva urlato, aveva pianto, aveva cercato di uccidersi così tante volte. Ma Snow... si era calmata troppo in fretta. E anche gli ululati si stavano placando.

Cosa sta succedendo?, mi domandai guardandomi attorno, cercando di capire a cosa fosse dovuto quel cambiamento di atmosfera.

«Snow?» sussurrai. «Stai...?». Non riuscii a completare la domanda, incerta su cosa chiederle. Chiederle se stava bene sarebbe stata una follia. Era ovvio che non...

«Sto bene» disse con la voce arrochita dalle urla.

La guardai a bocca aperta, scioccata dalla sua ripresa miracolosa. Significava che il suo alfa era sopravvissuto? L'avrebbero usato contro di lei? Per costringerla a sottomettersi e accettare gli altri?

Non osai fare domande. La sua postura e il suo atteggiamento suggerivano che era già abbastanza distrutta. Le rimasi accanto, offrendole la poca forza che avevo, tentando di instaurare un legame con lei.

Ma mi irrigidii quando una presenza autoritaria lambì i miei sensi.

Alfa in arrivo.

Dominante.

Potente.

Feroce.

La mia lupa prese immediatamente il sopravvento e mi trasformai. Non potevo permettere che qualcuno toccasse Snow mentre era in quello stato. Era troppo fragile. Avrebbero dovuto vedersela con me. Sarei stata la loro valvola di sfogo. Lo avrei accettato.

Snow era terrorizzata.

Mi misi davanti a lei, pronta ad affrontare chiunque fosse entrato.

Si trattava di un maschio biondo, alto, con le spalle larghe. L'immagine sputata dell'alfa Sven. *È suo padre*, mi resi conto con un ringhio. *Non puoi toccarla!*, gli disse la mia lupa, assumendo una posizione difensiva.

Lui ringhiò in segno di rimprovero, per nulla compiaciuto del mio atteggiamento.

E quello fu sufficiente a far rintanare in un angolo il mio animale. La necessità di sottomettermi aveva avuto la meglio sulla ragione. *Ti odio*, pensai rivolta all'alfa. *Vi odio tutti!*

«Non rendere la tua punizione peggiore di quanto sia già, omega» mi avvertì.

La mia lupa guaì e cercò di sparire nel muro. Volevo darle della codarda. Ma non potevo. Quello era l'alfa del settore Norse. La sua anzianità mi intimoriva, così come la sua aria di superiorità.

Mi era chiaro da dove avesse ereditato il suo potere l'alfa Sven.

Erano due forze della natura contro cui non avevo nessuna possibilità. E glielo dissi raggomitolandomi il più possibile su me stessa.

Mi osservò per qualche istante, poi rivolse la sua attenzione a Snow.

E dal suo petto si levò un dolce brusio.

Non era come il suono emesso dall'alfa Sven. La mia lupa si irritò, perché non era quello che voleva sentire. Volevo il *mio* alfa, quello con cui la mia lupa si era trovata a suo agio negli ultimi giorni.

Sono proprio nei guai.

CAPITOLO 10
SVEN

Ero in corridoio, in attesa che mio padre finisse di parlare con *Winter*. La principessa omega aveva cambiato il suo nome da Snow Frost a Winter dopo che Kazek l'aveva reclamata. Un gesto appropriato, che sicuramente le aveva suggerito lui. Era tipico di Kaz proporre un cambio di identità per cancellare quella precedente.

Per fortuna, sembrava che avesse tutto sotto controllo. Quando Winter mi aveva detto della punizione organizzata da mio padre, mi ero preoccupato per gli altri membri del branco. Dare spazio alla violenza di Kazek era una mossa pericolosa. Ma dopo aver visto i passi nervosi con cui aveva attraversato il campo, avevo capito perché mio padre avesse orchestrato tutto.

Kazek aveva un unico difetto: dubitava della sua capacità di comandare. Non riusciva a vedersi come facevano gli altri, dando sempre per scontato che il branco lo considerasse più un bastardo che un vero alfa.

La prova avrebbe dimostrato ciò che mio padre già

sapeva, cioè che il branco avrebbe rispettato la rivendicazione di Kazek.

Alcuni degli alfa più affamati lo avevano sfidato, soprattutto perché non erano abbastanza maturi da rinunciare a un'occasione per sfogare la loro aggressività. Ma erano stati sconfitti rapidamente e si erano sottomessi all'istante.

Ora avrebbe dovuto aspettare tre lunghi giorni, prima di potersi ricongiungere con la sua compagna.

E mio padre voleva tenerla lì con Kari.

Sospirai, appoggiandomi alla parete. Salendo, lo avevo avvertito che Kari continuava a rifiutare il cibo e a non prendersi cura di sé. Non ne era stato felice e mi aveva ordinato di occuparmene.

Poi mi aveva detto di aspettarlo lì finché parlava con Winter.

Non voleva che le nostre energie combinate travolgessero le omega. Sospettavo anche che volesse farsi un'idea di Kari, dal momento che non si erano ancora incontrati ufficialmente.

Sei un pessimo alfa.

Le sue parole mi risuonavano nel cranio, trafiggendomi ogni volta il cuore. Le aveva pronunciate con una tale rabbia, con una tale ferocia, che era come se la mia stessa esistenza la offendesse.

La maggior parte della mia rabbia si era dissolta in una profonda confusione, perché avevo fatto tutto quello che avrebbe dovuto fare un alfa, a parte scoparla. Era per quello che si era scagliata contro di me? Perché non le avevo ancora dato il mio nodo?

Strinsi i denti.

Non era ancora pronta. Il suo corpo era troppo fragile, indebolito dalla mancanza di cibo e dai maltrattamenti. Non l'avrei mai presa in quello stato. Doveva farsene una ragione. In quanto alfa, dovevo monitorare il suo sviluppo e garantire il suo benessere. Era quello il mio compito. Se ciò significava che per lei ero un *pessimo alfa*, lo avrei sopportato.

Ma se non mi avesse scelto, se avesse continuato a odiarmi, come avrei fatto a reclamarla? Era un bel problema, visto che ora avevamo meno di tre giorni per appianare le nostre divergenze.

«Al termine delle settantadue ore, organizzeremo una festa per celebrare l'arrivo delle nuove aggiunte al settore Norse e formalizzare la rivendicazione di Kazek» aveva annunciato mio padre all'intero settore meno di un'ora prima.

Girava già voce della presenza di Kari, il suo odore era impossibile da nascondere. Soprattutto visto che me lo sentivo continuamente addosso. E non solo io. Diversi alfa mi avevano chiesto di lei, ma si erano allontanati quando mio padre mi aveva detto di accompagnarlo nelle suite degli ospiti.

I dettagli sulla sua posizione si sarebbero diffusi nell'intero settore; tutti sapevano che l'attico era usato per un unico scopo: proteggere qualcuno di prezioso.

Ora lassù c'erano due omega, e qualcuno avrebbe dovuto fare la guardia. Volevo essere io ad assumere quel ruolo, ed ero abbastanza sicuro che si sarebbe offerta anche Alana. O forse sarebbe rimasta fuori con Kaz per assicurarsi che non ammazzasse nessuno. Aveva dimostrato un notevole autocontrollo quando Joel lo aveva fatto incazzare, ma ciò non significava che sarebbe riuscito a mantenerlo, dopo essere stato lontano dalla sua nuova compagna per giorni.

Kaz ha una compagna, pensai con uno sbuffo incredulo. Finalmente mi era chiaro perché mi avesse esortato ad andarmene dall'aereo con Kari. Mi aspettavo di dovermi scontrare con lui per averla, e invece mi aveva lasciato andare. Avrei dovuto saperlo che c'era qualcosa sotto.

Sentii che mio padre si stava avvicinando alla porta, così mi allontanai dalla parete e rimasi in attesa di ordini.

Entrò in corridoio e si chiuse delicatamente la porta alle spalle, poi mi guardò con un sopracciglio inarcato. «Ti sei dimenticato di informarmi del nuovo arredamento».

Mi schiarii la voce. «Beh, ti ho detto che sta facendo la difficile e si rifiuta di mangiare».

«Sta anche cercando di provocarti in tutti i modi, forse nella speranza che tu le faccia del male o che la uccida».

Lo guardai a bocca aperta. «Cosa?».

«Ha palesemente delle tendenze suicide, Sven. Non so cosa abbia dovuto affrontare, ma in questo momento la sua lupa è lì che trema sul balcone. Però c'è una cosa che mi ha colpito: ha cercato di proteggere Winter. È durato solo per qualche secondo, ma è stato comunque ammirevole».

Aggrottai la fronte. «Proteggere Winter da cosa?».

«Da me» rispose. «Ha paura degli alfa».

Beh, di quello me ne ero già reso conto. «E tu vuoi darla in pasto al settore».

«No, voglio presentarla ai membri del banco in modo che sappia com'è vivere qui, prima di prendere qualsiasi decisione a lungo termine» ribatté. «Non lascerò che nessuno la corteggi in questo stato. *Nemmeno tu*».

«È già mia» risposi senza esitazioni. «E non riuscirai a impedire al mio lupo di rivendicarla».

Mi squadrò da capo a piedi con uno sguardo calcolatore. «Sarai pure mio figlio, ma resto sempre il tuo alfa».

«Lo rispetto, ma ti sto dicendo che è mia. Mi prenderò cura di lei. La guarirò. E quando sarà pronta, la corteggerò». Non c'era nulla che potesse dire o fare per dissuadermi. Il mio lupo aveva deciso da giorni.

«Un'omega sterile non può essere reclamata» mi ricordò dolcemente.

«Il mio lupo non è d'accordo». Forse non era in grado di avere figli, forse non era nemmeno in grado di andare in calore. Ma c'era qualcosa in lei che mi chiamava, e non avevo intenzione di ignorare il mio istinto.

«Allora spero che il tuo lupo abbia ragione» rispose. «Vedi cosa riesci a scoprire sulla sua sterilità. Parleremo prima della celebrazione e decideremo cos'è meglio per lei».

«Non hai dubbi che Kaz vincerà».

Sbuffò. «Certo che no. È lui che dubita di se stesso. Tutti gli altri sanno benissimo che sarà lui a prevalere».

«E stai usando questa "punizione" per farglielo capire».

Si limitò a sorridere. «Non ho mai amato la Regina degli Specchi. Forse Kazek farà qualcosa al riguardo».

«Penso proprio di sì, soprattutto con la spinta giusta».

Mio padre mi osservò per qualche istante. «Uhm... sì. Forse sì». Qualcosa mi diceva che non stava più parlando di Kaz, ma di me. Non approfondì, avvicinandosi invece al pannello presente sul muro. Digitò un codice e disse: «Manderò su Alana per sorvegliare Winter. Immagino che tu abbia già il tuo bel daffare con Kari».

Entrò nell'ascensore e mi guardò ancora una volta.

«C'è una linea sottile tra la gentilezza e la fermezza. Se imparerai a padroneggiarla, saprai anche come comportarti con lei». Premette un pulsante. «Buona fortuna» aggiunse mentre le porte si chiudevano.

CAPITOLO 11
KARI

Le parole di commiato dell'alfa Ludvig mi risuonarono nella mente.

«L'alfa Kazek sarà affamato quando avrà terminato la sfida, e non parlo di cibo. Preparati, omega. Sarà esigente e spietato, e richiederà la tua totale obbedienza».

Snow non sembrò capirne il significato. Rimase a lungo con le spalle afflosciate e una posizione sottomessa, ben dopo che l'alfa se ne era andato. Tornai in forma umana per avvertirla. Ma quando mi guardò, mi accorsi della sua espressione determinata. Non era distrutta, non era spaventata. Era forte e pronta ad affrontare ciò che la attendeva.

Rividi mia sorella in quello sguardo fiero, la stessa sorella che era morta quando nostro padre aveva ucciso il suo compagno.

Per il bene di Snow, speravo che il suo alfa sopravvivesse.

Anche se non ero sicura che alla fine sarebbe stato meglio per lei. Forse l'alfa Kazek era possessivo e non avrebbe condiviso la sua compagna con nessuno, obbligandola a prendere il suo nodo per l'eternità. Forse avrebbe sviluppato dei sentimenti per lei, confortandola con le sue fusa.

Mia madre diceva sempre che un alfa poteva senz'altro amare e rispettare la sua omega.

Ma non l'avevo mai visto con i miei occhi. Almeno non nel settore Bariloche.

Snow distolse lo sguardo. Voleva stare da sola. Capivo il suo bisogno, così me ne andai in silenzio, lasciandola sul balcone. E cominciai a riflettere sulla mia prossima mossa.

Al suo ritorno, l'alfa Sven voleva trovarmi pulita e nutrita. Sarebbe stato saggio da parte mia obbedire, soprattutto perché così sarei stata in forze e in grado di aiutare Snow, se avesse avuto bisogno di me.

Volevo essere lì per lei, se fosse accaduto il peggio.

I legami di accoppiamento univano le anime, assicurandosi che i compagni provassero il dolore l'uno dell'altra. Era per questo che mia sorella non si era mai ripresa. Ogni volta che la vedevo, aveva uno sguardo vitreo, come se la sua anima fosse morta da tempo e di lei fosse rimasto solo un guscio vuoto.

Agli alfa non importava. A loro piaceva avere una bambola a letto. Era il motivo per cui spesso fingevo di esserlo anch'io, rintanandomi nella mia mente e lasciando che mi facessero quello che volevano.

Rabbrividii e sentii un sapore acido in bocca al pensiero che Snow potesse subire qualcosa di simile. Non la conoscevo. Non le dovevo nulla. Ma era un'omega come me, e avrei fatto del mio meglio per aiutarla, perché sapevo com'era essere sole in un mondo del genere.

Non c'era mai stato nessuno che potesse aiutarmi. Né in passato, né in quel momento. Mai. Lo avevo accettato, ma Snow non avrebbe dovuto farlo.

Non mi era mai capitato di sperare che un alfa sopravvivesse, ma ora mi auguravo davvero che l'alfa Kazek vincesse. Anche solo per preservare le facoltà mentali di Snow.

Mi chinai e raccolsi il vassoio dal pavimento, facendo del mio meglio per togliere il cibo dal tappeto e rimetterlo nei rispettivi piatti. Poi ingoiai qualche boccone, nonostante fosse freddo e probabilmente sporco, costringendomi a mangiare il più possibile per accontentare l'alfa Sven.

Masticando, chiusi gli occhi e ripensai al pasto a base di uova e salmone che avevamo condiviso il giorno prima. Finsi che fosse la sua forchetta, e non le mie dita, a sfiorarmi le labbra.

Non smisi di mangiare finché il mio stomaco non cominciò a protestare.

Poi mi alzai e andai in bagno per farmi una doccia.

Fu solo quando aprii la porta di vetro che mi accorsi che l'alfa Sven era lì e mi osservava. Aveva un'espressione sofferente che non riuscii a comprendere. Era arrabbiato perché non mi ero ancora lavata?

Mi affrettai a entrare nella cabina e cercai affannosamente il miscelatore. Un fiotto di acqua gelida mi sferzò la pelle, ma non osai spostarmi. Non volevo farlo arrabbiare ancora di più. Mi aveva detto di mangiare e lavarmi prima del suo ritorno, ed era già lì.

Se mi avesse punita, non sarei riuscita ad aiutare Snow e...

Avvolse la mano attorno alla mia nuca e mi strattonò verso di sé, lontano dall'acqua fredda. Si era spogliato di nuovo, indossava solo un paio di boxer. Allungò la mano libera verso il miscelatore e lo girò. «Sinistra» mi sussurrò all'orecchio. «Sinistra per l'acqua calda, destra per quella fredda».

I miei denti battevano troppo forte perché potessi rispondere, così mi limitai ad annuire.

Senza lasciarmi andare, mi guidò di nuovo sotto l'acqua che si stava scaldando. Poi mi strinse al petto in quello che mi parve un abbraccio.

Rimanemmo lì per diversi minuti, senza dire nulla. La pelle d'oca svanì a poco a poco, l'acqua calda lenì un dolore che non mi ero resa conto di avere.

L'alfa Sven mi baciò sulla tempia, poi avvicinò la bocca al mio orecchio. «Non c'era bisogno che mangiassi dal pavimento, ma grazie per esserti nutrita da sola».

Tremai, le lacrime mi pizzicavano gli occhi.

Non capivo quell'alfa, non capivo cosa volesse da me né perché fosse così gentile. Mi stava confondendo.

Volevo abbandonarmi tra le sue braccia, implorarlo di emettere ancora quel brusio, di stringermi forte a lui. Ma speravo anche che mi scopasse e la facesse finita. Perché era quello che volevano davvero gli alfa. La tenerezza e le premure che mi stava riservando non avrebbero fatto altro che tormentare i miei sogni in un'eternità di dolore.

Cominciai a piangere, perché volevo godermi quel momento, ma ero anche terrorizzata.

Mi cedettero le gambe. L'alfa Sven mi prese e mi tenne in piedi. Il suo dolce brontolio mi risuonò nelle orecchie, confortandomi nel modo in cui avrebbe dovuto fare un alfa.

Lo odiai per questo.

Ma una piccola parte di me lo adorava e voleva rimanere così per sempre. Voleva godersi la sua protezione e il suo potere, senza più il costante timore di finire tra le grinfie di predatori crudeli.

D'un tratto capii cosa provasse mia sorella per Joseph.

Per lei era stato una belva feroce, un alfa possessivo e adorante. Le aveva promesso che avrebbe fatto qualsiasi cosa per lei. Solo che poi era stato ingannato, piegato e ucciso.

«Non ha mai avuto nessuna possibilità» sussurrai tra me e me. «Nessuno ha mai avuto una possibilità contro di *lui*».

«Lui chi?» domandò l'alfa Sven.

«Mio padre». La mia voce era a malapena udibile, al punto che mi chiesi se stessi davvero parlando, o se fosse tutta una fantasia. Perché gli stavo raccontando quelle cose? Non c'era nulla che potesse fare. «Ormai è troppo tardi. L'ha ucciso».

«Tuo padre ha ucciso qualcuno?».

Annuii, cedendo all'impulso di parlare. Di dare voce alle atrocità a cui avevo assistito e che avevo subito. Di... di *piangere* e urlare e sfogarmi. Solo che il mio tono non somigliava a un grido, anzi. Con la voce rotta, spiegai: «Ha ucciso il compagno di Savi. L'alfa Joseph le aveva promesso il mondo, e mio padre lo ha ucciso». Il cuore mi martellava nel petto e il mondo intero sembrò frantumarsi nelle lacrime che mi solcavano il viso.

«Perché?».

«Competizione» mormorai. Inclinai la testa all'indietro per guardarlo negli occhi, per spingerlo a capire. «L'alfa Carlos non ama la competizione. Uccide chiunque rappresenti un possibile rivale. Ma non lo fa mai in modo onorevole». Almeno da quello che avevo osservato. «Imbroglia».

Proprio come aveva fatto con Joseph.

Un coltello nella schiena.

Un lupo a terra che muore.

L'alfa Sven si irrigidì, strappandomi dalla violenza dei

miei ricordi e costringendomi a concentrarmi sui suoi splendidi lineamenti. «L'alfa Carlos è tuo padre?».

Annuii. «Mi ha creata lui. È tutta opera sua. Fino all'ultimo dettaglio». Premetti la mano sul ventre come se potessi mostrargli le cicatrici che nascondeva all'interno. «Si è assicurato che non potessi avere un compagno, in modo da non essere minacciato da qualcuno come era successo con l'alfa Joseph».

Devo essermi addormentata, pensai. *Se no, perché starei parlando di queste cose?*

A causa di Snow.

Una rinnovata energia mi accarezzò le membra, ricordandomi di quale fosse il mio nuovo scopo: proteggere la mia compagna di sventure. «Adesso è un'omega? Snow?». Ancora non avevo capito come fosse possibile.

Ma aveva detto qualcosa sui soppressori. Non ne avevo mai presi. Ma a volte gli alfa del settore Bariloche li usavano... per restringere... per... per rendere le omega...

Concentrati, mi imposi, sfuggendo alla spirale dei ricordi. *Concentrati su Snow. Ha bisogno che sia forte per lei.*

«Adesso Snow è un'omega» ripetei, ma ora suonava più come un'affermazione.

L'alfa Sven mi studiò per qualche secondo, come se stesse cercando di comprendere la mia mente. Forse mi aveva già risposto. Ma se l'aveva fatto, non lo avevo sentito.

«Sì» disse lentamente. «E si è anche scelta un nuovo nome. Winter».

«Oh». Ci riflettei sopra, felice di avere una distrazione. «È un bel nome, adatto a lei». La sua carnagione era pallida come la neve, ma i suoi capelli erano neri come la notte. "Winter", inverno. Un nome forte, perfetto per lei.

Ma non basterà per salvarla, pensai.

«Spero... spero che il suo alfa sopravviva». Per me era

dura pronunciare una frase del genere. Odiavo tutti gli alfa. Erano creature malvagie e spietate che prendevano... prendevano... *prendevano*.

Strinsi i denti e chiusi gli occhi.

Le omega hanno bisogno degli alfa per sopravvivere. Era un requisito senza età, un bisogno intrinseco. E io lo detestavo. Ma per Snow... *Winter*... potevo accettarlo. Il suo alfa doveva vivere, affinché lei potesse avere qualche possibilità.

«Kaz se la caverà» mormorò l'alfa Sven. «Ora è il resto del settore che deve temere per la propria vita».

«Per... perché?» balbettai, distratta dal suo commento.

«Perché è determinato a stare con lei, ed è uno degli alfa più feroci che abbia mai incontrato».

Il mio stomaco si ribellò. *Povera Winter.* «Forse...». No. Non riuscivo a dirlo. «Ora ha bisogno di lui per sopravvivere». Senza di lui, sarebbe impazzita. Proprio come Savi.

Un singhiozzo mi si strozzò in gola, il mio cuore era a pezzi per entrambe. Una era condannata a trascorrere la vita in un limbo, priva del suo compagno; l'altra avrebbe sofferto con il suo per l'eternità.

Alle omega non era mai concesso di scegliere. Eravamo sempre la proprietà di qualcuno.

«Cosa vuoi dire, Kari? Perché ha bisogno di lui per sopravvivere?».

Lo guardai, sconcertata dalla sua domanda. Non aveva capito cosa significasse? Reclamandola, l'alfa Kazek aveva distrutto per sempre l'omega Winter.

«Il legame» mormorai. Le lacrime mi offuscarono la vista per la tristezza suscitata da quella semplice parola. «Spezza... spezza un'omega, quando il suo alfa muore. Mia sorella...». Deglutii e abbassai lo sguardo. «Non so nemmeno se sia viva. Mio padre mi aveva promesso di dirmelo, se fossi andata nel settore Winter. Ma poi tu... tu mi hai portata via».

Aggrottai la fronte, colta dall'indecisione. Non sapevo cosa mi avesse spinta a parlare, ma ormai non ero più in grado di fermarmi.

«L'alfa Enrique mi avrebbe aiutata. Ma tu hai rovinato tutto». Avrei dovuto odiarlo, perché ora non avrei mai conosciuto il destino di mia sorella. Non sarei mai stata libera. Sarei sempre stata usata, scopata, scartata, ferita.

«Ti avrebbe aiutata?» ripeté. La sua voce mi sembrava distante. Come se stessi correndo in un tunnel.

Solo che non potevo realmente scappare. Quella era la mia realtà. Non era un sogno.

Ma annuii comunque, rispondendo come ipnotizzata dall'alfa che mi osservava. «È il gemello di Joseph» spiegai, riferendomi a Enrique. «Mi aveva promesso di salvarmi». Uscì come un sussurro, e il mio cuore si frantumò al pensiero che ora non sarebbe mai successo.

Ero alla mercé di un nuovo alfa, un alfa che non capivo, che mi riempiva di premure.

Anche in quel momento, mi stringeva a sé come se fossi stata qualcosa di speciale.

Come se significassi qualcosa per lui.

«Ma è una bugia» mormorai tra me e me.

«Cosa?».

«*Tu*» lo accusai. Le mie mani si strinsero a pugno, spinte dall'impulso improvviso di colpirlo. «Questo. *Tutto*. E non capisco perché lo stai facendo!».

Quasi crollai, travolta dall'ondata di angoscia che ne seguì. Le mani mi ricaddero lungo i fianchi, e mi resi conto che non ero abbastanza forte per sopravvivere. Riuscivo a malapena a stare in piedi... Non sarei mai riuscita ad affrontare l'alfa Ludvig... Non... non sarei mai riuscita a proteggere Winter, e nemmeno me stessa.

Perché tutti quegli alfa mi avevano ridotta a una nullità. Eppure, quello che mi teneva tra le braccia continuava a farmi mettere in dubbio tutto. Mi tormentava, facendomi credere che forse c'era qualche *speranza*. Non sapevo nemmeno perché si prendesse il disturbo di farlo.

«Sono già a pezzi, alfa. Sono già una bambola. Sono già disponibile. Perché darmi tutto questo solo per... solo per...». Non riuscivo a trovare le parole giuste. I miei occhi si riempirono di nuovo di lacrime.

«Solo per cosa?».

«Per scoparmi» risposi con un filo di voce. Le mie gambe cedettero del tutto.

Mi sollevò e mi tenne stretta al petto, mentre piangevo sotto il getto di acqua calda. Piansi per me. Per Savi. Per mia madre. Per il futuro di Winter. Piansi... piansi... e piansi... finché non fui nient'altro che un ammasso singhiozzante tra le sue braccia.

E mi sentii... *bene*. Era stato uno sfogo di cui non sapevo di avere bisogno. Uno sfogo necessario per riuscire a respirare di nuovo.

Ma non capivo perché lui continuasse a stringermi a sé e permettermi di piangere.

Rimase in silenzio per un tempo infinito, confortandomi con il brontolio emesso dal suo petto e proteggendomi dal resto del mondo.

Un momento di serenità, eppure sottolineato dall'agonia. La conclusione perfetta della mia vita tormentata.

Solo che non tentò di uccidermi o di farmi del male.

Chi sei?, fui sul punto di chiedergli.

Ma fu lui a parlare per primo, con un'affermazione che solo un alfa avrebbe potuto pronunciare.

«Le omega hanno bisogno di ricevere un nodo» mormorò. «Perché non vuoi il mio?».

Scopami e basta, avrei voluto dire. Non vedevo l'ora di mettere fine a quel momento angosciante. La speranza era inutile, la gentilezza pericolosa. Eppure mi ritrovai a essere sincera; la mia determinazione era talmente inesistente che non riuscivo più a trovare la forza di nascondermi.

«Fa male» ammisi. «Mi fa male dentro. È...». Mi interruppi, ero esausta e incapace di pensare. Perché preoccuparsi di dargli delle spiegazioni? Non gli sarebbe importato. Stavo sprecando tempo e fiato, prolungando l'inevitabile e, in qualche modo, indebolendomi ancora di più.

Forse mi sbagliavo. Forse non erano riusciti a distruggermi completamente. Non fino a quel momento, quando un alfa mi aveva mostrato un briciolo di gentilezza. Un regalo che non avrei ricevuto mai più. Un ricordo che avrei conservato per sempre, pur detestando la mia stessa esistenza.

«Ha promesso di aiutarmi» piagnucolai, pensando all'alfa Enrique. «E ora non so dove sono né cosa aspettarmi. E non riesco a capire come compiacerti».

«Il fatto che mi parli mi fa piacere» mi sussurrò all'orecchio. «Voglio saperne di più. Voglio capire perché ti fa male prendere un nodo».

«Perché?» gli domandai con il viso affondato sul suo petto. «Agli alfa non importano queste cose. Vogliono scopare e basta». Fui colta da un altro pensiero e mi irrigidii. «*Vuoi* che mi faccia male?». Gli avevo appena dato l'informazione che desiderava? Mi avrebbe presa con più forza, sapendo che mi avrebbe causato un dolore insopportabile?

Lui ringhiò, facendomi correre un brivido lungo la schiena. «Ti ho giurato che non ti avrei mai fatto del male, omega. Ed è stato così, o sbaglio? Cos'ho fatto per spingerti a pensare che *voglia* farti del male?».

Mi sforzai di deglutire, ma in bocca non avevo neanche una goccia di saliva. Anche la mia gola era completamente secca. «Gli alfa... *fanno male*».

«Non tutti».

Scossi il capo. Non capiva. «È così».

«Beh, io no». Mi accarezzò i capelli e mi tirò delicatamente indietro la testa, costringendomi a incontrare i suoi luminosi occhi azzurri. «Dammi tre giorni».

Aggrottai la fronte. «Tre giorni?». Il cambio di argomento mi strappò dalla mia nebbia mentale, solo per farmi annegare in un oceano di confusione. «Tre giorni per cosa?».

«Dammi tre giorni per dimostrartelo. Lascia che ti faccia vedere cosa significa vivere con me».

Lo fissai con un'espressione sorpresa. «Per... perché?».

«Perché ti voglio».

Okay... «Allora prendimi». Era semplice. Non l'avrei fermato.

Ma lui scosse la testa. «Non così. Voglio che tu sia mia».

«Fino a quando?».

«Per sempre».

Le mie labbra si mossero senza emettere alcun suono, la sua risposta non aveva senso. «Ma... sono sterile. Mi ha resa sterile. Non posso avere un compagno».

«Chi ti ha resa sterile?».

«L'alfa Carlos... mio... mio padre...». Odiavo chiamarlo così, ma era quello il suo ruolo nella mia vita. «Ha... Dopo Joseph... Ha voluto assicurarsi...».

«Che tu non potessi avere un compagno» terminò per me l'alfa Sven. «Sterilizzandoti».

Annuii, e ripensando al dolore della procedura il mio

labbro cominciò a tremare. Anche se la parte peggiore era la sofferenza che provavo ogni volta che un alfa mi dava il suo nodo. «Sembra di sentire degli aghi... Il nodo... pulsa... e...». Rabbrividii, le mie spalle si afflosciarono. Dovevo smettere di parlare, ma mi sentii aggiungere: «Il nodo va troppo in profondità. Andando a toccare qualsiasi cosa mi abbia fatto».

«E gli alfa non lo sentono?».

Scossi il capo. «Se la godono troppo per accorgersene».

«Cazzo» mormorò. «Da quando è così?».

«Da sempre» ammisi. Ero andata in calore diverse volte da sola, mentre mio padre approntava la procedura. Prima l'aveva testata su altre omega per assicurarsi che sopravvivessi, poi aveva sottoposto al trattamento anche me. «Avevo sedici anni». Non che importasse, ma sentivo il bisogno di dirlo ad alta voce.

«E adesso quanti anni hai?».

Ci riflettei sopra per qualche istante. «Venti... quattro?» ipotizzai. Era da molto che avevo smesso di festeggiare il mio compleanno. «Il tempo è privo di significato».

«Il tempo è tutto» ribatté. «Puoi darmi tre giorni per dimostrarti che non tutti gli alfa sono crudeli?».

«E poi cosa succederà?».

«Ti presenterò gli altri lupi del settore Norse».

Mi sentii sprofondare. Aveva detto che voleva tenermi con sé per sempre, che, a quanto pareva, significava tenermi con sé per tre giorni. «Oh».

«Non è come pensi, Kari. L'alfa Ludvig, che è un alfa di gran lunga migliore di tuo padre, vuole che tu conosca gli altri membri del branco. Vuole che tu ti senta parte del branco».

«Per essere a disposizione di tutti i suoi alfa» sussurrai,

ricordandomi quello che aveva detto la prima sera. «Capisco».

«Non credo proprio» rispose, accarezzandomi il viso. «Sarai a loro *disposizione* solo se lo vorrai. E considerando quello che mi hai appena detto, dubito che accadrà mai».

Aggrottai la fronte. «Non capisco».

«Sì, me ne sono accorto» mormorò, per poi baciarmi sulla fronte. «Ma sfrutterò il nostro tempo insieme per cercare di spiegarti tutto e mostrarti che gli alfa non sono tutti uguali. E cominceremo godendoci questa doccia».

CAPITOLO 12

SVEN

Ci vollero diverse ore di coccole, cibo e fusa per calmare Kari e riuscire a farla dormire. Si rannicchiò nel suo nido, con i capelli sparsi sui cuscini in un ventaglio di ciocche bionde. Glieli accarezzai per un po', poi mi concentrai sul mio orologio.

Con un movimento circolare del polso attivai il dispositivo, che era programmato sulla base dei miei geni. Si trasformava insieme a me e rispondeva soltanto al mio tocco o alla mia voce. Aprii una schermata vuota, sotto alla quale era presente una tastiera. Digitai silenziosamente un messaggio per mio padre, senza mai perdere d'occhio Kari. Era praticamente svenuta. Aveva il naso premuto sul mio petto e si era abbandonata al mio brusio.

Raccontai a mio padre tutto quello che era emerso dalla conversazione con lei, chiedendogli di farla esaminare da un medico, per valutare la procedura inflittale dall'alfa Carlos.

Scrivendo il messaggio, mi ritrovai di nuovo a digrignare i denti. La mia ira era un tizzone rovente che mi esortava ad agire. Ma soffocai l'impulso, consapevole che in quel momento Kari aveva bisogno di un alfa premuroso, non arrabbiato.

L'alfa Carlos è suo padre, scrissi come oggetto della email. Quello sì che avrebbe attirato l'attenzione di mio padre. Perché aveva catturato subito anche la mia.

Non avevo mai incontrato l'alfa del settore Bariloche, ma ero al corrente della sua reputazione.

Aveva condannato la sua stessa figlia a una vita di schiavitù. *Sterilizzandola.* Sentivo il mio lupo fremere di rabbia. Kari aveva detto che, in seguito alla procedura, ricevere un nodo era un'esperienza dolorosa; questo suggeriva che qualsiasi cosa le avesse fatto non era permanente.

Se le avesse rimosso l'utero, nel corso degli anni sarebbe guarita. Forse le si sarebbe addirittura rigenerato, considerando la nostra genetica soprannaturale. Anche se smettevamo di crescere e invecchiare attorno al venticinquesimo anno d'età. Quindi, se l'aveva mutilata quando era adolescente, forse non era riuscita a rigenerarsi perché la sua immortalità non era ancora sopraggiunta.

In ogni caso, doveva essere esaminata da un medico. Ma non quel giorno. Avremmo dovuto lavorarci sopra; prima dovevamo stabilire un rapporto di fiducia.

Rilessi il messaggio, aggiunsi una nota finale in cui gli chiedevo di mandarci Alana con più cibo e altri oggetti essenziali e glielo inviai.

Kari non si era ancora mossa. Aveva le labbra carnose leggermente schiuse e dormiva pacificamente addosso a me. Mi mossi appena, avvicinandomi a lei, e la strinsi tra le braccia.

Lei esalò un lungo sospiro, carico dei tormenti subiti in passato. Poi strusciò il viso sul mio petto, come se volesse esortarmi ad aumentare il volume. Le posai un bacio sulla testa e obbedii, dandole le vibrazioni che bramava la sua lupa. Poi chiusi gli occhi e riposai con lei.

Qualche ora più tardi, cominciò a stiracchiarsi. Il mio lupo si mise subito in allerta. Non ero sicuro di cosa sarebbe successo quando si fosse svegliata, e volevo essere pronto.

Un leggero ronzio proveniente dal mio orologio mi disse che avevo ricevuto un messaggio, probabilmente si trattava della risposta di mio padre. Ma non rischiai di aprirlo; volevo dedicare tutta la mia attenzione a Kari, nel caso cominciasse di nuovo a piangere.

Ma quando aprì gli occhi, di un bell'azzurro cristallino, erano colmi di apprensione, non di dolore. Mi osservò per qualche istante, abbassò lo sguardo sul mio petto e poi rotolò sulla schiena. Aveva bisogno di spazio.

Decisi di non avvicinarmi di nuovo a lei. Continuai a emettere il brusio che tanto amava e la liberai dal mio abbraccio. Eravamo ancora l'uno accanto all'altra, solo che io ero disteso sul fianco e lei sulla schiena. Si guardò attorno, ammirando il suo nido. Quando si accorse che uno dei lenzuoli era leggermente stropicciato a causa dei suoi movimenti, una piccola ruga le comparve sulla fronte.

Allungò una mano per lisciare il lenzuolo, poi cominciò a sistemare anche le altre coperte. A un certo punto, si inginocchiò e riordinò tutto esattamente come voleva lei. Poi scese dal letto. Mi sollevai appena, appoggiandomi sul gomito, e inarcai un sopracciglio vedendola sparire in bagno.

Tornò un minuto più tardi con gli asciugamani che avevamo usato dopo la doccia e i vestiti che indossavo il giorno prima. Li aggiunse al suo rifugio, posizionandoli in piccoli incavi creati appositamente.

Fece tutto in silenzio, con un'espressione concentrata.

Tornai lentamente a stendermi sul fianco, in attesa di vedere cosa avrebbe fatto dopo.

Lisciò i diversi tessuti, passando le dita sui bordi e controllandoli uno per uno. Poi, con estrema cautela, si stese di nuovo accanto a me e premette il naso sul mio petto. Non avevo mai sperimentato quel lato delle omega, ma il mio lupo era già immerso nel suo ruolo. Aveva fatto la guardia mentre lei era all'opera, accentuando il brusio per ringraziarla di essere stato incluso in quello spazio privato.

«Questo è il mio primo nido» sussurrò. «Posso tenerlo per un po'?».

«Puoi tenerlo per tutto il tempo che vuoi» le promisi.

Abbassò la testa in un cenno soddisfatto. Aspettai che aggiungesse qualcosa, ma sembrava contenta di rilassarsi in silenzio. Almeno fino a quando il suo stomaco non ci informò entrambi che aveva bisogno di cibo.

«Hai qualche piatto preferito?» le domandai.

Lei si irrigidì, risvegliando i miei istinti.

«Kari, devi mangiare» dissi in un tono un po' più severo di quanto volessi. Ma non volevo ripetere l'esperienza del giorno prima. «Ti prego, non costringermi a nutrirti a forza».

Rimase in silenzio per un lungo istante, facendo agitare il mio lupo. «Possiamo... possiamo mangiare nell'altra stanza?». La sua voce, così tenue, mi ricordò una piuma che fluttuava nell'aria e mi sfiorava l'orecchio.

Aggrottai la fronte e mi appoggiai sul gomito per osservarla. Lei si stese sulla schiena. «Nell'altra stanza?».

«O... o appena fuori dal nido?» balbettò con un'espressione confusa e spaventata al tempo stesso, come se si aspettasse che la rimproverassi solo per avermelo chiesto.

La fissai per qualche secondo, mentre la consapevolezza si faceva strada nella mia mente. «È per questo che hai buttato il vassoio per terra, ieri? Perché l'ho messo nel nido?».

Deglutì e fece un piccolo cenno d'assenso. «S... sì. Mi... mi dispiace. Non volevo, non... Mi dispiace». Abbassò gli occhi con un atteggiamento sottomesso, alla fine la sua voce si era ridotta a un sussurro.

Le posai la mano sulla guancia e riportai il suo sguardo sul mio. «Non scusarti per quello che è stato un *mio* errore» le dissi con un tono il più gentile possibile. «È a me che dispiace di non aver rispettato il tuo nido. Non lo farò più».

Il fatto che mi avesse definito un pessimo alfa ebbe immediatamente senso. Non lo aveva inteso nel modo in cui lo avevo capito io. Era stata un'affermazione pronunciata nella foga del momento, perché stavo per rovinare qualcosa che per lei era speciale. Non le avevo chiesto il permesso prima di mettere qualcosa nel suo rifugio.

Mi guardò a bocca aperta; probabilmente era la prima volta che sentiva un alfa scusarsi.

Ero pronto a scommettere che ci fossero molte altre cose che non aveva ancora sperimentato con un alfa, considerando quello che mi aveva raccontato.

Il mio sguardo scese sulla sua bocca, e mi domandai se fosse mai stata realmente baciata. Un brontolio proveniente dalle profondità del mio essere mi esortò a scoprirlo. Non chiedendoglielo, ma facendolo e basta.

Ignorai quell'istinto, sapevo che non era ancora pronta.

Ma poi la punta della sua lingua guizzò fuori a inumidirle il labbro inferiore.

Sollevai lentamente gli occhi verso i suoi, e nelle pupille dilatate vidi la sua lupa che mi fissava. Esalò un respiro tremolante, il suo battito cardiaco aumentò.

Interesse, riconobbe il mio animale. *Interesse reciproco.*

Forse baciarla non era poi una cattiva idea. Avrebbe

potuto perfino aiutare. Perché così avrei potuto mostrarle come un vero alfa trattava la sua omega. Non ero uno di quei codardi del suo settore di origine che provavano piacere solo a tormentare e fare del male a una schiava. No, io ero un alfa degno della sua lupa.

Le accarezzai il labbro con il pollice, avvertendola di quali fossero le mie intenzioni.

Le sue pupille si dilatarono ancora di più, mentre la sua lupa continuava a osservarmi con un'intensità che percepivo fin nel profondo dell'anima. Abbassai lentamente la testa, senza mai smettere di guardarla negli occhi, e premetti la bocca sulla sua.

Sussultò appena e schiuse istintivamente le labbra, ma decisi di non avventarmi su di lei e assumere il controllo. Lasciai che inspirasse. Lasciai che assaporasse il nostro bacio. Lasciai che *esistesse*. Che sperimentasse quella sensazione senza la lingua. Quel tenero incontro di bocche destinato a tentare ed esprimere adorazione.

Non ricambiò subito il mio bacio. Era immobile sotto di me, come se si aspettasse che la costringessi a fare qualcosa.

Dopo qualche istante, però, si rilassò. E le sue labbra incontrarono le mie.

Trascinai i denti sul suo labbro inferiore per testare le sue reazioni. Aprì la bocca, ma non perché aveva bisogno di respirare. La aprì per permettere alla sua lingua di accarezzare il punto che avevo appena lambito con i denti, sostenendo il mio sguardo per tutto il tempo.

Avvicinò la mano al mio collo e mi sfiorò esitando appena. Poi salì lentamente verso i miei capelli. Un profondo brusio si levò dal mio petto quando mi passò le dita tra le ciocche, pettinandole come avevo fatto con lei innumerevoli volte durante la nostra notte insieme.

Poi mi baciò di nuovo, stavolta con un po' più di impeto; la sua lupa stava prendendo il sopravvento e guidando le sue azioni. Percepii l'animale che si agitava sotto la sua pelle. Voleva godersi la mia presenza e prendere tutto ciò che avevo da offrire.

Era l'istinto naturale che la spingeva a sottomettersi a un alfa.

Ma non era quello che volevo.

Volevo che partecipasse attivamente, che ricambiasse il mio desiderio. E il guizzo della sua lingua sulle mie labbra confermò che era proprio così. Anche se era stata la sua lupa a reagire, più che la sua parte umana, quel gesto dimostrava la nostra compatibilità.

Le sfiorai la lingua con la mia, poi mi avventurai lentamente nella sua bocca per iniziare una danza sensuale destinata a cancellare tutti i maschi che mi avevano preceduto.

Quella donna era mia.

E volevo che sapesse cosa significava.

Chiuse gli occhi, abbandonandosi al bacio e permettendo al suo corpo di guidare la sua mente. Accentuai il mio brontolio, assicurandomi che sentisse la mia approvazione, e le diedi un bacio appassionato concepito per marchiare e reclamare senza lasciare segni. Senza farle del male. Ma volevo anche essere certo che percepisse il mio desiderio di averne di più, la mia promessa di tenerla per sempre con me, il mio bisogno di rivendicarla come mia.

Un mugolio sommesso le lasciò la gola. Non era un suono nato dalla paura o dal dolore, ma da un bisogno intrinseco che fece fremere il mio lupo.

Non avevo mai desiderato nessuno in quel modo. Si era impadronita di me, al punto che nessun'altra sarebbe mai più riuscita a toccarmi, perché sapevo che era *lei* la donna della mia vita.

Che sensazione strana e folle. D'altro canto, il mio lupo era sempre stato testardo e determinato. Talvolta anche impulsivo, ma i suoi scopi avevano sempre una logica.

E ora il suo scopo era Kari.

Tutto quello che avrei fatto da quel momento in poi sarebbe stato per lei, per noi, per i nostri lupi.

Il profumo della sua eccitazione permeò l'aria, un afrodisiaco che assaporai sulla punta della lingua e ingoiai in un bacio. Non l'avrei presa. Non ancora. Non finché non fosse stata pronta. Ma le avrei dato tutto quello che voleva.

Le sue dita scivolarono sulla mia nuca, le sue unghie affondarono nella mia pelle. Cercava di stringermi ancora di più a sé. Aprì le cosce in segno di benvenuto, e mi sistemai istintivamente accanto al suo calore. Il mio sesso era duro e pronto.

Per fortuna indossavo ancora i boxer, una barriera che mi impedì di fare ciò che non avrei dovuto. Ma lei si inarcò comunque verso di me, premendo la sua carne più sensibile sulla mia erezione. E il suo mugolio si trasformò in un gemito.

«Kari» la avvertii, trascinando di nuovo i denti sul suo labbro.

Mi rispose con un ringhio adorabile, poi si immobilizzò, come se non potesse credere a quello che aveva appena fatto.

Sorrisi sulle sue labbra e cercai la sua lingua con la mia. Lei non ricambiò con lo stesso entusiasmo. I suoi movimenti erano sempre più rigidi, era come se stesse cercando di tenere a freno la sua lupa.

Invece di insistere, le sfiorai la guancia con il naso e premetti le labbra sul suo orecchio. «Niente cibo nel nido» mormorai. «Regola accettata e capita. Dimmi se ne hai delle altre». Le mordicchiai il lobo dell'orecchio e mi inginocchiai tra le sue cosce.

Lei mi guardò. Le sue guance si tinsero di rosa, il suo petto si alzava e si abbassava affannosamente. Poi il suo sguardo cadde sul mio inguine, e le sue narici si dilatarono.

Rimasi immobile per qualche secondo, lasciando che studiasse ogni centimetro del mio corpo. Un rinnovato interesse si raccolse tra le sue gambe, il suo corpo si stava preparando al mio ingresso.

Ma non volevo approfittare della sua eccitazione. Così mi chinai e le posai un bacio sul ventre. Lei sussultò e si avvinghiò alle lenzuola.

«Se hai bisogno di piacere, dimmelo» sussurrai sulla sua carne rovente. «Ti accontenterò con la lingua». Le diedi una dimostrazione con una singola leccata, assaporando la sua deliziosa essenza.

Il mio lupo si agitò, aveva bisogno di averne di più.

Ma quando Kari non rispose, almeno non a parole, mi rimisi a sedere. Un accenno di paura si celava nei suoi splendidi occhi, ma aveva ancora le pupille dilatate e le guance arrossate.

È interessata, non c'è dubbio, osservai.

Potevo lavorarci sopra.

Più tardi.

Aveva bisogno di cibo.

«Pizza» decisi. Dovevo assolutamente distrarmi, o l'avrei divorata. «La pizza piace a tutti».

Parte della sua paura mutò in confusione.

Piuttosto che darle spiegazioni, uscii con cautela dal nido senza rovinare la sua opera e mi diressi verso la porta. «Ci vediamo in cucina» le dissi. «Mangeremo lì».

E, se vuoi, potrai farmi da dessert.

CAPITOLO 13

KARI

Il mio cuore non smetteva di martellare sulla cassa toracica.

Cos'è successo?, pensai sconcertata, stringendo le cosce e rotolando su un fianco. *Perché ho reagito così?*

Avevo già sperimentato l'eccitazione, in passato. Ma mai in quel modo. E soprattutto non dopo qualche piccola carezza delicata.

E quel bacio...

Mi toccai le labbra, sfiorando il punto in cui i suoi denti mi avevano accarezzato la pelle. La sentivo formicolare, un promemoria del marchio invisibile che aveva impresso sulla mia carne e nella mia mente.

Era stato... era stato... *bellissimo.*

Così come la leccata tra le cosce.

Oh... Il mio ventre fu scosso da uno spasmo. Ripensai alla sensazione del suo mento coperto dalla barba sulla mia pelle sensibile, la sua lingua... Il mio desiderio non fece che aumentare.

Volevo di più.

Volevo di meno.

Volevo urlare.

Volevo piangere.

Non riuscivo a decidere. Nella mia mente si agitava un tumulto di sensazioni e desideri di cui ignoravo l'esistenza. Gli alfa non mi avevano mai sedotta. Usavano giocattoli o vibratori per stimolarmi e poi mi scopavano. A volte venivo, ma mai per scelta.

Ma l'alfa Sven mi faceva desiderare di raggiungere l'orgasmo per puro piacere.

Cosa mi sta succedendo?, mi domandai. Mi guardai attorno, osservando il mio nido, e mi resi conto che l'avevo costruito anche con i *suoi* vestiti. Vedevo quello spazio come *nostro*, non solo come mio.

Tutto questo è molto pericoloso, conclusi. *Veramente pericoloso.*

Perché un barlume di speranza si accese dentro di me. *E se...?*

Deglutii. *No*. Non potevo permettermi di sognare.

Ma lui voleva tre giorni, e avevo appena trascorso gran parte del primo a poltrire nel nostro nido. Cosa avrebbe comportato il resto del tempo? Altre leccate? Baci? Carezze? Fusa?

Rabbrividii. Anche se fosse stato tutto uno stratagemma, o un gioco perverso, avrei avuto dei bei ricordi a cui ripensare nelle ore più buie.

O forse mi avrebbero tormentata, mostrandomi come avrebbe potuto essere la vita di un'altra omega.

Un'omega come Winter.

Mi irrigidii, i miei sensi erano in stato di massima allerta. Poi un'annusata mi disse che lei era ancora lì. *Che stia bene?*, mi domandai. La preoccupazione mi attanagliò lo stomaco.

L'alfa Ludvig l'aveva avvertita che aveva settantadue ore per prepararsi a ciò che sarebbe seguito. *L'alfa Kazek sarà affamato quando avrà terminato la sfida, e non parlo di cibo.*

Le mie labbra si arricciarono di lato. Dovevo vedere come stava.

Scivolai fuori dal nido e andai alla ricerca di Winter. La trovai sul balcone. Stava dormendo, raggomitolata su se stessa in una candida palla di pelo.

Un alfa ululò in lontananza, facendo danzare i peli sulle mie braccia, ma Winter sospirò soddisfatta e si rannicchiò ancora di più nel giaciglio creato con una pila di vestiti a brandelli.

Una presenza alle mie spalle mi fece girare di scatto, pronta a difendere Winter. L'alfa Sven alzò le mani in segno di pace e indietreggiò nella suite, facendomi segno di seguirlo.

Indossava ancora soltanto i boxer, ma aveva una camicia in una mano.

Lo seguii con gli occhi puntati sulla camicia, curiosa di scoprire come avesse intenzione di usarla.

Mi chiusi delicatamente la porta alle spalle, mi avvicinai a lui e mi irrigidii quando mi infilò la camicia da sopra la testa. «L'alfa Alana mi ha portato un po' di vestiti» disse a bassa voce per non disturbare la lupa addormentata all'esterno. «Ho pensato che volessi prenderne in prestito qualcuno».

Il cotone mi solleticò le cosce, sulla mia corporatura minuta la camicia somigliava più a un abito.

Mi scostò i capelli da sotto il colletto, li pettinò con le dita e me li sistemò dietro le orecchie. «La pizza è in forno».

Era un alfa decisamente strano. Ed era ossessionato dal cibo.

Tirò delicatamente una ciocca che mi ricadeva lungo il

seno e indietreggiò verso il salotto. Lo seguii istintivamente, affamata di qualsiasi cosa volesse offrirmi.

Ma quando raggiungemmo la stanza, un nuovo odore mi sfiorò il naso e la mia lupa si svegliò con un ringhio irritato.

Femmina alfa.

«Alana» disse l'alfa Sven, prima che potessi mettermi in imbarazzo e chiederglielo. «Fa parte della cerchia più ristretta di mio padre, è seconda di grado soltanto a Kaz. E a quanto pare è un'amante dell'ordine». Indicò con un gesto della mano il soggiorno immacolato. Il divano e la poltrona sembravano nuovi di zecca.

Ma non fu quello a far schizzare in alto le mie sopracciglia.

«Tuo padre ha un generale donna?».

«Ne ha quattro, in realtà. Ma le altre tre sono beta, Alana è l'unica alfa. Tecnicamente non ricopre il ruolo di generale, anche se sono abbastanza sicuro che diventerà la vice di mio padre, quando Kazek prenderà il controllo del settore Winter». Nominando l'amico, una ruga preoccupata gli comparve sulla fronte. «Ammesso che accetti il lavoro».

Lo fissai a bocca aperta, sconvolta dalle informazioni che stava condividendo con me. Nessun alfa mi aveva mai parlato in quel modo, come se volesse farmi conoscere qualcosa di diverso da come accettare correttamente un nodo.

Inoltre, non avevo mai sentito parlare di una donna che coprisse una carica di rilievo. L'alfa Vanessa era l'unica eccezione degna di nota, ma aveva ottenuto quel ruolo grazie alla sua parentela con l'alfa Carlos. Tecnicamente era mia zia. Ma non l'avrei mai chiamata così.

«L'alfa Alana è tua sorella?» gli domandai.

L'alfa Sven sbuffò. «Non abbiamo legami di sangue, ma si comporta spesso come se fosse la mia sorella maggiore. Anche Kaz fa lo stesso. Tutti e due si divertono a mettermi alla prova».

«Metterti alla prova?» ripetei confusa.

«Ogni tanto mi abbandonano in un covo di Infetti e cronometrano quanto ci metto a scappare» spiegò.

Era *orribile*. «Perché?» chiesi, incapace di trattenere un sussulto.

Incontrò il mio sguardo. Gli brillavano gli occhi. «È il loro modo di temprarmi e testare il mio coraggio. E queste prove mi aiutano anche a prepararmi per le sfide all'interno del settore Norse. Gli alfa tengono molto alla gerarchia, e a volte l'età può essere un fattore discriminante».

Lo osservai. «L'età?». Non avevo pensato di chiedergliela. Era un alfa grosso e forte. Perché la sua età avrebbe dovuto avere qualche importanza?

«Ho venticinque anni» disse con un tono che mi sfidava a insultarlo. «Alcuni lupi pensano che il dominio dipenda dall'esperienza. Io e il mio animale non siamo d'accordo».

«Oh». Aveva senso; l'alfa Joseph era ancora più giovane di lui. Ma non era per quello che mio padre aveva avuto la meglio.

Qualcosa suonò in cucina e l'alfa si voltò in quella direzione. Lo seguii. Il profumo proveniente dal forno mi fece venire l'acquolina in bocca.

Sven tirò fuori una pizza gigantesca, con in cima il formaggio e la carne che sfrigolavano sulla superficie.

Spalancai gli occhi. «Non mangio una pizza da...». M' interruppi, sentendo una fitta al cuore.

«Da quando?».

«Da... mia madre» sussurrai, incapace di continuare.

Ogni tanto preparava la pizza per me e per Savi, la sua preferita era farcita con patate, mais e salsiccia.

Quella di Sven sembrava avere un diverso tipo di carne, tagliata in fettine circolari rosso scuro.

L'alfa non insistette sull'argomento, dicendo invece: «Non ero sicuro di cosa preferissi, così ho optato per salamino e prosciutto».

«Non credo di aver mai mangiato nulla del genere» ammisi. Il prosciutto sì, ma il salamino no. E sicuramente non sulla pizza.

Aprì un cassetto e tirò fuori uno strumento con una rotella di metallo molto affilata. «Che tipo di pizza hai provato?».

«Salsiccia, patate e mais» mormorai.

Mi lanciò un'occhiata, poi guardò la pizza e inclinò la testa di lato. «Mh. Sembra interessante. Magari te la preparo domani».

Sentii una stretta al cuore. «Posso aiutarti» dissi in fretta, prima di poterci ripensare.

Mi guardò con un sorriso negli occhi azzurri. «Mi piacerebbe molto».

Annuii, sollevata di averlo fatto contento. Una sensazione che mi riempì di calore e mi aiutò a lenire il dolore che provavo al petto. Per non parlare dell'effetto benefico che ebbe sui miei nervi.

L'alfa Sven tagliò la pizza a fette, prese due piatti e vi mise una fetta di pizza per ciascuno.

Poi aprì il frigo e tirò fuori una ciotola piena di carne tagliata a cubetti. La osservai incuriosita, domandandomi cosa ne avrebbe fatto. La carne era ancora cruda.

«Per Winter» spiegò lasciando la stanza.

Fui quasi sul punto di seguirlo. Il mio istinto di aiutare Winter era in pieno conflitto con la fiducia che la mia lupa riponeva nell'alfa Sven. Non era minimamente preoccupata che si avvicinasse a lei, anzi, era felice che lui si prendesse cura anche dell'altra omega. Voleva semplicemente che tornasse subito, cosa che lui fece, perché non le piaceva l'idea di condividerlo con qualcun altro.

L'alfa trascinò il pollice sulla mia fronte, appianando le rughe che dovevano essersi formate. «Hai la fronte aggrottata» mormorò. «Perché?».

«La mia lupa mi confonde» ammisi.

«Come?».

«È... possessiva».

«Nei miei confronti?» indovinò con un sorriso nella voce. «È un bene, perché anche il mio lupo si sente possessivo nei tuoi».

«Perché?».

«Perché sei mia» rispose con tutta la naturalezza del mondo, portando i nostri piatti sul tavolo del soggiorno. «Preferisci bere acqua o qualcosa di zuccherato?».

Ero troppo impegnata a guardarlo a bocca aperta per riuscire a rispondergli.

Così scelse l'acqua per entrambi, poi mi spinse delicatamente verso il tavolo. «I segni dei tuoi artigli sono un interessante complemento d'arredo» commentò facendomi sedere.

Lo stavo ancora fissando quando prese posto di fronte a me. «Non puoi reclamarmi. Sono sterile». Le parole mi sfuggirono dalle labbra prima che riuscissi a soffocarle. «Non capisco. Non... non sono un'omega disponibile. Sono una schiava».

«*Eri* una schiava» mi corresse. «E sei la mia omega. Su questo non ho dubbi».

«Perché? Perché me?».

Mi osservò per qualche istante e poi alzò le spalle. «Il mio lupo dice che sei nostra. Quindi lo sei».

«E se la mia lupa non fosse d'accordo?» ribattei.

«Lo è».

Rimasi di stucco. *Questo... Come...? Ma...*

«Mangia» mi esortò. «Ne possiamo parlare più tardi».

«Parlare di cosa?» chiesi, leggermente irritata. «Hai già deciso per entrambi».

«È vero, ma mi divertirò a convincerti».

«E come hai intenzione di farlo?». Quell'alfa era chiaramente pazzo. Perché ne stavamo parlando? Non c'era nessun futuro per noi. Era pericoloso anche solo pensarci. Le omega sterili non potevano andare in calore, di conseguenza non potevano riprodursi né avere un compagno. Lui lo sapeva. Allora perché...

«Credo che inizierò mostrandoti la mia adorazione con la lingua» disse, interrompendo, anzi, *annientando* i miei pensieri.

«Cosa?».

«La mia lingua» ripeté con uno sguardo ardente. «Inizierò così il nostro corteggiamento».

Corteggiamento?, ripetei tra me e me. *Lingua?*

Al solo pensiero sentii uno strano calore accarezzarmi la pelle.

«Non puoi prendere il mio nodo, ma questo non significa che non possiamo giocare in altri modi» continuò. «E fidati, omega, ho un'ottima immaginazione».

«Non...». Deglutii a fatica. «Non posso prendere il tuo nodo?». Ero un'omega. Certo che potevo. Era l'unico scopo della mia esistenza.

«Non ancora» rispose. «Non finché non sarai stata esaminata da un medico. Ti ho promesso che non ti avrei mai fatto del male, Kari. E tu mi hai detto che essere scopata è doloroso. Ho le mani legate».

«Non... non mi scoperai?».

«Oh, prima o poi ti scoperò. Ma solo quando sarà sicuro farlo». Indicò lo spicchio di pizza che giaceva ancora intatto sul mio piatto. «Mangia. Hai bisogno di rimetterti in forze. Ne parleremo di nuovo domani».

CAPITOLO 14

SVEN

Kari aveva continuato a osservarmi con cautela, come se si aspettasse che scattassi da un momento all'altro. La sua diffidenza innata mi aveva dato sui nervi.

Per questo avevo deciso di non gustarmela per dessert dopo aver mangiato la pizza insieme.

E sempre per questo avevo evitato di toccarla troppo intimamente nei due giorni che seguirono.

Avevamo condiviso il suo nido ogni notte. Ma anche quello aveva richiesto un certo sforzo. Ogni volta si era spogliata e si era stesa al centro del letto, con le gambe spalancate, aspettando che la prendessi. E ogni volta l'avevo spostata delicatamente di lato per ritagliarmi un po' di spazio, per poi stringerla a me ed emettere il brusio rilassante con cui la aiutavo ad addormentarsi.

Non avevamo parlato del fatto che volessi rivendicarla. Né la stuzzicai mai con la lingua o con i baci. Era stata un'esperienza straziante, che aveva richiesto un'incredibile quantità di autocontrollo. Ma non avevo altra scelta. Il nostro rapporto non poteva procedere finché non mi fossi guadagnato la sua fiducia.

Purtroppo, ormai avevamo a disposizione solo qualche ora.

Avevamo trascorso la maggior parte del tempo parlando, come se lei fosse stata un lupo qualsiasi. Sembrava aver funzionato prima della cena a base di pizza, così mi ero impegnato a replicare quell'atmosfera leggera e amichevole. Lei era sembrata per lo più disponibile, e si era perfino aperta un po' su sua madre e sua sorella, preparando con me una pizza con patate, mais e salsiccia.

Ma poi mio padre era venuto a controllare le condizioni di Winter e, non troppo discretamente, anche come stesse Kari. Lei si era subito chiusa in se stessa e aveva a malapena toccato la sua pizza. E io avevo passato gran parte della notte a confortarla con le mie fusa, tenendola tra le braccia.

Il giorno dopo avevo mandato un messaggio a mio padre, dicendogli di non presentarsi più senza preavviso. Lui aveva acconsentito, per poi aggiungere che avremmo dovuto parlare dopo la cerimonia di rivendicazione di Winter.

Kari non era neanche lontanamente pronta per incontrare il branco. Avevo cercato di spiegarle come funzionavano le cose nel settore Norse, fornendole anche una descrizione dettagliata delle nostre gerarchie. Mi era sembrato un buon punto di partenza, visto che si era dimostrata interessata al fatto che anche le donne ricoprissero ruoli di potere. Mi aveva ascoltato, facendomi qualche domanda, ma avevo percepito la sua incertezza e la sua preoccupazione.

Aveva paura di credermi.

Aveva paura di fidarsi di me.

Aveva paura di permettere alla speranza di lambire il suo spirito.

Non potevo certo biasimarla. Da quel poco che mi aveva raccontato, la sua vita era stata una serie di orrori. Parlava di sua madre al passato, lasciando intendere che fosse morta. E mi aveva già detto che non conosceva il destino della sorella.

Mio padre stava cercando di scoprire quello che poteva, ma l'alfa del settore Bariloche non era uno dei nostri alleati.

Presi la padella e versai le uova strapazzate in una ciotola, che posai sul tavolo accanto alla macedonia preparata da Kari. Aveva lavato la frutta con estrema cura, come se temesse di commettere un errore. Infine misi sul tavolo anche un piatto con il salmone che avevo affumicato nel forno.

Kari si sedette, ma prima che potessi farlo anch'io, il mio orologio cominciò a ronzare. E il viso di mio padre apparve fluttuando sopra il mio polso. Kari sgranò gli occhi. «Alana sta venendo a prendere Winter» disse senza preoccuparsi di salutare. «Per ora, resta con l'omega Kari. Ti contatterò più tardi per discutere di stasera».

Aggrottai la fronte, confuso per il cambio di programma. Il giorno prima mi aveva detto che voleva che fossi presente alla cerimonia di rivendicazione. «È tutto a posto?».

«Feromoni» fu la sua risposta.

«Ah». Kaz doveva essere agitato. Non voleva rischiare che assorbissi l'odore della sua aggressività e me lo portassi dietro da Kari. «Capito».

Mi rivolse un cenno del capo e terminò la telefonata.

«Com'è successo?» chiese Kari. Stava ancora fissando il punto dove fino a qualche istante prima c'era il volto di mio padre. «Può...? Cosa...?». Abbassò lo sguardo sul suo braccio. «Anch'io...?».

«È il mio orologio» spiegai, mostrandole il dispositivo che portavo al polso. «È programmato su base genetica per adattarsi a me e al mio lupo. Così posso trasformarmi quando lo indosso o, come in questo caso, tenerlo nascosto. È come un computer in miniatura legato al mio DNA».

Mi guardò come se mi fossero spuntate cinque teste.

Divertito, mi sedetti di fronte a lei e aprii la schermata principale dell'orologio per mostrarle come funzionava. Stavamo esaminando le applicazioni che usavo più spesso, quando Alana arrivò per recuperare Winter.

«C'è un motivo per cui non posso accompagnarla io all'ascensore?» le chiesi a mo' di saluto.

«Sì, l'alfa Ludwig vuole che prima io la torturi un po'» rispose Alana.

Kari spalancò gli occhi, strappandomi un ringhio. «*Alana*».

«Cosa?! È vero. E Kaz se lo merita. Le ha dato i miei vestiti, Sven. Che mossa stupida». Alzò gli occhi al cielo e scosse la testa, facendo oscillare i capelli biondi raccolti in una coda di cavallo. «Spero che tu ti sia accorto che tutti i vestiti che ti ho dato per l'omega sono tuoi. Non c'è di che».

Rivolse un piccolo cenno di saluto a Kari passando accanto al tavolo, diretta verso il balcone. Kari fece per alzarsi, i suoi movimenti erano bruschi e nervosi.

«Non farà del male a Winter».

«Ma ha appena detto...».

«Lo so, ma lo intendeva in senso figurato. A Winter non piace Alana perché in passato è andata a letto con Kazek. Quindi l'alfa Ludwig ha mandato Alana di proposito, consapevole che la sua sola presenza sarebbe stata una punizione per Winter. Non è per niente contento che sia sgattaiolata sul jet». E mio padre stava sfruttando ogni occasione per punire a dovere l'omega, senza farle fisicamente del male. «Ti prometto che non succederà niente a Winter».

Proprio mentre lo dicevo, un ringhio furioso risuonò dal balcone, seguito da un basso ringhio di avvertimento dell'alfa.

Kari scattò in piedi, pronta a intervenire, quando Winter entrò a passo pesante in forma di lupo. Mostrò le zanne ad Alana, strappandole un enorme sorriso. «Oh, mi piaci proprio» disse l'alfa.

Winter rispose facendo scattare le fauci, dichiarando che il sentimento non era per nulla reciproco.

«Rinfodera gli artigli, tesoro. Non voglio Kaz. È tutto tuo».

Winter grugnì, suggerendo che non le credeva.

Una reazione che divertì Alana ancora di più. «Ti vedrò alla cerimonia di benvenuto?» mi chiese l'alfa passandomi accanto. Il suo sguardo si posò per un attimo su Kari con un'ovvia domanda negli occhi.

«Sì» risposi. Ci sarei stato. Ma Kari no, se fossi riuscito a evitarlo.

Alana annuì. «Bene. Benvenuta nel settore Norse, omega Kari. Sono tutti impazienti di conoscerti».

Kari si irrigidì, facendomi gemere internamente. «Ciao, Alana» dissi a denti stretti.

Lei si limitò a sorridere e aprì la porta per Winter. «Esci, piccola omega».

La *piccola omega* fece scattare di nuovo le fauci, guadagnandosi un altro ringhio da parte di Alana. «Te lo concedo perché capisco il tuo bisogno di marcare il territorio. Ma non esagerare».

Winter serrò visibilmente la mascella e sfrecciò fuori dalla porta con Alana alle calcagna. La porta sbatté alle spalle dell'alfa. Kari era ancora in piedi accanto al tavolo, con le mani strette a pugno lungo i fianchi e un'espressione scontrosa. «Dove la sta portando?».

«Dall'alfa Kazek».

«Prima o dopo averla torturata?».

«La sta già torturando» spiegai. «Come ti dicevo, la sua sola presenza irrita la lupa di Winter».

Kari mi guardò. «Non capisco».

«Come ti sentiresti se ti dicessi che ho scopato con Alana?» le chiesi, sinceramente curioso di sapere come avrebbe reagito.

Non mi deluse. Le sue guance si tinsero di rosso e i suoi occhi si ridussero a due fessure colme di sospetto. «Perché dovresti scopartela? Hai me».

Dovetti sforzarmi per non sorridere. «Non è quello che ti ho chiesto».

«Beh, la tua domanda non mi piace».

«Ed è proprio così che Alana sta torturando Winter in questo momento» conclusi.

Ma Kari mi stava ancora guardando male. «Non voglio che scopi l'alfa Alana».

Okay, eravamo bloccati lì. Non riuscii a trattenere la risatina suscitata dalla sua reazione. E fu chiaramente un errore, perché Kari ringhiò, posò i palmi sul tavolo e si sporse in avanti. «Lei non può prendere un nodo. *Io sì*».

«Tesoro, non è quello il punto». Allungai la mano per accarezzarle il viso, ma la catturò tra i denti e la morse. Forte. «Mi hai appena marchiato?» domandai con un'espressione sorpresa.

Lei spalancò gli occhi, e le chiazze rosse sulle guance impallidirono all'istante. Abbassò lo sguardo sulla mia mano, per poi riportarlo su di me. «Oh... Io...». Le cedettero le gambe, e in un attimo fu sul pavimento in una posa implorante. «Mi... mi dispiace, alfa. Non... non so cosa mi ha preso. Ho solo... ho solo *reagito*».

Per usare un eufemismo.

Mi aveva appena reclamato a modo suo.

E ora il mio lupo era al settimo cielo. Ma non gli piaceva la posizione che aveva assunto.

Mi allontanai dal tavolo e mi avvicinai al punto in cui lei era ancora inginocchiata, con la fronte a contatto con il pavimento.

«Kari» mormorai, accovacciandomi davanti a lei. «Non devi scusarti né inchinarti. Non sono arrabbiato». Le accarezzai dolcemente i capelli. Ma quando non si rialzò, glieli afferrai e le tirai delicatamente indietro la testa.

Aveva gli occhi pieni di lacrime e un'espressione mortificata.

«Stavo cercando di spiegarti come fa Alana a torturare Winter» dissi. «Le omega sono molto territoriali nei confronti dei loro alfa, così come gli alfa sono possessivi verso le loro omega. E questo accade soprattutto all'inizio, quando il legame si sta consolidando. Ciò significa che Winter non riesce a sopportare di essere in presenza di Alana perché un tempo era l'amante di Kazek».

Tecnicamente, erano amici di letto. Ma non volevo entrare nel dettaglio con Kari.

«Su, lupacchiotta» dissi, avvolgendo la mano attorno alla sua nuca e cercando di convincerla ad alzarsi. «Abbiamo entrambi bisogno di mangiare. E devo ancora finire di spiegarti come funziona il mio orologio».

Il suo sguardo si posò sul mio palmo e sui piccoli segni lasciati dai suoi denti. Avevo usato di proposito l'altra mano per aiutarla ad alzarsi.

«Vuoi darmi un bacino sulla bua?» suggerii, cercando di alleggerire la situazione.

«Ba... bacino?» ripeté.

«Sì, Kari. Sul palmo» dissi, tendendolo verso di lei.

Non lo baciò, limitandosi a fissarlo. Ma colsi un lampo di soddisfazione nel suo sguardo; la sua lupa era compiaciuta di avermi marchiato.

Scossi la testa e la lasciai andare. «Siediti e mangia, Kari».

Lei obbedì in fretta, prendendo posto e afferrando la forchetta.

Tornai alla mia sedia con un sospiro, e divisi il cibo ormai freddo tra i nostri piatti.

Mangiammo in silenzio per un po', un silenzio che interruppi per finire di illustrarle la tecnologia che portavo al polso. Si trattava di un dispositivo avanzato che facilitava la comunicazione sia all'interno del settore, che con i nostri alleati. Mentre le mostravo le immagini e i filmati della sorveglianza, mi accorsi che qualcosa aveva attirato la sua attenzione. Tornai indietro, aprendo l'album in questione.

Con un piccolo sorriso, feci comparire la foto del mio fratello maggiore con un lupacchiotto sulle spalle. «Questo è Ander» dissi. «E lui è suo figlio Joaquim. Anche se tutti lo chiamano Quim, un nomignolo molto diffuso nella lingua parlata nel settore Andorra, il catalano».

Non ero sicuro che Kari mi avesse sentito. Era troppo impegnata a studiare lo schermo.

Così passai a un'altra foto che raffigurava Ander con la sua compagna omega e il figlio. «Questa è Katriana» le dissi. «La compagna di mio fratello».

Kari si sporse in avanti fin quasi a sfiorare l'immagine. Poi i suoi occhi spalancati incontrarono i miei. «Sta... sta sorridendo».

«Sì, e credo che sia di nuovo incinta». Non ne ero del tutto sicuro perché Ander non me l'aveva ancora confermato, ma l'ultima volta che ci eravamo sentiti era stato un po' più vivace del solito. «In realtà non ho ancora avuto modo di conoscerla, ma spero di farlo presto».

«Ma... sta sorridendo». Kari tornò a osservare la foto. «Sembra felice».

«Presumo che lo sia» risposi guardandola. «Hai detto che Savi aveva un compagno. Non era felice anche lei?».

Kari ci penso su, poi abbassò gli occhi sul tavolo. «Sì. Era felice». Si morse la guancia. «Lui la faceva sentire al sicuro».

«Come dovrebbe fare ogni alfa con la sua compagna».

Rimase a fissare il vuoto per qualche istante, la sua espressione si indurì. Poi tornò a concentrarsi sulla foto. Qualsiasi cosa stesse vedendo, le stava causando un conflitto interiore che si rifletteva sui suoi lineamenti. Infine si schiarì la voce e guardò la mia mano. «Mi dispiace».

Sorrisi. «Beh, a me no».

Aggrottò la fronte. «Veramente non sei arrabbiato». Non una domanda, ma un'affermazione.

Chiusi tutte le applicazioni sullo schermo fatto apparire dall'orologio e incontrai il suo sguardo diffidente. «No, Kari. Sono entusiasta». Non stavo mentendo. «Il mio lupo è in fibrillazione, è felice che tu l'abbia reclamato».

«Non l'ho reclamato».

«Certo» mormorai. «Hai finito di mangiare?».

Ebbi l'impressione che volesse mettersi a discutere, ma poi sembrò ripensarci. E annuì.

La lasciai a riflettere su tutto quello che le avevo spiegato e andai a sistemare la cucina. Quando finii, la trovai nella stessa identica posizione. Ma aveva una ruga profonda che le solcava la fronte, a indicare quanto fosse immersa nei suoi pensieri. «Questo è il nostro terzo giorno» mormorò.

«Sì».

«E ora cosa succederà?».

«Conoscerai il resto del branco» le dissi. Sempre che non riuscissi a far cambiare idea a mio padre.

«E poi?».

«E poi sarai accolta nel settore Norse come un'omega sotto la nostra protezione». Le cinsi di nuovo la nuca. «Andiamo a lavarci. A breve mio padre dovrebbe chiamarmi per una riunione, e devo essere pronto».

«Mi lascerai qui?» sussurrò.

«Solo per un po'». Le accarezzai la guancia con il pollice, mentre il mio palmo rimase attorno alla sua nuca. «E poi tornerò per portarti alla cerimonia».

«Dove andrò dopo la cerimonia?». La sua voce era quasi impercettibile, i suoi occhi si stavano riempiendo ancora una volta di lacrime.

«Non lo so ancora, Kari» ammisi. Non sapevo se mio padre voleva che restasse lì. Forse aveva altri piani. Una volta entrata a far parte ufficialmente del settore Norse, sarebbe stata considerata un prezioso membro del nostro branco. Nessuno avrebbe osato toccarla senza il consenso o la benedizione di mio padre.

E io avrei ucciso chiunque ci avesse provato.

Kari annuì. Il suo labbro inferiore tremava appena. «Okay».

Le posai un bacio sulla fronte. «Andrà tutto bene, lupacchiotta» le promisi. «Vedrai».

Non rispose. La sua mancanza di fiducia nei miei confronti era tornata a farsi sentire.

Sospirando, la condussi in camera da letto.

Forse la cerimonia sarebbe stata un'esperienza positiva

per lei. Avrebbe finalmente capito come funzionava il nostro mondo e avrebbe cominciato a guarire davvero. Perché era sempre più chiaro che non potevo gestire quella parte da solo. Non finché non si fosse fidata di me.

Un traguardo che, di quel passo, avremmo raggiunto dopo *anni*.

Il mio lupo si agitò dentro di me, riportando la mia attenzione sul segno del morso sulla mano.

O forse accadrà prima di quanto pensi, mi dissi accarezzando le tracce dei suoi denti. La mia mano sarebbe guarita presto, ma per il momento mi sarei goduto la sua piccola rivendicazione.

Mia dolce lupa, pensai. *Un giorno ti morderò anch'io. Te lo prometto.*

CAPITOLO 15

KARI

L'alfa Sven si vestì in silenzio, indossando un paio di jeans e un maglione. Quando cominciò ad allacciarsi gli stivali, sentii un groppo alla gola.

Ecco, pensai. *Mi sta lasciando.*

Dopo quella notte, mi avrebbero data ad altri alfa. E il nostro tempo insieme sarebbe terminato.

Era successo proprio quello che temevo: ero diventata dipendente dalla sua presenza, dal suo profumo, dal suo dolce brusio. I ricordi mi avrebbero perseguitata per tutta la vita.

Almeno il compagno di Winter era sopravvissuto. Lei aveva ancora una possibilità.

Ma io no. Io ero condannata per sempre a un'esistenza infernale.

Lo dimostrava il marchio, già in via di guarigione, che avevo lasciato sulla mano dell'alfa Sven. Non potevo reclamarlo, esattamente come lui non poteva reclamare me. Non che avessi avuto il diritto di provarci.

E lui non si era nemmeno arrabbiato.

Si era... si era comportato in modo perfetto. Mi aveva

stretta tra le braccia. Mi aveva tenuta al caldo. Mi aveva fatta sentire al sicuro. Mi aveva mostrato come poteva essere un alfa. Pur non capendo ancora il suo obiettivo, avevo una supplica sulla punta della lingua. Volevo implorarlo di restare.

Il suo orologio si animò come aveva fatto in precedenza, stavolta con un messaggio che fece sparire prima che potessi leggerlo. Non mi ero mai accorta di quel dispositivo finché non me lo aveva mostrato, perché il cinturino si confondeva con la sua pelle in un modo che non credevo possibile. D'altro canto, doveva esistere un qualche tipo di tecnologia magica per far sì che l'orologio si trasformasse con lui.

Finì di allacciarsi gli stivali e si alzò, allontanandosi dal letto.

Allontanandosi da me.

Dal nostro nido.

Da questo splendido momento di pace.

«Alfa» sussurrai. Non ero pronta. Non volevo che finisse tutto così presto.

Ero seduta al centro del letto, protetta dalle pareti di lenzuola che sapevano ancora di lui.

Si voltò con le sopracciglia inarcate. «Puoi chiamarmi Sven».

Arricciai il naso. La mancanza di formalità mi sembrava sbagliata, ma anche stranamente giusta. *Sven.* «Alfa Sven».

«Non serve che aggiungi il titolo. Sono consapevole del mio status, lupacchiotta». Si chinò e appoggiò con attenzione le mani sul materasso all'interno del nostro nido. Poi mi baciò la guancia. «Non so quanto tempo ci vorrà».

Le sue parole, e soprattutto quello che implicavano, mi fecero annodare lo stomaco. Non ero nemmeno sicura di dove stesse andando o se avesse intenzione di tornare. I nostri tre giorni insieme erano finiti. Ora avrei incontrato gli altri alfa. E sapevo cosa sarebbe seguito.

Mi aveva promesso che mi avrebbe dimostrato che gli alfa non erano tutti uguali. E ci era riuscito. Solo che adesso mi stava facendo dubitare di nuovo delle sue intenzioni.

Non capivo.

Avevo fatto qualcosa di sbagliato?

Gli avevo dato accesso al mio corpo ogni notte, ma lui non mi aveva mai presa. Si era limitato a stringermi e a confortarmi. Avrei dovuto fare di più? Prendere in mano la situazione? Offrirmi di dargli piacere?

Alcune omega imploravano apertamente. Le avevo sentite nel settore Bariloche, attraverso le mura sottili, soprattutto quando erano in calore. Ma non ero mai stata il tipo da cadere in ginocchio per un alfa.

Eppure avrei fatto qualsiasi cosa per Sven, purché potessi godermi ancora qualche ora di pace.

Mi aveva chiesto tre giorni. Aveva parlato di stare insieme per sempre. Aveva detto che ero sua.

Allora perché adesso se ne va?

Si era reso conto che non ero abbastanza? Che non ero degna di lui? Aveva finalmente capito che non poteva reclamare un'omega sterile?

O mi era sfuggito qualcosa? Prima mi aveva chiesto un bacio. Forse era *quello* che voleva, che gli dimostrassi il mio interesse. Spalancare le gambe ogni notte non era sufficiente. Non voleva una bambola.

Sarei riuscita a essere qualcosa di più? L'avrebbe incoraggiato a tenermi con sé? A restare lì, invece di prepararsi per l'evento? Sarei riuscita a convincerlo a non consegnarmi agli altri alfa?

Devo almeno provarci, decisi. *Devo fare qualcosa che lo spinga a tenermi con sé.*

Ricominciò ad allontanarsi da me, dal nostro nido, dalla sicurezza di quel momento, e io reagii. Lo afferrai, affondando le dita tra i suoi capelli e tirandolo verso di me. Le mie labbra reclamarono le sue in un bacio implorante.

Non lasciarmi.

Non rovinare quello che abbiamo.

Farò tutto, tutto, sarò tutto ciò di cui hai bisogno! Rimani. Ti prego. Ti prego, resta.

Le parole si rincorrevano nella mia mente in un caos di disperazione e desiderio.

Gli ultimi giorni erano stati al tempo stesso un dono e una maledizione. Una nuova forma di tortura. Mi aveva fatto sperimentare una vita di cui non conoscevo l'esistenza, per poi strapparmela via e gettarmi di nuovo in pasto ai lupi.

Non volevo andarmene. Non volevo che finisse. Volevo lui. E glielo dimostrai con la bocca. Gli feci vedere che gli avrei dato la mia stessa vita, purché potessimo trascorrere ancora qualche minuto di pace.

«Kari». La sua voce profonda mi rimbombò nel petto.

Lo misi a tacere con la lingua, replicando esattamente quello che aveva fatto a me l'altro giorno, solo con molta più forza e disperazione.

Non avevo idea di cosa stessi facendo. Lasciai le redini alla mia lupa, dandole il controllo del mio corpo e permettendole di mostrargli quello che desideravo. *Lui. Nel mio nido. Per sempre.*

Un desiderio pericoloso, una speranza mai provata, un sogno che non sapevo di avere.

Quell'alfa era stato gentile. Premuroso. Protettivo. Volevo dargli tutta me stessa, in cambio di un briciolo di quell'attenzione e di quel calore. Le lacrime mi rigavano le guance, la mia mente era un labirinto di bisogno e di allarme.

Mi aveva distrutta in un modo che non avevo previsto, toccando il mio cuore e facendolo a pezzi.

Non lasciarmi, gli ripetei con i miei baci. *Non farmi incontrare il branco. Non darmi via. Tienimi. Ti prego.*

Mi prese il viso tra le mani ed emise un ringhio che sentii fino in fondo all'anima.

Ma lui sfruttò la sua forza per spingermi via, nei suoi occhi si agitavano le fiamme. «Devo andare» mormorò. «Mi dispiace, Kari. Resterei con te se potessi».

Il mio cuore si spezzò, il respiro mi lasciò in un rantolo. *È troppo tardi.* Non c'era più nulla che potessi fare per convincerlo a restare. «Ti prego» riuscii a farfugliare con un filo di voce.

Le sue labbra sfiorarono le mie in una carezza gentile, un dolce addio, un sussurro di quello che avrebbe potuto essere. «Non ci vorrà molto» promise. «Tornerò presto e parleremo della cerimonia di stasera, okay?».

La mia speranza tremolò e bruciò, trasformandosi in cenere. «Okay» risposi con un mormorio privo di convinzione.

Perché non volevo parlare della cerimonia.

Non volevo unirmi al suo branco. Non volevo essere disponibile per gli altri alfa. Volevo restare lì, nel mio rifugio.

Ma mentre mi baciava la testa e se ne andava senza aggiungere altro, mi resi conto di quanto fossi stata stupida. Sven mi aveva detto di dargli tre giorni per dimostrarmi come potevano essere gli alfa. Non mi aveva mai promesso che avrebbe continuato a comportarsi così. E io non avrei mai dovuto aspettarmi che lo facesse.

Ero un'omega sterile.

Non potevo avere un compagno. Tutti quei discorsi sul fatto che fossi sua erano solo opera del suo lupo che sognava un futuro con qualche altra femmina.

Non con me.

Avrei dovuto partecipare alla cerimonia. Incontrare altri alfa. Essere disponibile per loro.

Eppure me ne stavo seduta nel nido a desiderare un destino diverso. A sognare una fantasia che non sarebbe mai divenuta realtà.

Cosa sto facendo?, pensai guardandomi attorno, rendendomi conto di quanto fosse tutto sbagliato. Non appartenevo a quel luogo, avevo lasciato che l'istinto prendesse il sopravvento.

Avrei dovuto saperlo che sarebbe finita così.

Non ci si poteva fidare degli alfa. Usavano le omega. Le distruggevano. Le scopavano. Era tutto un gioco perverso, una punizione crudele che non avrei mai capito.

E, dopotutto, non aveva più importanza.

Il nostro tempo era finito. Avevo sfruttato l'alfa per dei ricordi da conservare in eterno, e ora... ora dovevo affrontare la fase successiva.

Mi si offuscò la vista, annebbiata da un muro di lacrime non versate. *Cosa sono diventata? Com'è successo?*

Solo una settimana prima, avevo provato un po' di speranza all'idea di andare dall'alfa Enrique.

Eppure, in quel momento, ero seduta su un morbido letto, circondata dall'odore di un altro maschio.

Afferrai la sua camicia, me la sfilai da sopra la testa e la gettai sul pavimento. *Basta.* Non mi sarei più lasciata ingannare. Non sarei più stata quel genere di lupo. Non mi sarei più concessa di credere che gli alfa potessero essere buoni. Avrei ricordato sempre qual era la loro vera natura. Sarei stata l'omega che mio padre aveva creato.

Sterile.

Priva di valore.

Un giocattolo sessuale.

Gridando, strappai le lenzuola dal letto e le gettai sul pavimento. Ma non era abbastanza. Il suo odore era dappertutto, la spinta a ricreare la sicurezza delle mie soffici mura era potente e quasi incontenibile.

La mia lupa guaì e mi implorò di tornare indietro, di rimettere tutto a posto e di nascondermi nel nido in attesa del ritorno dell'alfa Sven.

Che senso ha?, le domandai singhiozzando. *Ci presenterà comunque agli altri alfa e ci lascerà a loro disposizione!*

Lei ringhiò nella mia mente, smentendo quello che dicevo.

Ma avevo già smesso di ascoltarla. Non ne potevo più di quei giochetti, di quegli inganni. Di quella gentilezza orrenda e perversa.

Basta.

Saltai giù dal letto, scoccando un'occhiata disgustata al mucchio di lenzuola. Sembrava invitarmi a tornare, a ricostruire il nido, a comportarmi da omega.

Ma io non ero quel tipo di omega.

Non sono niente.

Sono solo un oggetto.

Un'omega senza un compagno.

Quante volte mio padre mi aveva ripetuto quale fosse il mio scopo? Come avevo fatto a dimenticarlo così facilmente?

Fui sul punto di scoppiare a ridere. Nel mio petto divampava un incendio di odio e disperazione. *Qui non c'è nessuna speranza per te, Kari*, pensai. Una voce interiore profonda, che ricordava quella di mio padre. *Sei debole. Sei un'omega. Servi solo a essere scopata.*

Calde lacrime scivolarono lungo il mio mento tremante. Scattai verso la porta, con la stanza che mi girava attorno.

Dovevo distruggere... quella speranza... quell'esitazione nel cuore che mi consigliava di fare un bel respiro e riflettere. Non volevo riflettere. Non volevo pensare. Volevo sparire. Senza sentire più niente. Senza sapere cosa stava per succedere. Volevo diventare la bambola creata da mio padre.

Spenta.

Spezzata.

Morta.

Un altro urlo abbandonò la mia gola mentre entravo in cucina con gli occhi puntati sui coltelli. Ne afferrai due e tornai di corsa in camera da letto, con l'intenzione di distruggere il nido e tutto ciò che rappresentava.

Non mi era permesso provare emozioni. Non mi era permesso possedere quel sogno, quella fantasia, quella vita irrealizzabile.

La sicurezza non esisteva.

L'alfa Sven non era mio.

Io appartenevo a tutti gli alfa, non a uno solo. Niente compagno. Niente legame. Niente amore. Ero solo un giocattolo da scopare, marchiare, *usare*.

Volevo essere io a usare lui.

Ma avevo fallito. Ed ero piombata in quella situazione inaccettabile.

Basta. Era tutto finito.

Gridando, pugnalai il materasso più e più volte. Volevo distruggere ogni traccia del suo odore e del nostro nido. Ma non era abbastanza. Era ancora lì. E i ricordi, marchiati a fuoco nel cuore e nell'anima, mi trascinarono in ginocchio in mezzo ai brandelli di tessuto.

«Muori!» urlai. Volevo che il nido sparisse, che quelle

sensazioni mi lasciassero in pace, volevo tornare nel mio stato catatonico e annegare nel silenzio.

Persi la cognizione del tempo.

Dello spazio.

Continuavo a pugnalare. Pugnalare. *Pugnalare*.

Persi i coltelli, inghiottiti tra piume e lenzuola in una soffice nuvola che sapeva di Sven.

Altre lacrime mi rigarono il volto, la mia visuale era offuscata da una cascata di colori e dolore. Mi accasciai sui resti del letto, singhiozzando, sopraffatta dal bisogno di non sentire. Ma provai una fitta al ventre talmente intensa che mi trascinò di nuovo alla realtà.

Mi ricordò l'operazione. Era un dolore che non provavo da molto, molto tempo. Un dolore peggiore di quello causato dal sesso. Peggiore dei morsi.

Mi misi le mani sulla pancia, travolta dalla sofferenza, gridando. Sconcertata, sentii qualcosa di appiccicoso sulla pelle. Alzai la mano e vidi che era coperta da una sostanza rossa.

Che abbia rotto qualcosa?, mi domandai, riuscendo a malapena a mettere a fuoco quello che mi circondava.

D'un tratto mi sentii stordita. E nauseata. *Molto, molto nauseata*.

Mi premetti la mano sulla bocca e l'altra sul ventre, rannicchiandomi su me stessa in un tentativo di calmare il mio cuore scalpitante. La fitta di dolore peggiorò, facendomi sussultare. Un lamento disperato mi lasciò la gola.

Oh, no... Non riuscivo a respirare. Il dolore era risalito verso un polmone, costringendomi a raddrizzare le gambe e stendermi sulla schiena.

Non riuscivo più a vedere.

L'oscurità mi aveva inghiottita. Ma non era l'oscurità che amavo, quella che mi intorpidiva i pensieri. No, riuscivo comunque a sentire tutto. Tutto il tormento che mi pervadeva il corpo.

Forse... forse sto morendo, mi resi conto. *Potrò finalmente sperimentare la vera pace?*

Sbattei le palpebre. O almeno pensai di averlo fatto.

Provai una stretta al cuore.

No, sussurrai a me stessa. *Ho già sperimentato la pace. Con Sven.*

Un ultimo desiderio.

Un ultimo ricordo.

Uno splendido... momento... di speranza.

Che mi sarei portata nella tomba. Ammesso che mi ritenessero degna di una sepoltura. Me la immaginavo già... Il mio corpo sotto un abete maestoso, circondato da ghiaccio e neve.

L'alfa Sven era accanto a me con un'espressione triste, la sua mano enorme mi accarezzava il viso.

Sì, pensai. *Questa è la vera fantasia. Avere un alfa a cui importi abbastanza... da essere lì con me... anche nella morte.*

Mi addormentai con quel sogno nella mente.

Una parte di me sperava di non svegliarsi mai più.

E l'altra piangeva la perdita di un alfa che avrei davvero voluto che fosse mio.

Forse nella prossima vita.

O forse solo nei sogni.

Credo... credo che avrei potuto amarti, Sven. grazie di avermi dato un po' di pace. Grazie... per i nostri tre giorni.

CAPITOLO 16

SVEN

Rimasi accanto a mio padre, guardando Kaz che si allontanava dal campo con una Winter affamata di sesso. Gli occhi scuri di lei erano velati di passione, mentre lui emetteva un brontolio soddisfatto per aver ufficialmente reclamato la sua femmina. Mi ero perso la maggior parte dello spettacolo; il bacio inaspettato di Kari mi aveva fatto arrivare in ritardo.

Aveva un sapore così buono... Ma la disperazione che emanava mi aveva spinto a mantenere l'autocontrollo. Non l'avrei mai presa in quello stato. E non avevo la più pallida idea di cosa lo avesse causato.

Avevamo trascorso gli ultimi giorni a conoscerci, e mai una volta si era aggrappata a me in quel modo. Non vedevo l'ora di tornare da lei e scoprire cosa avesse provocato quel cambiamento. Anche se sospettavo che il motivo non mi sarebbe piaciuto, e forse questo spiegava la strana sensazione di disagio che mi attanagliava il petto.

Me lo sfregai con il pugno, tentando di scacciare il fastidio. Ma non fece che peggiorare. Avevo l'impressione che ci fosse qualcosa che non andava.

Un'idea insensata.

Che però irritava il mio lupo. Lo sentivo agitarsi dentro di me, ansioso di tornare dalla femmina che considerava già la sua compagna.

Lanciai un'occhiata alla mia mano, dove Kari mi aveva morso qualche ora prima. Le mie labbra si stesero in un sorriso, ma durò poco. Un'altra fitta mi trapassò il cuore.

«Cosa c'è?» mi domandò mio padre a bassa voce. Stava osservando i membri del branco che si stavano disperdendo, ma ciò non gli impediva di essere attento e consapevole di tutto quello che lo circondava. Era una dote che ammiravo, e che speravo di riuscire a padroneggiare anch'io, un giorno.

«Ho la sensazione che ci sia qualcosa che non va» ammisi. Dal momento che era sia mio padre che l'alfa del settore, non gli avevo mai nascosto nulla. Era il motivo per cui ero stato chiaro e sincero riguardo la mia intenzione di reclamare Kari. «Quando me ne sono andato, si è comportata in modo molto...». Mi bloccai, cercando il termine giusto. «... *emotivo*. Non era triste, semmai bisognosa di affetto. E la cosa mi ha messo a disagio».

«Perché?».

«Mi ha implorato di restare».

Mi guardò con un sopracciglio inarcato. «Beh, quello è un miglioramento».

«Sì, ma sento che c'è comunque qualcosa di sbagliato». Aveva voluto che rimanessi con lei, un desiderio che avrebbe dovuto rendere felice il mio lupo. Che invece era inquieto e mi esortava a tornare da lei.

Mio padre si voltò verso di me. Aveva un'espressione pensierosa. «In che senso sbagliato?».

Riflettei per un attimo su come tradurre a parole quello che sentivo. «Dovrei essere contento che voleva che restassi con lei, perché in teoria hai ragione, è un miglioramento. Ma tutto ciò che provo è una strana, dolorosa paura». Mi sfregai di nuovo il petto. Il mio lupo ringhiò dentro di me, strappandomi una smorfia. Stava perdendo la pazienza. «Il mio animale vuole che vada da lei. È preoccupato».

Negli occhi azzurri di mio padre scorsi per un attimo il suo lupo. «L'hai morsa?».

Aggrottai la fronte. «No. Ma lei sì».

Le sue sopracciglia si sollevarono. «*Lei* ti ha morso?».

«Le ho fatto una domanda ipotetica e mi ha risposto mordendomi la mano. È stato il risultato della sua innata possessività». E se inizialmente mi aveva fatto un immenso piacere, ora mi disturbava.

C'è qualcosa che non va, ne sono sicuro. Lanciai un'occhiata verso l'edificio dove l'avevo lasciata, che si trovava a un isolato di distanza. Senza pensarci, feci un passo in quella direzione, ma poi scossi la testa e mi fermai.

Mio padre, però, iniziò a camminare. «Andiamo».

«Ma la cerimonia...».

«È finita» mi interruppe. «Se ne stanno andando tutti. Stanno tornando a casa per prepararsi per il banchetto».

Annuii e lo seguii. Il mio lupo mi implorò di fare in fretta.

«Hai detto che è stato suo padre a farle questo» disse mio padre aumentando il passo. «Probabilmente non l'ha resa sterile in modo permanente, e ciò spiegherebbe l'insistenza del tuo lupo e la sensazione che lei ti appartenga».

«Ci ho pensato anch'io» ammisi. Perché avevo sentito fin dall'inizio che era mia, anche se sapevo che era sterile.

«Quindi il suo morso potrebbe aver fatto sbocciare un legame» continuò come se non avessi detto nulla.

Le sue parole mi fecero sussultare, il mio lupo era ancora più agitato di prima. «Allora questo significa...».

139

Accelerai fin quasi a correre, l'istinto aveva preso il sopravvento.

«Stai sentendo qualcosa attraverso la vostra connessione. È così che sai se c'è qualcosa che non va».

Quando finì di parlare, stavo già correndo. Anche lui iniziò a correre. Aveva più di cinquecento anni, e di solito riusciva a battermi nelle gare, ma non quel giorno.

Raggiunsi l'edificio per primo. Mi lanciai all'interno e chiamai l'ascensore con l'orologio. Il mio lupo mi spinse a usare le scale, ma sapevo che alla fine avrei fatto più in fretta così.

Le porte si aprirono. Mio padre entrò dietro di me. Digitai il codice per raggiungere l'attico.

Ogni secondo che passava, sentivo il terrore aumentare.

«Hai lasciato degli oggetti taglienti nella suite?» chiese mio padre. Aveva uno schermo che aleggiava sul polso, era pronto a chiamare il medico del branco.

«Pensi che si sia fatta male?».

«Ti avevo avvertito che aveva tendenze suicide» ringhiò. «Ci sono dei coltelli in giro?».

«Sì» sussurrai, vacillando. Mi tremavano le gambe. «Non... non pensavo...».

«Mi sembra chiaro» sbottò.

Strinsi i pugni. «Ha dei fottuti artigli» sibilai. «Non posso certo levarglieli».

Lui mi lanciò un'occhiata. «Forse è per questo che le avevano messo un collare, per tenere a bada la sua lupa».

Il suo commento mi fece infuriare. «Le hanno messo un collare per renderla una schiava».

Le porte dell'ascensore si aprirono prima che potesse rispondere. Non che mi interessasse quello che aveva da dire. Scattai in avanti, il familiare odore ferroso fece impazzire il mio lupo.

Era intenso.

Persistente.

Permeava l'aria.

Oh, Kari, cos'hai fatto?

Entrai di corsa nell'appartamento, superando il soggiorno, seguendo l'odore...

E ritrovandomi davanti a una scena che mi fece sprofondare.

Sangue.

Piume.

Lenzuola stracciate.

E un'omega nuda e svenuta, distesa su un materasso a brandelli.

Aveva distrutto il nostro nido. Si era... si era pugnalata *nel nostro nido.*

Un gemito sofferente abbandonò le mie labbra e caddi in ginocchio accanto a lei. Il coltello era conficcato nel suo addome, in profondità, con un'angolazione che probabilmente le aveva scalfito un polmone.

«Cazzo» ansimai, toccandola senza sapere cosa fare. «*Cazzo!*».

«Non estrarlo!» si affrettò a dire mio padre.

«Oh, ma davvero?!» replicai. «Lo so che è l'unica cosa che la sta tenendo in vita!».

Se avessi sfilato la lama, il sangue le avrebbe invaso i polmoni. E per quanto i lupi fossero in grado di sopravvivere a morsi e ferite, solo un mutaforma particolarmente forte sarebbe riuscito a non annegare nel suo stesso sangue.

E considerando che era stata tutta opera sua, ero certo che non avrebbe lottato, anzi. Avrebbe accolto la morte con gioia.

Nel nostro nido.

Il mio lupo ringhiò, furibondo, poi guaì alla vista della

sua pelle di un pallore cadaverico. Sembrava così fragile, sembrava già a un passo dalla tomba.

Mio padre mi passò alcuni asciugamani, che usai per coprire l'area attorno alla ferita e per tentare di fermare l'emorragia.

«Il dottor Pal...».

«È già per strada» mi interruppe mio padre. «Confortala. Dalle la tua forza. Assicurati che sappia che sei qui».

«Pensi davvero che possa aiutarla?» chiesi, fissandola. *«Ha cercato di uccidersi nel nostro nido».* Non mi sembrava un ottimo inizio per il nostro futuro insieme. Forse le mie fusa erano l'ultima cosa che voleva sentire.

«È tua o no?» mi chiese mio padre.

Il mio lupo ringhiò per le implicazioni di quella domanda. La sua determinazione non aveva vacillato: quella femmina gli apparteneva. Anche se era talmente disperata da preferire la morte al diventare la sua compagna.

«Tre giorni fa, mi hai detto che è compito tuo prenderti cura di lei. Fallo, oppure togliti di mezzo».

C'erano momenti in cui amavo mio padre e momenti in cui lo odiavo. Quello fu un misto di entrambi.

Strinsi i denti e mi concentrai su Kari. Non sulla carneficina che la circondava, né sui sentimenti evocati da quella scena, ma solo sull'omega che consideravo mia.

Il suo battito era incerto e irregolare, i respiri affannosi facevano sussultare tutta la sua figura minuta. Mi avvicinai ancora di più a lei, facendo attenzione a non muovere il pugnale, e lasciai che sentisse il mio calore. La mia protezione. La mia forza. Il brusio emesso solo e soltanto per lei.

Le dissi senza parlare che ero lì, che l'avrei aiutata a superare tutto. Lottando contro l'impulso di arrovellarmi su cosa sarebbe successo dopo.

L'unica cosa importante era che sopravvivesse.

Volevo che sapesse che non mi sarei arreso facilmente. Il mio lupo era un alfa testardo che non si sottraeva mai a una sfida.

Kari era mia, che le piacesse o meno.

I secondi diventarono minuti, poi finalmente arrivò qualcuno. Mio padre parlò con il dottore a bassa voce, intimandogli di non distrarmi dal mio compito. Dovevo assicurarmi che il suo spirito sopravvivesse, mentre il medico si sarebbe occupato del suo corpo.

Era una danza delicata. Estenuante. Esasperante. Straziante.

Ma era per lei, e non avevo nessuna intenzione di smettere. Le tenni la mano quando una squadra di medici arrivò e la spostò. Le scostai i capelli dal viso entrando nell'ascensore. La sorvegliai uscendo dall'edificio. Impedii ai passanti di vedere il suo volto e il suo corpo ferito mentre ci dirigevamo verso l'ospedale del settore Norse. Intensificai il brontolio proveniente dal mio petto quando la portarono in sala operatoria. Mi assicurai che il mio respiro seguisse il suo durante la procedura. E le tamponai la fronte con un panno umido dopo che l'ebbero portata in una stanza riservata ai pazienti convalescenti.

Non ci avevano messo molto, la ferita non era profonda come avevo pensato inizialmente.

Mi informarono che la lama era penetrata con forza, ma non abbastanza da creare dei danni irreparabili. Tra le loro tecniche e i suoi geni di mutaforma, si sarebbe svegliata nel giro di qualche ora e sarebbe guarita in un giorno al massimo.

Tuttavia, ciò riguardava soltanto le sue ferite fisiche, non quelle emotive.

Ero arrabbiato. Distrutto. Confuso. E una miriade di altre emozioni.

Eppure non smisi per un istante di fare le fusa per lei.

La misi al di sopra di tutto. Avevo bisogno che sapesse che ero ancora lì, che non l'avrei lasciata a soffrire da sola.

Ma mio padre aveva altri piani per me. Arrivò tutto agghindato per i festeggiamenti e appese una borsa porta abiti alla porta della stanza. «Devi partecipare anche tu» disse. «La terrò d'occhio mentre ti cambi».

«Non ho nessuna intenzione di lasciarla».

«Devi» insistette. «Ma solo per un'ora».

Lo fulminai con lo sguardo. «La mia presenza non è necessaria».

«Al contrario. È *decisamente* necessaria. Kazek si è preso una compagna omega. E non un'omega qualsiasi, ma Snow Frost. L'alfa Vanessa ha inviato una comunicazione destinata a tutti i settori, e ho bisogno che tu sia di supporto a Kazek. Che ti mostri solidale».

Serrai la mascella. «Mi stai punendo».

«Non ho bisogno di punirti, Sven. Oggi ne hai già passate abbastanza. Immagino che tu abbia capito che non devi lasciare nessuna potenziale arma in presenza della tua *promessa*».

Mi ci volle un certo sforzo per non tirargli un pugno in faccia. Perché stava dicendo che quello che era successo a Kari era colpa mia. E per quanto lo fosse, seppure in parte, era stata *lei* a decidere di farsi del male.

«Non le metterò un collare» dissi, aprendo la borsa. «Non mi interessa che tenti di farsi del male. Separarla dal suo animale non è la soluzione». Anzi, secondo me era parte del problema. Non riusciva a fidarsi dell'istinto della sua lupa.

Beh, a meno che non la provocassi. Come quando mi

aveva morso la mano. Per il resto, viveva perennemente nella sua testa, sempre timorosa degli altri, nonostante la situazione fosse ovvia.

Sembrava che piacessi alla sua lupa, almeno quanto bastava per suscitarle qualche reazione. Era stata la sua lupa a costruire il nido. A mordermi. A baciarmi.

Non la parte umana di Kari.

«Resterà qui in osservazione fino al tuo ritorno» disse mio padre, interrompendo i miei pensieri. «Ho già parlato con il dottor Palmer, ed è convinto che non si sveglierà per almeno un'altra ora. Non si accorgerà nemmeno che te ne sei andato».

«Sei tu che mi hai detto di starle vicino e confortarla» borbottai, togliendomi la camicia e iniziando la noiosa procedura di addobbarmi per un evento formale.

«E l'hai fatto. Ora si sta riprendendo. Forse è saggio lasciare che faccia da sola, almeno per un po', in modo che rifletta sulle sue azioni».

Ci pensai sostituendo i jeans con un paio di pantaloni eleganti. Probabilmente era stata mia madre a scegliere un completo nero, sapendo che avrebbe rispecchiato il mio umore. Ammesso che sapesse cos'era successo. Di solito i miei genitori condividevano tutto, quindi era probabile che ne fosse a conoscenza.

«Vuoi che non ci sia quando si sveglia» osservai. Avevo capito quale fosse il suo piano. «Sentirà il mio odore nell'aria, ma saprà che me ne sono andato. Così si renderà conto di cosa significhi perdere me e la mia protezione».

I suoi occhi azzurri non lasciarono trasparire nulla. Ma disse: «Ora stai pensando come un alfa».

«Penso sempre come un alfa» ribattei. «Sono il tuo fottuto figlio».

«Come l'alfa di un settore» mi corresse. «Le lezioni

migliori sono quelle impartite senza essere troppo coinvolti».

«E immagino sia questo il motivo per cui vuoi trasmettere il messaggio di Vanessa al settore, per spingere Kaz ad agire».

Sorrise. «Sei davvero il mio *fottuto* figlio, eh?».

Alzai gli occhi al cielo e finii di prepararmi. Poi lasciai i miei vestiti accanto a Kari, consapevole che al risveglio ne avrebbe avuto bisogno. «Un'ora» dissi a mio padre. «È tutto quello che ti concedo».

«È tutto quello che mi serve» rispose. Poi, con un cenno verso la porta, aggiunse: «E ora andiamo a fare la storia».

CAPITOLO 17

KARI

M i faceva male tutto. La testa. Il corpo. Il cuore. Deglutii, ma avevo la gola secca.

Gemetti, cercando di ricordare cosa fosse successo, ma ero anche terrorizzata all'idea di saperlo.

Un alfa deve aver... Mi interruppi, arricciando il naso. Ero circondata dall'odore di alfa. L'immagine di uno splendido maschio biondo con gli occhi azzurri si insinuò nei miei pensieri, risvegliando la mia lupa. *Sven.*

È stato lui a farmi questo?, mi domandai, aggrottando la fronte. *No. No, Sven mi fa sentire al sicuro. Mi conforta, mi tiene al caldo.*

Mi rannicchiai verso il suo profumo, il cotone mi dava quel tanto di lui che bastava per placare il mio tumulto interiore. Solo per un attimo. Un breve respiro.

Finché il ricordo di ciò che mi affliggeva non mi attraversò la mente.

Il nido. L'avevo distrutto. Poi ero caduta e qualcosa mi aveva colpita.

Gemetti di nuovo, sforzandomi di ricordare i dettagli, ma il mio cervello non voleva saperne di obbedire ai miei comandi. Era annebbiato. Esausto. Incapace di elaborare quello che era successo.

Voci filtravano attraverso la mia psiche, una donna parlava di Snow Frost. Non riuscivo ad afferrare le parole né a individuare da dove venissero.

I miei occhi si rifiutavano di aprirsi, ma ero sveglia.

Che cosa sta succedendo?

Qualcosa sull'avere sette giorni per trovare Snow Frost.

Si chiama Winter, pensai, rivolta alla voce. *E non è sparita*. L'avevo appena vista... Quando? Aggrottai la fronte, come al solito la concezione del tempo mi sfuggiva.

Provai di nuovo a sollevare le palpebre. Ci riuscii, e vidi una parete bianca con delle persone incastonate. *Non è possibile*. Tentai di mettere a fuoco e distinguere i dettagli della scena, quando una voce maschile cominciò a parlare di un'omega che prendeva soppressori e di come la Regina degli Specchi avesse cercato di ucciderla facendola scopare a morte. «Ora è Winter del settore Norse. La mia Winter. La mia compagna».

Sì, concordai. *Il suo nome è Winter*.

Cercai di schiarirmi la voce e concentrarmi sulle persone, ma il mio corpo non era ancora pronto a operare normalmente. Vacillavo tra la veglia e il sonno, consapevole di ciò che mi circondava eppure incapace di reagire.

I miei occhi si chiusero di nuovo, nascondendo la scena sfocata mentre cercavo di distinguere l'alto dal basso.

Ma le voci si infiltrarono di nuovo nella mia coscienza, qualcosa sul punire la Regina degli Specchi per aver minacciato la vita di un'omega.

L'alfa Vanessa?, intuii. *Cosa sto ascoltando? Dove sono?*

«La decisione di cosa fare con il settore Winter spetta all'alfa Kazek, com'è suo diritto in quanto compagno di

Winter». La profonda voce maschile risuonò nella stanza, spingendomi ancora una volta ad aprire gli occhi.

L'alfa Ludvig. La sua voce era inconfondibile.

La sua testa bionda si trovava sulla parete, insieme a molte altre persone, tutte vestite con abiti eleganti. *È un video*, capii. *Una sorta di trasmissione in diretta.*

Ma non avevo idea del perché la stessi vedendo, e non riuscivo a sollevare il capo per guardarmi attorno e capire da dove provenisse. Non sembravo nemmeno in grado di parlare.

«Eccellente» continuò l'alfa Ludvig. «Sono lieto di vedere che siamo tutti d'accordo sul fatto che l'alfa Kazek abbia il diritto di decidere come procedere, anche riguardo la permanenza di Winter nel settore Norse. Soprattutto perché Vanessa mi ha appena informato che domani l'alfa Enrique ci farà visita per parlare di Snow Frost».

L'alfa Enrique?, ripetei tra me e me. Un barlume di speranza si accese dentro di me.

«Cosa?» chiese l'alfa che aveva parlato di Winter, con gli occhi scuri che saettarono verso l'alfa Ludvig in un modo che mi fece accapponare la pelle.

Sì, l'alfa di Winter è terrificante, pensai rabbrividendo. Glielo avevo già detto, ma ora ne avevo la prova che mi fissava dalla parete.

«Già, sembra anche che voglia discutere della proprietà dell'omega Kari» rispose l'alfa Ludvig. Le mie labbra si schiusero in un'espressione sorpresa.

«Dovrà passare sul mio cadavere» sbottò l'alfa Sven, facendomi trasalire. Altri reagirono in modo simile, i loro sussulti riecheggiarono dallo schermo. Si era appena rivolto all'alfa del suo settore con un tono minaccioso.

Attesi con la pelle d'oca che l'alfa più anziano reagisse allo scoppio d'ira del figlio.

Ti prego, non fargli del male. Non fare del male all'alfa Sven.

«Dal momento che l'omega Kari non vuole unirsi al settore Norse, l'alfa Enrique ha tutto il diritto di negoziare il suo rilascio» disse l'alfa Ludvig con un tono freddo e intriso di autorità. «Non è mia abitudine costringere qualcuno a restare nel mio territorio, quando chiaramente desidera di andarsene».

Cosa?

La mia mente si frammentò tra due pensieri distinti e connessi. *L'alfa Enrique vuole negoziare il mio rilascio? L'alfa Ludvig mi permetterà di andarmene?*

Non... non era un comportamento tipico dell'alfa di un settore. Le omega erano oggetti sessuali molto ambiti. Perché avrebbe dovuto lasciarmi fare quello che volevo?

Sven borbottò un'imprecazione. Nella sua espressione furiosa era evidente anche un accenno di dolore. Perché il suo alfa gli aveva appena detto che non poteva tenermi? O c'era un altro motivo?

Abbassai lo sguardo. *Non capisco.*

Una frase che avevo pronunciato in sua presenza, e che ora continuava a ripetersi nella mia mente. Non perché non comprendessi la situazione, ma perché l'idea di avere una possibilità di scegliere mi rendeva inquieta e confusa.

Posso andarmene, se voglio. Ma lo voglio davvero?

L'alfa Ludvig sembrava convinto che non volessi unirmi al settore Norse. Solo che non l'avevo mai detto. Perché nessuno mi aveva mai chiesto cosa volessi.

Non ero una persona, ma un oggetto. Non avevo la libertà di decidere.

Eppure, l'alfa aveva parlato come se restare o meno dipendesse da me.

E alfa Enrique sta venendo a negoziare il mio rilascio.

Il cuore mi martellava nel petto, la mia mente era in contrasto con i miei desideri. L'arrivo dell'alfa Enrique avrebbe dovuto farmi sentire felice e sollevata, ma non riuscivo a togliermi dalla testa l'espressione dell'alfa Sven. Vedevo la tristezza nei suoi occhi, il modo in cui le sue labbra erano leggermente incurvate all'ingiù, le rughe di preoccupazione che gli solcavano la fronte. Era arrabbiato, ma anche disperato. Triste. Deluso.

Non era l'espressione di un alfa che stava per perdere il suo giocattolo.

Era l'espressione di un uomo che stava per perdere qualcuno che gli era caro. La riconobbi perché mi ricordava quella dell'alfa Joseph quando gli avevano portato via Savi. Era furibondo, ma anche profondamente a pezzi. E lei si era sentita nello stesso modo.

La conversazione continuò. L'alfa Ludvig chiese all'alfa Kazek come avesse intenzione di procedere. Discussero sulle tempistiche, ma li ignorai. Quindici ore non significavano niente per me.

Fu solo quando udii la voce dell'alfa Sven che ricominciai ad ascoltare.

«Stai mettendo a rischio tuo figlio in questo gioco pericoloso» mormorò, spingendomi a riaprire gli occhi. Si trovava in un angolo, accanto a suo padre, mentre il resto del branco si godeva i festeggiamenti nella sala da ballo alle loro spalle.

Questa dev'essere la cerimonia di cui parlava l'alfa Sven. Non era come l'avevo immaginata. I lupi erano tutti in forma umana, ridevano e chiacchieravano insieme gli uni con gli altri. Avevano a disposizione una varietà di dolci a cui attingevano allegramente. Non c'erano alfa affamati o arrabbiati. Solo... un branco che socializzava. Come se fossero realmente amici.

«Se Enrique se ne andrà con Kari, sarò costretto a seguirla» continuò l'alfa Sven. «Il mio lupo non accetterà nessun'altra alternativa».

«Allora ti suggerisco di trovare il modo di tenerlo a bada» rispose l'alfa Ludvig. «O sarò costretto a farlo io per te».

L'alfa Sven ringhiò, un suono feroce che mi fece correre un brivido lungo la schiena. «Lei è mia».

«Eppure, le sue azioni suggeriscono che non vuole esserlo» ribatté il padre, con un tono gentile ma fermo. «È davvero questo che vuoi in un'omega, Sven? Una donna che rifiuta di essere la tua partner? Che preferisce pugnalarsi nel suo nido piuttosto che stare con te?».

Le mie sopracciglia si sollevarono. *Non mi sono pugnalata.*

Ma l'alfa Sven non lo corresse. Anzi, la sua espressione si incupì ancora di più, la disperazione che trapelava dai suoi lineamenti fu come un colpo al cuore.

«Non so cosa sia successo. Non so perché...». Gli morì la voce, sembrava che avesse un groppo alla gola. «Ne ha passate tante. Non credo che sappia cosa vuole. Dire che si rifiuta di unirsi al settore Norse non è corretto. Non ha ancora capito cosa significa. Ha bisogno di più tempo».

Suo padre lo osservò per qualche istante, poi disse: «Hai quindici ore».

L'alfa Sven strinse i denti. «Non è abbastanza e lo sai».

«Allora ti suggerisco di smetterla di perdere tempo e di tornare dall'omega Kari. Dovrebbe svegliarsi a breve, se non l'ha già fatto». Si lanciò un'occhiata alle spalle, un'occhiata diretta a *me*. «Forse ti dirà di cosa ha bisogno, invece di affidarsi all'autolesionismo per trasmetterti un messaggio».

Mi sentii sprofondare. Quelle parole erano chiaramente per me. Perché un secondo più tardi lo schermo svanì, lasciandomi sola e disperata sul letto di una stanza sconosciuta. Fredda. Vuota. Proprio come me.

Qualcuno si schiarì la voce, facendomi trasalire. Poi un uomo dallo sguardo gentile si avvicinò. «Ciao, Kari» disse. «Sono il dottor Palmer. L'alfa Ludwig ha pensato che volessi assistere alla cerimonia di stasera. È per questo che l'abbiamo trasmessa sulla parete».

Lo guardai senza sapere cosa dire né come reagire. Il mio ventre fu attraversato da una fitta, strappandomi una smorfia e un gemito.

«Ora che la ferita è stata pulita e bendata, dovresti guarire in fretta. Ma ti suggerisco di non muoverti troppo nelle prossime ore. Hai bisogno di riposare, ed è compito mio restare qui e assicurarmi che tu non faccia nulla che possa peggiorare la situazione. Almeno fino al ritorno dell'alfa Sven. Quindi non farti venire strane idee».

Aggrottai la fronte. *Peggiorare la situazione? Di proposito?*

«Non...». Non sapevo bene cosa dire, le sue parole mi risuonavano nella mente in un vortice di pensieri confusi.

«Qualsiasi oggetto che possa essere usato come arma è stato rimosso dalla tua stanza. Se cerchi di trasformarti, mi è stato ordinato di costringerti a tornare in forma umana» aggiunse.

Quindi ora non posso nemmeno trasformarmi?

«So che ne hai passate tante, ma accoltellarti non è la soluzione» continuò con una nota di rimprovero.

«Non mi sono accoltellata» risposi, irritata che quell'uomo che non mi conosceva mi stesse giudicando per qualcosa che non avevo fatto. Nonostante la mia voce roca, doveva avermi sentita, perché mi fissò con un'espressione stupita.

«Avevi un coltello da bistecca nella pancia».

«Perché ci sono caduta sopra» dissi. Ero sempre più

infastidita. *Perché avrei dovuto pugnalarmi da sola? Sto già abbastanza male così. E anche se avessi voluto farlo, di certo non mi sarei piantata un coltello nella pancia!*

«Ci sei caduta sopra» ripeté incredulo.

«Ho... ho lasciato cadere i coltelli...». Non riuscivo a ricordare il resto. Ma sapevo che non mi sarei mai accoltellata di proposito. «Il dolore che provo è già abbastanza».

Corrugò la fronte, poi annuì lentamente. «Sì, immagino che i ferri siano piuttosto dolorosi»

«Quali ferri?» chiese una nuova voce proveniente da dietro di me.

L'alfa Sven.

Il dottor Palmer si raddrizzò immediatamente e abbassò lo sguardo in segno di sottomissione. Non si era accorto dell'arrivo dell'alfa Sven, e nemmeno io. D'altro canto, circondata com'ero dal suo profumo, mi era sembrato una presenza fissa al mio fianco anche quando non c'era.

«I ferri nel suo ventre, mio signore» rispose il medico. «Li ho notati mentre pulivo la ferita».

«E non ha pensato di menzionarli?».

«L'ho fatto» disse il dottor Palmer. «All'alfa Ludvig».

L'alfa Sven emise un basso ringhio. «Ovviamente». Sentii il suo calore diffondersi sulla schiena man mano che si avvicinava al letto. «Avete parlato di come rimuoverli?».

«No, i miei ordini sono di fare delle radiografie e di inviarle al settore Andorra» rispose. «Ma non prima che si sia ripresa dal suo tentativo di suicidio».

Spalancai gli occhi. «*Suicidio?*». Mi uscì con un suono a metà tra una risata e un ringhio. «Pensate che abbia tentato di... di uccidermi?!». Non sentivo più il mal di gola, la mia voce rauca era un sibilo nel vento. «Con un coltello nella pancia? L'unica parte di me che mi fa *sempre* male?». Ero furiosa che potessero anche solo prendere in considerazione l'idea. «*Perché* avrei dovuto farlo?».

Non aveva alcun senso logico.

«Ho distrutto il nido perché era tutto finito... Tre giorni... Era finita. Non ho... Non *potrei*...». Mi interruppi, perché sì, in effetti avrei potuto farmi del male. Ma... «Non così. Non nel ventre. Dal balcone, forse... Qualcosa di veloce. Non... non *quello*».

Le lacrime mi offuscarono la vista, ma erano più frutto della frustrazione che della tristezza.

Quei lupi non mi capivano. E non potevo nemmeno biasimarli, perché spesso nemmeno io riuscivo a capire me stessa. O la situazione. O qualsiasi cosa riguardasse la mia vita.

Mi sentivo smarrita.

Senza speranza.

Sola.

Mi avvolsi le braccia intorno all'addome come per proteggerlo, e mi rannicchiai su me stessa. Mi faceva male, il dolore si diffondeva nelle mie vene, raggiungendo ogni terminazione nervosa. Soffocai un singhiozzo. Volevo sparire. Volevo smettere di esistere.

Pensano che l'abbia fatto di proposito, pensai, arrabbiata e delirante. Fui assalita da una miriade di emozioni diverse, ognuna delle quali sfondava le mie barriere mentali e mi faceva venire voglia di urlare di frustrazione.

Desideravo la morte. Ma desideravo anche la vita. Desideravo *lui*. L'alfa Sven. Il suo odore. Le sue fusa. Il suo tocco. Volevo che mi stringesse tra le braccia e mi tenesse al sicuro.

Era tutta una fantasia. Una fantasia che avrei rivissuto per sempre nei sogni.

Chiusi gli occhi, illudendomi che potesse diventare

realtà. Sospirai quando sentii dei movimenti sul letto alle mie spalle. Il calore di Sven lambì la mia schiena nuda, le lenzuola si spostarono e ci coprirono entrambi.

Magia.

Beatitudine.

Il suo dolce brusio si riverberò sul mio corpo, le sue labbra sfiorarono il mio collo, le sue parole erano un sussurro sulla mia pelle madida di sudore. «Ora ci penso io, dottor Palmer. Si riposi un po'. Domani mattina parleremo delle radiografie»

«Ma certo, mio signore».

«E... Palmer?» aggiunse alzando leggermente il tono. «Lei è la mia futura compagna. Riferirà direttamente a me qualsiasi informazione sul suo stato di salute. E io condividerò quelle informazioni con mio padre se e quando lo riterrò opportuno, nel rispetto delle leggi del settore Norse. Capito?».

«S...sì».

L'alfa Sven annuì, un movimento che portò il suo mento ad accarezzarmi la guancia. «Bene».

Tenni gli occhi chiusi, preoccupata di poter rovinare il momento. Che fosse reale o meno, non mi importava. Ero troppo debole per rifiutare il conforto che mi stava offrendo, così mi concessi di assorbire la sua forza, e semplicemente di *esistere*.

Il suo rombo inebriante mi avvolse e mi trascinò nel sonno. *Il mio alfa*, pensai sognante. *Sono con il mio alfa. Sono finalmente al sicuro.*

CAPITOLO 18

SVEN

La rabbia di Kari e la disperazione che seguì rallegrarono e al tempo stesso angosciarono il mio lupo.

Non aveva cercato di farsi male con i coltelli. Il dottor Palmer non sembrava crederle, ma io sì. C'era qualcosa, nella sua voce, quando aveva affermato di essere caduta sulla lama... Avevo percepito lo stesso sottofondo di onestà anche quando aveva parlato di distruggere il nido.

Era convinta che tra noi fosse finita, sussurrando qualche frase sconnessa in cui riuscii a cogliere "tre giorni" e "tutto finito".

Non riuscivo a capire quale fosse la logica dietro la sua reazione. Perché distruggere il nido? Pensava di doverlo ricostruire altrove?

Kari sospirò, immersa nel sonno, mentre io continuavo a rimuginare sulle sue parole.

La sua irritazione per essere stata accusata di aver tentato il suicidio era un buon segno, perché significava che non voleva farsi del male. E questo significava anche che avevo letto correttamente il suo stato d'animo negli ultimi giorni.

Pur avendo percepito la sua tristezza, non avevo colto una depressione talmente profonda da farmi temere per la sua vita.

Il pensiero di non aver notato alcun segnale di allarme mi aveva tormentato durante tutti i festeggiamenti per l'accoppiamento di Kaz, rendendomi impossibile concentrarmi. Almeno fino a quando mio padre non aveva trasmesso il messaggio dell'alfa Vanessa.

Poi aveva sganciato la bomba dell'arrivo di Enrique, e lì avevo perso la testa. Non era mia intenzione mancargli di rispetto davanti al resto del branco, ma sapere che avrebbe preso in considerazione l'idea di dare Kari a un altro alfa mi aveva fatto saltare i nervi.

Poteva anche non volermi. Poteva aver distrutto il nostro nido. Ma non avrei mai permesso che qualcuno la portasse via dalla sicurezza del settore Norse.

Il solo pensiero mi fece ribollire il sangue.

Poi mi tornarono di nuovo alla mente le sue parole, e il motivo per cui aveva ridotto a brandelli il nostro rifugio mi spezzò il cuore.

Come faceva a pensare che fosse finita tra di noi? Mi aveva morso, la sua lupa mi aveva palesemente rivendicato. E le avevo detto un milione di volte che era mia.

Eppure le sue affermazioni, e il modo in cui le aveva pronunciate, dimostrava che era convinta che fosse davvero finita. Non perché lo volesse, ma perché il nostro tempo era scaduto.

Ripercorsi tutte le mie azioni e tutte le nostre conversazioni, indugiando su ogni scenario, fino alle prime luci dell'alba. Il mio lupo non voleva saperne di riposare, il suo bisogno di proteggerla e di confortarla mi tenne sveglio e all'erta, mentre Kari dormiva profondamente.

Ogni tanto si muoveva, tornando sempre ad accoccolarsi accanto a me. A un certo punto, si girò e affondò il naso sul mio petto. Qualche ora prima, mi ero spogliato, rimanendo con addosso soltanto i boxer. La mia pelle aveva bisogno di essere a contatto con la sua. Ora mi stavo crogiolando nella sensazione di averla stretta a me, con la sua figura minuta completamente avvolta dal mio corpo massiccio.

A un certo punto si agitò, sussurrando che aveva bisogno di acqua. Trovai un bicchiere e le sistemai una cannuccia tra le labbra. Bevve più di mezzo litro, poi tornò a dormire accanto a me. I suoi occhi erano rimasti chiusi tutto il tempo. Il suo corpo stava guarendo rapidamente, grazie alla sua genetica soprannaturale.

Le sue guance stavano già riprendendo colore, e i suoi capelli sembravano rinvigoriti.

La mia piccola meraviglia, pensai, stringendola a me e sospirando di soddisfazione.

Era così che doveva essere.

Ma senza le attrezzature ospedaliere, l'atmosfera asettica e le pareti bianche.

Il dottor Palmer l'aveva messa in una stanza spoglia, per essere sicuro che non avesse modo di farsi del male.

Il ricordo di averla trovata incosciente e sanguinante mi stritolò il cuore, e sentii le sue parole ripetersi nella mente. *Di nuovo.*

Non ha cercato di uccidersi, pensai. Le posai un bacio sulla testa. *Ma è distrutta, quello sì.*

Non aveva capito perché me ne fossi andato, e lo aveva dimostrato facendo a pezzi il nido.

Le accarezzai i capelli e il viso, offrendole tutta la mia

forza. *Sono qui. Ti proteggerò. Non lascerò che nessuno ti faccia del male, inclusa tu.*

Sfregò il viso sul mio petto e premette le mani sul mio addome. «Sven» sussurrò. Allungò le gambe e le intrecciò con le mie. «Il mio Sven».

«Il *tuo* Sven, mh?» ripetei, divertito e compiaciuto.

Annuì, le sue labbra mi assaggiarono la pelle. «Il mio alfa». Aveva un tono sognante, come se si trovasse nel limbo tra il sonno e la veglia.

Affondai le dita tra i suoi capelli e le tirai delicatamente indietro la testa per studiarle il viso.

Mi sorrise con gli occhi, con un'espressione di una bellezza mozzafiato. Fu allora che mi resi conto di non averla mai vista sorridere né mostrare un singolo accenno di gioia. Appagamento, sì. Ma felicità? No. Non fino a quel momento, in cui il suo sguardo esprimeva un vero calore.

Sentii un groppo alla gola, faticavo a respirare.

Volevo vederla così ogni giorno per il resto della mia vita.

«Sei stupenda» sussurrai rapito.

Lei scosse la testa, i suoi occhi azzurri brillarono in risposta al mio complimento. «Mi bacerai di nuovo?» chiese. Forse stavo sognando. Perché non avevo mai conosciuto quella versione di Kari.

Felice. Sicura di sé. *Sorridente.*

«Vuoi che ti baci?» riuscii a dire con una voce stranamente roca. Era così perfetta in quello stato. L'omega che ero certo vivesse nella sua anima. Una lupa bisognosa del suo compagno.

«Sì» mormorò, inarcando il collo per premere le labbra sul mio mento. «Assolutamente sì». La sua bocca si spostò lungo la mia mascella, cercando quello che desiderava, mentre le sue dita risalirono il mio sterno e si avvolsero attorno alla mia nuca.

Il mio lupo brontolò in segno di approvazione. Gli piaceva quel lato audace di lei. Voleva godersi il momento, accettare il dono che gli stava facendo e riaffermare il suo ruolo nella vita della sua femmina.

Mia, mormorò, scacciando l'immagine della sua figura sanguinante dai miei pensieri. Esigeva che ricambiassi il suo abbraccio e le dessi quello che desiderava. *Qualsiasi cosa. Tutto. Prendere. Dare. Reclamare.*

Le catturai la bocca con la mia, insinuandovi la lingua per godermi il suo dolce sapore. Lei mi baciò a sua volta, e un gemito le abbandonò la gola e si infranse sulle mie labbra.

Le presi il viso tra le mani e resi il nostro abbraccio ancora più appassionato, prendendo il controllo della situazione e facendole sentire il mio dominio. La spinsi sulla schiena e le infilai il ginocchio tra le cosce. Lei si inarcò immediatamente verso di me, bisognosa del suo alfa.

Ma non l'avrei presa.

Non così.

Non lì.

Si stava ancora riprendendo, la sua ferita si era rimarginata ma era ancora arrossata. Avevo controllato dopo averle dato da bere, per assicurarmi che stesse guarendo come previsto. Ed era così. Il suo corpo era resistente e perfetto e *mio*.

Ma non ancora.

Non completamente.

Non finché non ci fossimo chiariti. Non finché non si fosse realmente ripresa. E ciò richiedeva che anche la sua mente guarisse, non solo il suo corpo. Mi sarei assicurato che fosse pronta. Pronta davvero. Solo allora l'avrei presa.

La sua lingua mi sfidò, mettendo alla prova la mia determinazione. Mi baciò con foga, affondando le unghie nel mio collo. «Ti prego, alfa» sussurrò. «Ti prego».

Scossi la testa. «Mi rifiuto di farti del male, Kari» dissi. «Soprattutto in questo stato».

«I sogni non fanno male» ansimò, inarcandosi verso di me. «I sogni sono qualsiasi cosa vogliamo che siano».

Mi sentii sprofondare. La comprensione piombò su di me come una secchiata di acqua gelida, strappandomi alla magia del momento. *Pensa che sia tutto un sogno. Merda.*

«Kari» sussurrai, ma la sua bocca si avventò di nuovo sulla mia. Il suo bacio era affamato ed esigente.

Premette l'inguine sulla mia coscia, e l'odore della sua eccitazione permeò l'aria. Il suo dolce profumo chiamava il mio animale, che rispose con un basso ringhio. Voleva assaggiarla. Divorarla. Reclamarla.

Cazzo, se pensava che fosse una fantasia, non potevo approfittarne.

Ma potevo rendere i suoi sogni realtà.

Potevo mostrarle il piacere. Farle capire come sarebbe stato vivere con me. Stravolgere completamente le sue esperienze precedenti e presentarle un mondo nuovo. Un mondo in cui lei era un'omega preziosa. Venerata. Adorata. *Al sicuro.*

Le sfiorai il labbro inferiore con i denti, attirando la sua attenzione e mordicchiandole delicatamente la pelle. «Questo non è un sogno» mormorai. Avevo bisogno che capisse che era tutto vero. «Ma farò in modo che sia la più dolce fantasia che tu abbia mai vissuto, se è questo che vuoi»

Rispose stringendosi a me. La sua eccitazione mi aveva già bagnato il ginocchio, le sue unghie mi stavano graffiando la schiena. «Sì» disse. Una parola che risuonò come un ordine. «Fammi dimenticare. Dammi un ricordo a cui aggrapparmi. Qualcosa da sognare».

«Sarà più di un sogno» le promisi. «Perché tutto questo è reale, Kari. Sei sveglia, non stai più dormendo».

Ridacchiò, un suono divertito che mi arrivò dritto all'anima. Poi gemette quando le mie labbra incontrarono il suo collo. «Di più» mi implorò. «Di più, alfa. Di più».

Volevo farla ridacchiare di nuovo. Farla sorridere. Farle gemere il mio nome. Farla sentire viva. Farle capire cosa significasse avermi come compagno.

«Kari». Un sussurro roco sulla sua pelle. «Ho bisogno di assaggiarti».

«Assaggiarmi?» ripeté.

«Mmm» mormorai sulla sua gola, tracciando un percorso di baci che mi condusse ai suoi seni. Catturai un capezzolo tra le labbra, guardandola mentre lo facevo. Lei chiuse gli occhi e si inarcò verso l'alto, la sua mano si spostò sulla mia nuca.

«Oh» ansimò. «Questo mi piace».

Le mordicchiai il capezzolo, facendola sussultare come se non avesse mai provato un simile piacere. Se voleva sognare, avrei fatto lo stesso. Avrei finto di essere il primo lupo a mettere le mani e la bocca su di lei.

Sì, la mia bestia interiore approvava.

Giurai con la lingua di rovinarla per chiunque altro. Le strappai dolci gemiti dalle labbra, torturando i suoi seni con la bocca e con le mani.

Poi iniziai a scendere verso il paradiso che celava tra le cosce.

Era così bagnata... Il suo istinto di omega la stava preparando per ricevere il suo alfa. Ma avrebbe dovuto accontentarsi delle mie dita e della mia lingua, perché avevo giurato di non farle del male, e avrei mantenuto la promessa.

Il mio cazzo avrebbe dovuto aspettare.

Assaggiarla, però... Quello lo avrei fatto subito. Mi sarei goduto il suo sapore e le avrei fatto vedere le stelle.

Mi sistemai tra le sue cosce e le posai un bacio sull'inguine, inspirando profondamente. «Hai un profumo meraviglioso, Kari» le dissi, adorando il modo in cui il suo corpo rispondeva al mio.

L'avevano lavata dopo l'intervento, e sulla sua pelle erano rimaste tracce di un profumo agrumato che le dava un fascino quasi pungente. Ma l'odore di fondo era quello di Kari. Dolce. Affascinante. Accattivante.

Gemetti, incapace di trattenermi un istante di più. Il desiderio di averla era come un incendio nell'inguine che mi spinse ad agire. *Ho bisogno di gustare ciò che è mio.*

Affondai la lingua dentro di lei, leccandola in profondità e impregnandomi il viso con la sua fragranza. Ma non era abbastanza. Volevo di più. Volevo sentirla stringersi attorno alle mie dita, assaggiare la sua eccitazione e banchettare con il suo piacere.

Sì, pensai con un sorriso. *Voglio tutto quanto.*

La sua mano rimase sul mio capo, le sue dita tra i miei capelli. Lasciai che fosse il mio lupo a guidare i miei gesti, spinto dall'istinto. La sua lupa fece lo stesso. Le sue cosce fremevano attorno alla mia testa, mentre cavalcava la mia faccia in una splendida danza verso l'oblio.

Alzai per un attimo lo sguardo su di lei, ammirando il rossore che le tingeva le guance, e le mordicchiai il clitoride per vedere le sue labbra schiudersi in sussulto.

Oh, era una creatura divina.

La mia splendida, perfetta omega.

Se avessi saputo che sognare la rendeva così, l'avrei assaggiata molto prima.

Avrei dovuto recuperare il tempo perduto.

La leccai avidamente e sorrisi quando cominciò a tremare. I primi segnali dell'orgasmo fremettero attorno al mio dito, che feci scivolare dentro di lei per testare quanto fosse stretta.

Non andai molto a fondo, non volevo farle del male.

E la osservai, assicurandomi che tutto quello che le stavo facendo le piacesse.

Lei mugolò di piacere, muovendo la testa avanti e indietro. Sigillai ancora una volta la bocca attorno al suo clitoride e lo succhiai con forza.

Un grido riecheggiò nella stanza. Il suo addome si tese e fu travolta dall'orgasmo. Ma il suono estatico mutò ben presto in un urlo agonizzante.

Aggrottai la fronte e controllai la sua ferita, preoccupato di averla infiammata in qualche modo.

Ma lei si afferrò la pancia, tremando e singhiozzando, e pronunciò delle parole che non riuscii a comprendere.

«Kari» sussurrai, torturato dalla vista di lei che crollava sul letto dopo quello che avrebbe dovuto essere un momento bello e puro.

Le lacrime le scorrevano sul viso, le sue cosce cercavano di chiudersi.

Mi allontanai da lei, permettendole di rannicchiarsi su se stessa. Un refolo di magia guizzò nell'aria; aveva evocato la sua lupa. Si trasformò con una dolorosa lentezza.

«Oh, Kari». Vederla così mi spezzò il cuore, e una profonda vergogna mi attanagliò le viscere. «Non mi ero reso conto...».

Completò la trasformazione con un guaito, la pelliccia bionda copriva tutto il suo corpo slanciato. Poi due enormi occhi azzurri incontrarono i miei, nelle loro profondità c'era soltanto terrore.

«Non ti costringerò a tornare in forma umana» dissi,

indovinando a cosa stesse pensando. Allungai la mano, ma lei trasalì e arretrò come se stessi per colpirla.

Allora feci l'unica cosa che ero in grado di fare per lei.

Dal mio petto risuonò un brusio profondo e rilassante.

La sua reazione fu immediata: drizzò le orecchie e riportò lo sguardo sul mio.

Aumentai l'intensità del suono, dicendole senza parole che non la stavo lasciando, che non l'avrei costretta a fare nulla, che non le avrei mai fatto del male.

Inizialmente non si mosse, ma i suoi occhi, pur con un'espressione diffidente, rimasero sui miei.

Dopo qualche minuto, si mosse in avanti, di qualche centimetro appena. Abbastanza perché il suo naso mi sfiorasse il petto. Quando cercai di nuovo di accarezzarla, me lo concesse.

Lodai la sua lupa, sottolineandone la bellezza. Mi complimentai per il suo soffice pelo lucido e le dissi quanto fossi orgoglioso di lei per essere stata così forte per Kari.

Alla fine rispose con un brontolio, un suono che spinse il mio lupo a far capolino. Lui la guardò attraverso i miei occhi. «Vuoi conoscerlo?» le suggerii.

La lupa mi fissò, la sua risposta era chiara. *Sì.*

Annuii e mi tolsi i boxer. Mi accorsi con un sorriso che il suo sguardo si abbassò, non troppo discretamente, verso il mio inguine. Ma prima che potesse reagire alle mie dimensioni mi stavo già trasformando, e nel giro di qualche secondo il mio lupo le stava facendo compagnia sul letto.

L'apprezzamento illuminò i suoi begli occhi.

Il mio lupo si sentiva allo stesso modo e lasciò che glielo leggesse nello sguardo. Poi mi sporsi in avanti e le leccai il muso.

Kari emise un verso sorpreso, ma poi ricambiò il gesto.

Brontolai in segno di approvazione, un suono ancora più intenso in forma di lupo.

Lei strusciò il muso su di me, la sua pelliccia era come un afrodisiaco per il mio animale.

Fu allora che mi venne un'idea. Sapevo che mio padre non ne sarebbe stato felice, ma ero convinto che Kari ne avesse bisogno.

Una corsa.

Niente di troppo faticoso. Solo aria fresca. Neve. Un po' di divertimento.

Tornai in forma umana, con grande sgomento della sua lupa, e dissi: «Seguimi».

Non ci riflettei sopra nemmeno per un attimo. Non mi preoccupai neanche di rivestirmi. Mi alzai in piedi e andai verso la porta. Avevo deciso di approfittare del vantaggio di avere dei pollici.

Ma Kari non mi seguì. Così mi voltai e la trovai ancora seduta sul letto, con la testa piegata di lato e un'espressione confusa.

«Andiamo a fare una piccola passeggiata» spiegai. «Non ci allontaneremo troppo e non staremo via a lungo. È solo per prendere una boccata di aria fresca. Ci sarà anche un po' di neve». Beh, probabilmente *molta* neve. Dopotutto, nel settore Norse era inverno. Faceva freddissimo. Ma i nostri lupi ne sarebbero stati felici.

Lei non si mosse.

«Ora, Kari» dissi, rendendolo un ordine invece che una richiesta. Qualcosa mi diceva che era la spinta necessaria per obbedire, forse perché non le era mai stata offerta una simile esperienza.

Con un piccolo sbuffo, saltò giù dal letto e scivolò sul pavimento, arrivandomi addosso.

La afferrai per la collottola e inarcai un sopracciglio. «Non hai mai camminato sul marmo?» indovinai.

Lei brontolò, si rimise sulle zampe, diede una scrollata alla pelliccia e fu di nuovo sul punto di cadere.

Osservai la sua postura. Mi ricordava un cucciolo che stava imparando a camminare.

Forse il problema non era il pavimento di marmo, ma il fatto che non fosse abituata a girare in forma di lupo. Il collare le aveva proibito di trasformarsi. Più tardi avrei dovuto chiederle da quanto tempo lo indossava.

Procedendo lentamente, aprii la porta e la lasciai uscire in corridoio. Lei barcollò sul pavimento bianco e scivoloso. Uscì un'infermiera beta, che ci guardò con un'espressione sorpresa. «Andiamo a fare una passeggiata» le dissi. «Se mio padre dovesse passare, digli che saremo di ritorno tra un'ora circa».

«Sei sicuro che sia saggio?» mi domandò lei.

«Intendi dire se penso che si arrabbierà?» ribattei passandole accanto. «Non ho dubbi. Ma non mi interessa».

L'infermiera scoppiò a ridere, strappando un basso ringhio a Kari.

Il divertimento mi scaldò il petto. «Mi hai già reclamato, lupacchiotta. Ricordi?». Agitai la mano, e la sua lupa ritrasse le labbra, come minacciando di mordermi di nuovo.

Proseguii lungo il corridoio con un sorrisetto, diretto verso l'uscita più vicina.

Non appena fummo all'esterno, mi trasformai. E con un cenno del capo le dissi: *Di qua*.

CAPITOLO 19
KARI

Sven era enorme. Il tipo di alfa che avrei dovuto temere. Una muscolatura snella e delle dimensioni bestiali. Sia in forma di lupo... che in forma umana.

Nella mia mente lampeggiò l'immagine delle sue parti intime. Definirlo enorme sarebbe stato un eufemismo. Il solo pensiero mi fece sciogliere, suscitandomi un bisogno che solo lui era in grado di alleviare.

Solo che in realtà non poteva.

Il piacere finiva sempre nell'agonia.

Nel momento in cui avevo sentito il dolore lancinante che mi squarciava il ventre, avevo capito di essere sveglia. Tuttavia, se dovevo essere sincera con me stessa, l'avevo già capito prima di raggiungere l'orgasmo. Mi ero semplicemente lasciata trasportare dalla fantasia, desiderando che fosse un sogno e non la realtà.

Mi era sembrato giusto... finché non lo era stato più.

E poi il mio animale aveva preso il sopravvento, guarendomi mentre Sven tentava di confortarmi.

Lo osservai, ammirando la pelliccia bianca e marrone che scintillava sulla sua groppa. Si stava muovendo lentamente, conducendomi lungo il marciapiede che costeggiava l'edificio che avevamo appena lasciato. Non ero sicura delle sue intenzioni, ma la mia lupa era elettrizzata.

Non condividevo appieno il suo entusiasmo, la mia mente stava valutando come sarebbe potuto andare tutto storto. Non mi era mai stato permesso di esplorare il settore Bariloche, nemmeno da piccola. E mi era stato concesso molto raramente di trasformarmi, solo quando lo richiedeva un alfa. Poi, di solito, mi mettevano in gabbia.

Niente corse.

Niente giochi.

Niente esplorazioni.

La mia lupa drizzò le orecchie, captando tutti i suoni che ci circondavano. Il mio naso si arricciava cogliendo i diversi odori. E i miei occhi saettavano ovunque in cerca di potenziali pericoli.

Ma mi sentivo al sicuro in presenza dell'alfa Sven. Come se sapessi che non avrebbe mai permesso che mi accadesse nulla. Era una fiducia pericolosa, una speranza che non avevo il diritto di avere, ma era comunque lì. E la mia lupa non mise in discussione quella sensazione. Lei si fidava di Sven.

Avevo sempre mantenuto un certo distacco dal mio animale. In quel modo, potevo tenere sotto controllo l'istinto. Ma non quel giorno. Ora era lei al comando, e stava seguendo l'alfa senza una preoccupazione al mondo.

Sven mi guardò. I suoi occhi azzurri bordati di nero gli conferivano un'aria da predatore. Le sue spalle massicce e le zampe enormi non facevano che rafforzare quell'immagine.

La mia lupa ne era estasiata.

Lo vedeva come un degno compagno, un maschio di levatura e grazia, e un alfa onesto.

Fa le fusa per noi, sembrò dire. *Si prende cura di noi.*

Non volevo ascoltarla. Volevo correre nella direzione opposta. Ma aveva ragione: si era dimostrato l'esatto opposto dei maschi a cui ero abituata. Non sapevo nemmeno che un alfa del genere potesse esistere.

Rallentò il passo finché non gli fui a fianco, poi mi diede un colpetto con il muso come per dire: *Smettila di arrovellarti.*

O forse era solo una mia interpretazione, perché era quello che volevo dire a me stessa.

Per la prima volta nella mia vita, mi veniva data l'opportunità di esistere. E la stavo sprecando preoccupandomi. Avevo proprio bisogno di...

Le mie zampe si bloccarono a metà di un passo quando fui raggiunta da un suono stridulo. Avevo una zampa in aria e le altre tre sul marciapiede, e le orecchie rivolte verso il rumore.

A cui seguì una risatina.

Poi una donna attraversò la strada di corsa mentre un uomo la inseguiva.

Il cuore mi scalpitava nel petto, tutti i miei istinti erano in massima allerta. *Corri, corri, corri!*, pensai rivolta a lei, terrorizzata al posto suo. Era solo una beta. Il maschio che la inseguiva... Era molto grosso... Forse un altro alfa.

E la catturò subito.

Trasalii. Sapevo cosa sarebbe successo dopo.

Solo che... lui la sollevò e la strinse in un abbraccio che la fece ridere di cuore.

Li osservai, perplessa. *Cosa sta facendo?* Mi aspettavo che la gettasse a terra e la montasse.

Lei disse qualcosa che mi sfuggì e lui la mise giù. Poi si spogliarono entrambi, in mezzo alla strada, si trasformarono e corsero nel parco. Giocando di nuovo a rincorrersi.

Stavolta, quando la prese, la bloccò e rotolarono insieme sull'erba, scambiandosi piccoli morsi giocosi.

A quel punto emerse un altro maschio, con un'espressione divertita, che scosse la testa, si spogliò e si unì a loro.

L'alfa Sven mi diede un altro colpetto con il muso, ricordandomi che era accanto a me. Poi mi invitò a seguirlo con un cenno del capo.

Volevo tornare in forma umana per chiedergli cosa stessero facendo, ma la mia lupa era più interessata a scoprire cosa volesse mostrarle l'alfa. Così lo seguii, lasciando gli altri lupi a giocare nel parco.

Lungo la strada incrociammo altri mutaforma, molti dei quali si fermarono a guardarmi incuriositi. Alla fine Sven mi camminò accanto, come per proteggermi dai loro sguardi indiscreti, e ringhiò un paio di volte a quelli che mi fissavano un po' troppo a lungo.

Molti stavano semplicemente vivendo la loro giornata, impegnati in vari compiti come spalare la neve, accendere lanterne o cucinare. Quest'ultima azione attirò la mia attenzione, perché sentivo i deliziosi profumi che provenivano dalle case lungo la via. Dolci che mi ricordarono quelli che avevo visto brevemente sullo schermo la sera prima.

Pensare alla cerimonia mi fece venire in mente quello che aveva detto l'alfa Ludvig. Qualcosa sul fatto che non volevo stare lì. Ma mentre passeggiavo con Sven, mi ritrovai a domandarmi se non avesse torto.

Quel luogo sembrava... tranquillo. Carino. Rilassante.

Alcuni mutaforma ci salutarono. Si rivolsero a me chiamandomi "omega", forse perché non conoscevano il mio nome. Ma nessuno degli alfa azzardò una mossa. Si limitarono a guardarci, e la loro attenzione era concentrata soprattutto su Sven. Forse stavano cercando di capire se sarebbero riusciti a batterlo. Ma non percepii aggressività né ostilità da parte loro. Solo rispetto.

Dopo quelli che mi sembrarono chilometri, raggiungemmo un'area boscosa molto più grande del parco che ci eravamo lasciati alle spalle. *Cosa ci facciamo qui?*, avrei voluto chiedergli.

Solo che Sven non mi stava affatto prestando attenzione.

Nel momento in cui raggiungemmo il limitare della foresta, si gettò a capofitto in un enorme mucchio di neve.

Spalancai gli occhi quando quasi tutto il suo corpo fu inghiottito dalla neve. Poi la sua testa spuntò fuori e mi rivolse un enorme sorriso.

Sta giocando, mi resi conto.

Il mio animale reagì di conseguenza, unendosi a lui con un piccolo uggiolio emozionato.

Ma il mio salto fu molto meno aggraziato. E quando mi resi conto di quanto fosse profonda la neve, cominciai a dimenarmi in preda al panico, muovendo le zampe come se stessi nuotando nel tentativo di tornare a galla.

Sentii delle fauci serrarsi sulla mia collottola: l'alfa Sven mi stava aiutando a riemergere dalla neve. Guaii per la frustrazione, e lui mi rimise in piedi confortandomi con il suo dolce brusio. Poi indicò con il muso un cumulo meno profondo.

La mia lupa reagì senza il mio permesso, fiondandosi di nuovo sulla neve e rotolandosi in quella soffice beatitudine. Era morbida e fredda, e la sensazione di gelo sulla pelliccia fu un'esperienza travolgente. Non era la prima volta che entravo in contatto con la neve, ma non ci avevo mai giocato.

Trovai un altro cumulo di dimensioni simili e mi ci gettai dentro.

Sven mi seguì, la sua mole ingombrante distruggeva le torri di neve con facilità.

Emisi un guaito di gioia e mi tuffai in ogni cumulo sul mio cammino, adorando il modo in cui la neve, simile a dei batuffoli di cotone, si apriva per lasciarmi entrare.

Quando finii, stavo ansimando; la mia lupa aveva consumato tutte le mie energie. Ma mi sentivo benissimo. Non mi ero mai stancata in quel modo, e non vedevo l'ora di farlo di nuovo.

Sven richiamò la mia attenzione con un colpetto del muso. Mi diede una leccata sul naso e poi mi indicò di seguirlo. Ma stavolta camminò accanto a me, urtandomi di proposito e rifilandomi un sorrisetto ogni volta che lo faceva.

A un certo punto, gli leccai anch'io il naso, guadagnandomi un ringhio di approvazione. E quando tornammo nell'edificio da cui eravamo partiti, non riuscii a trattenere un sorriso.

Sono felice, pensai. *Davvero felice.*

Forse si era trattato sul serio di un sogno. Ma speravo con tutto il cuore che non lo fosse. Volevo sentirmi in quel modo. Volevo *vivere*.

Voglio stare con Sven, sussurrò una vocina. La mia voce. Una voce proveniente da un luogo che conoscevo appena: il mio cuore.

Un alfa aprì la porta per noi mentre ci avvicinavamo, permettendoci di entrare in forma di lupo. Il mio sorriso si incrinò passandogli accanto, la mia paura innata ricominciò a farsi sentire. Ma lui non fece altro che tenere la porta aperta per noi, per poi richiuderla alle nostre spalle.

Sven trotterellò lungo l'atrio, poi si fermò prima di imboccare il corridoio. Mi bloccai anch'io, travolta dall'odore familiare dell'alfa Ludvig. Abbassai istintivamente lo sguardo, tutto il mio corpo si prostrò innanzi alla sua aura potente.

L'alfa non parlò, rendendomi ancora più nervosa. Drizzai le orecchie sentendo il fruscio dei suoi pantaloni. Si stava muovendo.

E poi fu proprio di fronte a me. Si accovacciò e allungò la mano, come se si trovasse davanti un animale selvatico.

Deglutii, incerta sulle sue intenzioni. Ma la mia lupa si limitò ad annusarlo velocemente Non era spaventata quanto me, il suo istinto di fidarsi di un maschio superiore era scritto nel suo DNA.

«Mmh» mormorò, dandomi una grattata sotto il mento. Il mio animale sospirò, apprezzando quella tenera dimostrazione di affetto.

Sven parcheggiò il sedere accanto a me e sbuffò, la sua agitazione era palpabile.

Ludvig ridacchiò, allontanando la mano dal mio muso e alzandosi in piedi. «Ora ragioni e ti comporti come parte di una coppia».

Non sapevo a chi fossero rivolte quelle parole. L'alfa si voltò e si avviò lungo il corridoio. Sven si alzò e lo seguì, ma non prima di avermi dato l'ennesimo colpetto con il muso, incoraggiandomi a camminare con lui.

Così lo feci.

E tutti e tre ci ritrovammo nella stanza in cui avevo passato la notte.

«Mila mi ha dato un vestito da prestare a Kari» disse l'alfa Ludvig, indicando un abito blu appeso dietro la porta. «E anche un altro completo per te».

Sven sbuffò. Non sapevo se per segnalare il suo assenso o il suo fastidio. Ma, qualsiasi fosse il messaggio, fece sorridere l'alfa Ludvig.

Studiai la sua bocca, notando la somiglianza con quella

del figlio. Poi osservai i suoi zigomi e i suoi occhi azzurri, della stessa tonalità di quelli di Sven, e la sua folta chioma bionda. Sembravano più fratelli che padre e figlio, a parte l'aura di anzianità emanata dall'alfa Ludvig.

Quando riportai il mio sguardo sul suo, mi resi conto che mi stava esaminando con la stessa attenzione e chinai immediatamente la testa in segno di sottomissione. Allora lui si accovacciò di nuovo davanti a me e mi alzò il muso, spingendomi a sollevare gli occhi. «Devi prendere una decisione, piccola» disse dolcemente. «Se restare qui o andartene con l'alfa Enrique».

Sven accolse le sue parole con un ringhio, ma l'alfa Ludvig lo ignorò.

«Saremmo fortunati ad averti, ma in questo settore non tolleriamo l'autolesionismo. Anche se accidentale» mormorò, facendomi accigliare internamente.

«Vedo che il dottor Palmer fa ancora rapporto a te» commentò Sven. Era tornato in forma umana poco dopo aver ringhiato.

«Sono l'alfa del settore».

«E io sono il suo compagno» ribatté Sven. «Secondo le nostre leggi, in questa situazione sono io ad avere l'autorità».

L'alfa Ludvig rimase accucciato sul pavimento, ma alzò lo sguardo sul figlio. «Solo quando la rivendicazione è riconosciuta dall'alfa del settore».

Sven rimase in silenzio per qualche istante. «Non riconosci la mia rivendicazione».

«Non ancora» rispose l'alfa Ludvig. «Ma i tuoi sforzi mi stanno convincendo». Trascinò le nocche sul mio muso e mi grattò dietro l'orecchio destro. «Continua così, e avrai ciò che vuoi».

Proprio come prima, non sapevo se le sue parole fossero rivolte a me o a Sven.

Si alzò prima che avessi l'opportunità di trasformarmi e chiederglielo, e la sua attenzione si concentrò sul figlio. «Sentiamo cos'ha da dire Enrique prima di prendere qualsiasi decisione. Potrebbe esserci più utile di quanto pensi».

Sven rimase in silenzio, spingendomi a osservarlo. Non si era rivestito, il suo corpo nudo era in bella mostra. *È proprio un alfa*, pensai, ammirando la sua muscolatura e la sua impressionante virilità. La mia lupa quasi sospirò, nonostante la mia intrinseca paura di uomini come lui.

«A che ora è la cena?».

«Non è chiaro, te lo farò sapere appena Kazek avrà preso una decisione».

«Cioè non sai se ammazzerà Enrique prima di cena».

L'alfa Ludvig alzò le spalle. «Dipende da lui, non da me».

Trasalii, il pensiero che qualcuno facesse del male al mio ex salvatore fu sufficiente a farmi tornare in forma umana. Entrambi gli alfa mi osservarono trasformarmi, probabilmente avevano percepito l'ondata di energia che si propagava sulla mia pelle.

In quanto alfa, potevano controllare le trasformazioni degli altri, di conseguenza erano molto più in sintonia con la magia di qualcuno come me. Ma senza il collare, potevo scegliere il mio stato. Una libertà che non avevo mai capito mi mancasse... finché non avevo conosciuto Sven.

Mi schiarii la voce e mi concentrai su quello che mi aveva spinta a voler parlare. «L'alfa Enrique mi ha già aiutata in passato. Avrebbe dovuto farlo anche nel settore Winter». Non riuscivo a guardare l'alfa Ludvig negli occhi e la mia voce era un po' esitante, ma riuscii comunque a trasmettere quello che volevo. «Non... non è cattivo».

Non avrei potuto definirlo "buono", perché nessun alfa era intrinsecamente buono.

Tranne Sven, pensai in un sussurro. Ma ancora non sapevo cosa volesse da me. Quindi non potevo esserne del tutto certa.

«Mi avrebbe liberata» aggiunsi.

«Ne dubito» intervenne l'alfa Ludvig. «Ma sono sicuro che volesse aiutarti. Sentiremo cos'ha da dire, anche riguardo il tentato omicidio di Winter».

«Ammesso che Kazek glielo permetta».

L'alfa Ludvig sorrise di nuovo. «Penso che lo farà. E come sai, le mie intuizioni sono quasi sempre fondate. Concentrati sul tuo cammino, figliolo. Forse un'altra delle mie aspettative si avvererà».

E con quello uscì dalla stanza, lasciandomi sola con Sven. Nudo.

Il suo corpo aveva reagito naturalmente alla vicinanza con il mio, il suo bisogno di un'omega era evidente nella sua erezione. Ma non tentò di prendermi. L'unica cosa che fece fu stringermi in un abbraccio e posarmi un bacio sulla testa. «Grazie per aver girovagato con me, piccola meraviglia».

Piccola meraviglia, ripetei nella mia mente, sorridendo per come suonava. Mi piaceva molto di più di "piccola" o di "lupacchiotta". Mi faceva sentire speciale. Unica. Come se significassi davvero qualcosa per lui.

«Ora voglio che tu mi dica perché hai fatto a pezzi il nostro nido» disse, rovinando la mia momentanea felicità. Non perché non volessi parlargliene, ma perché non volevo pensarci.

D'altro canto, una piccola parte di me voleva che lui capisse, che sapesse che non avevo cercato di farmi del male. Che volevo soltanto distruggere qualcosa che consideravo una minaccia.

Sembrava importante dirglielo. Condividere con lui quella parte di me. Assicurarmi che sapesse che avevo apprezzato il nostro tempo insieme, e che non... non volevo che finisse.

«Speranza» sussurrai con la bocca improvvisamente secca. «Era... era un barlume di speranza».

Si scostò da me abbastanza da guardarmi negli occhi. «Cosa? Il nido?».

Annuii. «Era... Volevo stare... volevo stare con te... Ma i nostri tre giorni erano finiti. Ed ero arrabbiata per aver permesso alla speranza di mettere radici dentro di me». Non riuscivo a guardarlo, le mie parole mi sembravano sciocche e ingenue.

Posò la mano sulla mia guancia e mi accarezzò delicatamente il mento, alzandomi il viso per incontrare i suoi occhi. «Ho voluto quei tre giorni per mostrarti che gli alfa non sono tutti uguali. Ma non significa che non abbiamo più tempo, né che sia finita tra di noi, Kari. Sei ancora mia. E ti è permesso sperare».

Scossi la testa. «La speranza è pericolosa».

«Ed è anche meravigliosa» rispose in un sussurro. «La speranza è parte dell'esistenza. Dà la motivazione per andare avanti, per guarire, per *vivere*».

No, aveva torto. «La speranza fa male».

«La speranza guarisce» ribatté. «Te lo dimostrerò».

«In tre giorni?» suggerii.

Sven ridacchiò. «No. Non metteremo un limite di tempo. Te lo dimostrerò e basta».

«Come?».

«Questo sta a me stabilirlo» mormorò. «Devi solo darmi una possibilità, Kari. E se potessi smettere di prendertela con l'arredamento, lo apprezzerei molto. Oh, e basta coltelli».

L'ultima frase mi fece trasalire. Gli scoccai un'occhiataccia e ripetei per l'ennesima volta: «Non mi sono accoltellata di proposito».

«Lo so» rispose, sempre sorridendo. «Ti sto togliendo l'accesso ai coltelli per proteggere il nostro futuro nido».

Schiusi le labbra per la sorpresa. «Il nostro futuro nido?».

«Sì. Ma non qui. Non amo molto le stanze prive di finestre. Ne troveremo una migliore». Parlava come se potessimo avere un futuro insieme.

«E il fatto che debba essere disponibile per altri alfa?».

Il suo sorriso svanì. «Non sei *disponibile* per nessuno, Kari. Finché non sarai completamente guarita, non potrai essere corteggiata. E considerando quello che è successo prima, dovrai guarire sia fisicamente che psicologicamente. Ma so essere paziente». Si chinò e premette le labbra sul mio orecchio. «Perché il mio lupo sa che per te vale la pena aspettare».

Non sapevo cosa rispondere, né come interpretare quello che mi stava dicendo. «Cos'è... cos'è il corteggiamento?» sussurrai. Non era la prima volta che ne parlava, ma non gli avevo mai chiesto chiarimenti su cosa implicasse.

«È il termine che usiamo nel nostro settore per indicare tutto quello che facciamo per guadagnarci il favore di un futuro compagno». Il suo pollice si spostò dal mio mento per accarezzarmi il labbro inferiore. «Sei destinata a essere mia, Kari. Lo so. Ma devo convincere anche te. E lo farò. Perché non mi sottraggo mai a una sfida».

«Ma sono sterile» sussurrai.

Appoggiò il palmo sul mio addome, mentre l'altra mano rimase sulla mia guancia. «Sistemeremo tutto».

«Come?».

«Consultando i migliori medici del mondo» rispose. «Fidati di me, Kari. Ti aiuterò. Te lo giuro».

Deglutii, il mio cuore batteva a un ritmo caotico. *Fidarmi di un alfa?* Ci avevo già provato con Enrique, e mi aveva deluso. Eppure ero sopravvissuta. Ma qualcosa mi diceva che se anche Sven mi avesse deluso, non mi sarei mai ripresa. Una piccola parte di me, però, la parte più debole, voleva credergli.

Speranza, mi meravigliai, sentendo quella sensazione leggera lambire un angolo della mente.

Voleva dimostrarmi il valore della speranza.

Voleva corteggiarmi.

Voleva essere mio.

Una voce fastidiosa e insistente mi sussurrava che era impossibile, che la mia vita non era basata sulla fantasia o sulle favole. Eppure quello spiraglio di luce in un angolo della mia psiche mi implorava di prendere in considerazione la sua proposta, di riporre la mia fiducia in un altro, di concedermi un po' di *vita*.

Così mi ritrovai a rispondergli con un piccolo cenno del capo, incapace di dare voce al mio consenso. Ma sembrò bastare, perché le labbra di Sven si incurvarono in un sorriso mozzafiato. Era il tipo di espressione che avrei sognato per sempre, con i suoi splendidi occhi azzurri che brillavano di gioia.

Voglio che sia mio, mi resi conto, ammirando il suo viso perfetto. *Voglio che questo alfa sia mio per sempre.*

Era un pensiero azzardato.

Ma ormai cos'avevo da perdere?

Era la luce di cui avevo bisogno in una vita altrimenti buia e desolata.

Sarei stata una sciocca a non gravitare verso di lui. Perché nella remota possibilità che si dimostrasse all'altezza, tutto il dolore che avevo patito ne sarebbe valso la pena. E se mi avesse tradita, almeno avrei avuto un ricordo a cui aggrapparmi quando ne avessi avuto bisogno.

Le sue labbra cercarono le mie. Il suo bacio fu dolce e tenero, in netto contrasto con la durezza che premeva sul mio ventre. Il suo desiderio era un calore palpabile che risvegliava i miei sensi di omega, esigendo che mi mettessi in ginocchio e soddisfacessi il mio superiore. Ma lui mi tenne in piedi. La sua mano lasciò la mia pancia, spostandosi sulla schiena, mentre la sua bocca continuava ad assaporare delicatamente la mia.

Colsi l'accenno della mia precedente eccitazione sulle sue labbra, il ricordo del piacere che aveva evocato mi fece annegare in un mare di beatitudine.

Per poi ritrovarmi a precipitare in una voragine di dolore.

Perché non potevamo stare insieme nel mio stato attuale. Non sul serio. Tutto portava alla sofferenza.

Doveva aver percepito la mia esitazione perché si scostò da me e mi osservò. «Inizieremo con una radiografia e procederemo da lì» disse. «Sistemerò tutto, Kari. Vedrai».

Non ero sicura di credergli. Ma annuii comunque, con quel calore nell'anima che diventava più luminoso ogni secondo che passava.

La speranza.

Mi resi conto allora che non era mai stato il nido a provocare quell'emozione, ma lui. L'alfa Sven.

Lui... lui mi dà speranza.

CAPITOLO 20

SVEN

L'energia nervosa di Kari mi pizzicava la pelle. Dopo un pomeriggio passato a parlarle e a confortarla, si era ritratta nel suo solito bozzolo di paura.

Fidarsi non le veniva naturale. Sembrava aspettarsi sempre il peggio.

«Sei bellissima» le sussurrai all'orecchio, sperando di tranquillizzarla un po', mentre entravamo in ascensore dal tunnel sotterraneo. L'avevo portata lì sotto nella speranza di tenerla al caldo, durante il trasferimento in un edificio che si trovava a un paio di isolati di distanza. Indossava uno splendido vestito di seta blu con le spalline sottili e la gonna che le arrivava fino ai piedi. L'abito le lasciava le braccia scoperte, così le avevo offerto la mia giacca, ma lei aveva rifiutato con un lento cenno del capo. Ero stato sul punto di insistere, ma poi avevo capito che probabilmente aveva bisogno della pungente aria invernale per restare cosciente il più possibile.

Allora le avevo avvolto un braccio attorno alla vita, lasciando che sentisse il mio calore mentre camminavamo.

Ora, nell'ascensore, era fredda e rigida, sopraffatta dal terrore.

La spinsi verso la parete, costringendola a guardarmi negli occhi. «Ti prometto tre cose» dissi, accarezzandole la guancia, mentre l'altra mano scendeva sul suo fianco. «Primo: resterò accanto a te per tutta la sera». Disegnai un piccolo cerchio sul suo fianco, come a imprimere il mio giuramento nella sua pelle.

Lei rabbrividì in risposta, le sue pupille si dilatarono.

«Secondo: non permetterò a nessuno di toccarti» continuai. La mia voce si abbassò di un'ottava. «Tranne me».

Un altro cerchietto.

Un altro brivido.

«E terzo» le sussurrai all'orecchio. «Al termine della serata, ti terrò stretta nel mio letto e ti conforterò mentre dormi».

«Nel tuo... nel tuo letto?».

«Sì». Le baciai il collo, sul punto dove il suo battito palpitava. «Dopo cena ti porterò a casa mia e vedremo cosa ne pensi di costruire un nido lì».

«Nel tuo spazio» mormorò.

«Nel *nostro* spazio» la corressi, trascinando le labbra sulla sua gola. «Sei mia, Kari. Anche se non posso ancora corteggiarti come si deve, il mio lupo ha già deciso. E prima o poi anche la tua lupa mi sceglierà». Tecnicamente, l'aveva già fatto, mordendomi la mano. Ma non volevo insistere. Kari era già abbastanza fragile. Ci sarebbero volute una cauta opera di convincimento e un bel po' di cure.

Perché nel pomeriggio avevo visto le sue radiografie. Non ero un medico, ma i ferri che aveva nell'addome raccontavano una storia dolorosa. Il dottor Palmer aveva affermato che sarebbe stato impossibile operarla. Ma non ci credevo. O meglio, non volevo crederci. Dopo cena, avrei chiesto a mio padre se i risultati erano stati mandati anche ad Ander. Se c'era qualcuno che poteva aiutarci, era il gruppo di ricerca del settore Andorra.

«Okay?» chiesi, tracciando un terzo cerchietto sul suo fianco e guardandola negli occhi. «Tre promesse suggellate con le mie fusa» mormorai, emettendo un lento brusio dal petto. «Ma dovrai fidarti di me. Puoi farcela?».

Il suo labbro inferiore tremò, l'incertezza si diffuse sui suoi lineamenti. Ma mi rivolse un minuscolo cenno d'assenso, simile a quello che mi aveva regalato durante la nostra conversazione sulla speranza. Non era un cenno convinto, ma era un passo nella direzione giusta. Così sancii il nostro accordo con un bacio leggero come una carezza. Le mie labbra assaggiarono le sue, e con un piccolo guizzo della lingua chiamai la sua lupa.

La fiducia che il suo animale provava nei miei confronti era palpabile, il desiderio dell'omega di avere un alfa forte che la proteggesse dalle difficoltà della vita le si leggeva negli occhi. Probabilmente Kari non lo percepiva nemmeno, ma il mio lupo sì. E le avremmo dato tutto ciò di cui aveva bisogno.

Ci sarebbero voluti tempo, cure e un'abbondante dose di pazienza.

Fortunatamente, erano tutte cose che potevo offrirle.

Insieme a tanto altro ancora.

Le sfiorai le labbra con la lingua, sfidandola a ricambiare. Quando lo fece, ringhiai di approvazione. Era stata solo una piccola carezza, ma era abbastanza.

La paura era ancora aggrappata alla sua pelle, il fetore irritava il mio lupo. Ma sapevo che non c'era molto altro che potessi fare per rasserenarla. Aveva bisogno di vedermi in azione per credere alle mie parole.

Le diedi un altro bacio tenero e delicato, poi arretrai per

digitare la nostra destinazione sul pannello dell'ascensore. Prese vita istantaneamente, con uno sferragliare metallico che spinse Kari ad afferrarmi la giacca. Le tremavano le mani.

«Tre promesse» le ricordai. «Non le infrangerò».

Rispose con un altro di quei cenni del capo, e la sua lupa le guizzò nello sguardo per scrutarmi. Nelle ultime dodici ore, mi era diventato sempre più evidente quanto fossero slegate l'una dall'altra. Le avevo chiesto chiarimenti sul collare durante la visita del dottor Palmer, e non ricordava quando glielo avessero messo. Era convinta che fosse stato lì per gran parte della sua vita, con l'eccezione dei momenti in cui, crescendo, glielo avevano dovuto cambiare con uno un po' più grande.

L'informazione mi aveva fatto rivoltare lo stomaco.

Non le era mai stato permesso di decidere quando e come trasformarsi. Ciò significava che non era stata in grado di connettersi con il suo animale interiore, come avrebbe dovuto fare ogni mutaforma.

Il distacco spiegava molto del suo comportamento. Non lasciava che i suoi istinti naturali prendessero il sopravvento, a meno che non avesse bisogno della protezione della sua lupa, come quando provava dolore.

Era uno degli argomenti di cui avevo intenzione di discutere con mio padre. Volevo scoprire se avesse mai visto qualcosa di simile.

Il trillo dell'ascensore annunciò il nostro arrivo. Strinsi Kari al mio fianco e le mie labbra si posarono sul suo orecchio. «Questa è solo una piccola cena» dissi. «Se in qualsiasi momento ti senti a disagio, dimmelo e me ne occuperò io».

Stava già tremando, ma il suo terrore aumentò ancora

di più quando le porte di metallo si aprirono sull'atrio del ristorante.

«Sono qui» la rassicurai. «Affidati a me e al mio lupo».

Stavolta non annuì, ma la sentii raddrizzare appena la schiena sotto il mio palmo. La strinsi più saldamente a me, il mio braccio la avvolgeva e la sosteneva. Le afferrai il fianco e la guidai in avanti.

Sentii l'istinto di confortarla con le mie fusa, ma un altro suono maschile riecheggiò attraverso la stanza prima che potessi iniziare. Lo sguardo di Kari si alzò di scatto, e i suoi occhi si riempirono di lacrime alla vista di Enrique.

«Cosa cazzo le avete fatto?» disse l'alfa, facendo un passo in avanti.

Spinsi rapidamente Kari dietro di me, deciso a mantenere la mia promessa. *Nessuno la può toccare.*

Enrique reagì con un ringhio.

Fu sul punto di ricambiare, ma Kaz si era già intromesso. «Te lo sconsiglio» disse in tono leggero. «Tecnicamente, ho vinto l'omega Kari. Quindi sarei costretto a intervenire e, beh, ho già diversi motivi per volerti uccidere. Aggiungerne un altro potrebbe essere la proverbiale ultima goccia».

E io ti aiuterei molto volentieri, pensai, scoccando a Enrique un'occhiata omicida.

Enrique fulminò Kaz con lo sguardo. La sua furia, potente e palpabile, stava turbando Kari. Si era aggrappata alla mia giacca, la sentivo tremare dietro di me.

«Questo non è un gioco» sbottò Enrique.

«Ah, no?». Kaz sembrava quasi indignato, ma riconobbi il suo abituale sarcasmo. «Vuoi dire che non hai cospirato per uccidere la beta Snow in modo che la Regina degli Specchi potesse salire al trono? E non hai pianificato di regnare al suo fianco? O almeno penso fosse quella la tua ricompensa, ma sentiti libero di correggermi».

«Sì, ho cospirato con lei. Ma questo non significa che intendessi seguire il suo piano. Ovviamente, non posso provarlo. Tuttavia, per quanto riguarda ciò che volevo in cambio, la risposta è in questa stanza». La sua attenzione si spostò su di me. «Dimmi che sta bene».

«Non devo dirti proprio un cazzo» risposi, furioso che quell'alfa si sentisse in diritto di arrivare lì e avanzare pretese. Non aveva alcuna autorità nel nostro settore. E non avevo nessuna intenzione di obbedirgli.

Ma Kari non la pensava così.

«Sto bene» disse con voce tremante. «Non dovresti essere qui».

«Nemmeno tu» borbottò lui, passandosi le dita tra i folti capelli scuri.

L'alfa emanava un'intensa preoccupazione. Non del tipo che suggeriva un atteggiamento minaccioso, o che avrebbe potuto condurre alla violenza. Era una preoccupazione colma di affetto, che mi fece pensare che quello che aveva detto Kari su di lui era vero.

Sembrava che avesse realmente intenzione di aiutarla. E questo mi spinse a volerlo ascoltare.

Non gli avrei mai permesso di portare via Kari, ovviamente, ma ero curioso di conoscere il loro rapporto e le esperienze che avevano condiviso. Kari non aveva mai lasciato intendere che esistesse un qualche legame romantico tra di loro, e anche in quel momento non percepii alcuna attrazione da parte di nessuno dei due. Solo un'enorme preoccupazione, condita da un alone di malsana disperazione.

«Sembra che abbiamo molto di cui discutere» osservò mio padre. «E sento che c'è una storia che mi piacerebbe

ascoltare. Vogliamo proseguire la conversazione a cena?».
Indicò con un gesto della mano le porte che conducevano al
ristorante, oltre le quali aleggiava un profumo familiare.

Mamma, pensai. Probabilmente mio padre le aveva
detto di rimanere lì per stare al sicuro, nel caso in cui Kaz
avesse deciso di trasformare l'atrio in un mattatoio. Il mio
migliore amico, il classico lupo solitario, non era molto
prevedibile, soprattutto quando era arrabbiato. E dato che
apparentemente l'alfa Enrique aveva pianificato di uccidere
la sua compagna, era lecito supporre che si fosse guadagnato un posto nella sua lista nera.

«Amo le belle storie» commentò il mio migliore amico.
«E questa sembra proprio l'antipasto perfetto». Le mie
orecchie colsero un sottile ronzio. A cui seguì un profumo
eccitato, che mi fece inarcare un sopracciglio.

Ah, pensai, e le mie labbra minacciarono di stendersi in
un sorriso. *Kaz sta giocando con la sua compagna.*

«Permettimi di accompagnarti al tuo posto, Winter»
disse dolcemente, accarezzandole il sedere mentre la
conduceva verso il tavolo.

Mi resi conto che intendeva provocare gli alfa non
accoppiati, in particolare Enrique, eppure il seducente
profumo di Winter non mi aveva minimamente allettato.
Tutta la mia attenzione era concentrata su Kari, al punto
che avevo a malapena percepito l'eccitazione dell'altra
omega.

Aggrottai la fronte, sconcertato, e mio padre mi rivolse
un sorrisetto complice.

Mi aveva osservato attentamente per tutto il tempo, e io
non me ne ero nemmeno accorto.

«Sei sulla strada giusta» disse passandomi accanto.
«Continua così».

Si avviò dietro Winter e Kaz nel salone, seguito a ruota

da un beta. Ma Enrique rimase accanto alla porta, con il suo sguardo intenso fisso su di me.

Lo ignorai e tornai al fianco di Kari, per poi premere le labbra sulla sua tempia. «Tutto a posto?» le domandai dolcemente.

Lei annuì. «S... sì».

«Bene» risposi, avvolgendole di nuovo un braccio intorno alla vita. «Ricordati di affidarti a me».

Abbassò ancora una volta il mento, poi lasciò che la spingessi in avanti.

Enrique mi fissò con un'espressione assorta, ma non sembrava geloso. Era come se mi stesse valutando. Poi il suo sguardo si spostò su Kari, e anche in quel caso mi ricordò più un esame che l'occhiata lasciva di un alfa affamato.

«Sto bene» gli ripeté lei mentre ci avvicinavamo. Un po' mi irritava il fatto che gli parlasse senza bisogno di alcuna sollecitazione da parte dell'alfa, al contrario di quello che succedeva con me. D'altro canto, ciò suggeriva che avevano un qualche tipo di rapporto. E che lei era in grado di fidarsi degli altri.

Cosa aveva fatto Enrique per meritarsi quella fiducia?

E cosa avrei dovuto dimostrarle per ottenere lo stesso trattamento?

Lo sguardo dell'alfa si posò sulla gola di Kari, le sue pupille si dilatarono abbastanza da farmi capire che approvava quello che aveva visto. «Le hai tolto il collare».

«Gliel'hai messo tu?» replicai.

Lui grugnì, i suoi occhi neri saettarono verso i miei. «Non è mia abitudine mettere collari alle omega, quindi no».

«Cos'è tua abitudine?» chiesi. «Salvarle uccidendole?».

L'alfa strinse i denti.

«Sven? Non possiamo iniziare senza di voi» intervenne mio padre con una voce stentorea, interrompendo qualsiasi risposta stesse per darmi Enrique. «Siamo già in ritardo, e sai benissimo come la penso sul cibo».

Fui sul punto di alzare gli occhi al cielo, ma il battito accelerato di Kari mi spinse ad accompagnarla nel salone senza dire nulla. Gli occhi cerulei di mia madre scintillarono al nostro ingresso, e le sue labbra si incurvarono in un sorriso di benvenuto, rivolto soprattutto a Kari. Ma la sua espressione radiosa si incrinò quando percepì la paura della mia futura compagna.

Dopo una rapida scorsa ai posti, decisi di sistemare Kari di fronte a mia madre e mi sedetti al suo fianco.

Era un tavolo rettangolare, con quattro sedie da un lato e quattro dall'altro.

Kari, io, Enrique e un beta sconosciuto.

Mia madre, mio padre, Kaz e Winter.

Una strana disposizione, ma avrebbe funzionato. Perché mi permetteva di tenere in riga Enrique, con l'aiuto di Kaz, che era seduto di fronte a lui.

«Bene, iniziamo con un giro di insalate» disse mio padre a uno dei camerieri beta. «E pane. E vino, acqua...».

«Caffè» aggiunse mia madre in un sussurro.

«Vuole un mocaccino» chiarì mio padre. «Con una doppia dose di caffè espresso».

Soffocai un sorrisetto; mia madre iniziava ogni pasto allo stesso modo. Un'abitudine che confondeva i nostri ospiti, perché di solito il caffè era riservato al momento del dessert. Ma era quello lo stile di mia madre, e mio padre adorava soddisfare le sue esigenze.

«Anche una torta al cioccolato» disse al cameriere.

«Ma certo, alfa Ludvig» rispose il beta.

Kari si agitò accanto a me. Il suo sguardo si posò per un

attimo su mia madre, prima di tornare ad abbassarsi sul tavolo. Poi guizzò verso Winter, che si stava contorcendo, persa nelle vibrazioni controllate da Kaz.

In un qualsiasi altro momento, avrei sorriso per le sue buffonate.

Ma ero troppo preoccupato per Kari per pensare anche ai giochetti di Kaz.

Allungai il braccio sullo schienale della sedia di Kari, in una posizione simile a quella assunta da mio padre con mia madre, e lo guardai per avere qualche indicazione. Mio padre non era il tipo che si perdeva in chiacchiere e formalità. Non quando voleva sapere qualcosa.

Perciò non fui affatto sorpreso quando disse: «Spiegaci perché dovremmo lasciarti vivere, alfa Enrique. Perché un osservatore esterno penserebbe che tu abbia tramato per uccidere una preziosa omega e pianificato di tenerne un'altra come schiava. Dimostraci che non è così e rivaluteremo il tuo destino».

CAPITOLO 21

KARI

L'alfa Enrique non risparmiò alcun dettaglio. Il suo racconto mi fece rabbrividire e sussultare per tutta la durata della cena.

Parlò del trattamento riservato alle omega nel settore Bariloche, del modo in cui mio padre le riduceva in schiavitù e le teneva lontane dai loro alfa. Parlò di Savi e Joseph. Spiegò come avesse avuto intenzione di salvarmi, accettando di sposare Snow Frost pur di portarmi via con sé, e com'era andato tutto storto quando Vanessa mi aveva rinchiusa in gabbia.

L'alfa Kazek fece notare in modo piuttosto brusco che il mio trattamento nel settore Norse era stato molto diverso da quello che mi aveva inflitto mio padre, un'affermazione che considerai un eufemismo.

Poi si misero tutti a parlare del mio corpo e di come curarmi con l'*ingegneria inversa*. Quando chiesi chiarimenti, Sven mi mise un braccio attorno alle spalle.

«Vediamo cos'ha da dire mio fratello al riguardo, poi decideremo il da farsi» mormorò, con il petto che vibrava di quell'energia rilassante che solo lui sembrava essere in grado di creare. «Ander ha un team con i migliori medici e ricercatori del mondo. Se c'è qualcuno che può aiutarti, è lui».

Volevano modificare il mio stato. Era già stato tutto deciso.

Nessuno mi aveva chiesto cosa volessi, perché la mia opinione non importava. Dovevano guarire l'omega sterile in modo che potesse accoppiarsi in modo appropriato ed essere *posseduta*.

Una parte di me voleva urlare per la frustrazione, voleva esigere la possibilità di scegliere.

Un'altra parte, invece, era felice del cambiamento. Non era forse meglio essere una compagna che un oggetto sessuale?

A meno che non succeda qualcosa al mio compagno, mi resi conto, rabbrividendo al pensiero di mia sorella. Era davvero un destino migliore dell'essere sfruttata dagli alfa in eterno?

La conversazione fluì in una discussione sulle politiche di mio padre, sul fatto che non amava la competizione e su tutto quello che faceva pur di restare al vertice.

«Droghe allucinogene» ripeté l'alfa Ludvig. Dal modo in cui le pronunciò, era come se le parole avessero un sapore amaro. «Codardo».

«Purtroppo, il suo metodo funziona» rispose l'alfa Enrique. «Somministra all'alfa una dose massiccia, facendolo andare fuori di testa, e gli offre un'omega su cui sfogarsi. Quando ha finito, qualsiasi potenziale legame che si sarebbe potuto formare è rovinato per sempre, ma lui è comunque dipendente dalla femmina. E poi Carlos gliela porta via, la rinchiude e gli dice di comportarsi bene se vuole vederla di nuovo».

Un fiotto di acido mi risalì la gola. La spiegazione mi era

fin troppo familiare. Non mi era mai capito personalmente, perché mio padre si era assicurato che non potessi avere un compagno.

Ma le altre...

Fui percorsa dall'ennesimo brivido. Mi strinsi le braccia attorno al ventre, mentre il brusio di Sven aumentò di intensità. «Hai bisogno di una pausa, piccola meraviglia?» mi sussurrò all'orecchio.

Ci pensai su un attimo, ma poi scossi la testa. Una pausa non sarebbe servita a nulla. Quella era la mia realtà. La mia vita. Non ero stata capace di fuggire allora, non ci sarei riuscita nemmeno adesso.

Sven mi tirò più vicino a sé, offrendomi il suo calore, mentre gli altri continuavano a parlare.

Winter e l'alfa Kazek si scusarono e si alzarono, i loro feromoni mi dissero esattamente cosa stavano per fare. Cercai di ignorarli, ma la mia preoccupazione per Winter ebbe la meglio e non riuscii a evitare di ascoltare.

La sentii mugolare nell'altra stanza.

Poi gemere.

Una supplica accorata riecheggiò nell'aria.

Seguita da... *una scopata.*

Ma era diversa da qualsiasi altra avessi mai sperimentato. Winter urlava per averne di più, e non perché era in calore... ma perché *voleva* averne ancora.

Il mio stomaco si contorse per un motivo completamente diverso, la mia lupa era attirata da ciò che si stava consumando nelle vicinanze.

Lanciai un'occhiata a Sven. La sua attenzione era rivolta a me, aveva un'espressione assorta.

Si sporse per sfiorarmi le labbra con le sue, in una dolce carezza che mi fornì il conforto di cui non sapevo di aver bisogno. Poi strusciò il naso sulla mia guancia e tirò la mia sedia accanto alla sua.

Mi domandai se anche lui volesse portarmi nell'altra stanza, ma non fece alcuna mossa per allontanarmi dal tavolo. Si limitò a continuare a emettere il suo brontolio rilassante, mentre l'alfa Enrique proseguiva il suo racconto di come fosse la vita nel settore Bariloche.

Disse loro dei soppressori usati per evitare che le omega andassero in calore. Parlò di come mio padre sfruttasse le droghe per rendere le omega talmente strette che una scopata troppo violenta avrebbe potuto ucciderle. Raccontò della morte di mia madre, e Sven mi strinse ancora più forte a sé.

Poi parlò di Joseph, di come era stato torturato e sepolto in una località sconosciuta.

«A volte mi chiedo se sia ancora vivo» sussurrò l'alfa Enrique. «Ci sono dei momenti in cui potrei giurare di aver sentito la sua presenza, ma Savi...».

«È a pezzi» mormorai. «Non... non so se sia... Ha detto che se fossi venuta da te volontariamente, mi avrebbe rivelato...». Non riuscii a terminare la frase, né ad alzare lo sguardo. Non mi resi nemmeno conto di aver parlato finché attorno a me non calò il silenzio.

«Ha sfruttato la tua preoccupazione per tua sorella per costringerti a collaborare» riassunse l'alfa Enrique.

Annuii, e il ricordo mi fece tremare il labbro inferiore. Sven avvicinò la bocca al mio orecchio. «Scopriremo cosa le è successo» mormorò. «Te lo prometto».

La quarta promessa della serata.

Quattro promesse che avrebbe potuto infrangere facilmente.

Eppure... fino a quel momento aveva mantenuto la

parola. Era rimasto accanto a me tutta la sera e nessuno mi aveva toccata, a parte lui.

Il mio battito corse un po' più in fretta, quell'emozione pericolosa dentro di me fu alimentata da una nuova scintilla. Abbastanza perché lo guardassi. «Ti prego» dissi. «Non infrangere quella promessa».

La sua espressione si intenerì. «Non ti farò mai una cosa del genere, Kari».

Volevo credergli, lo desideravo con tutto il cuore. Ma una vita di delusioni me lo impedì.

Tuttavia, gli rivolsi un altro piccolo cenno d'assenso.

Perché volevo provarci.

Volevo essere quello che desiderava, proprio come io desideravo che fosse ciò di cui avevo bisogno.

«Posso chiederglielo, ma non è detto che mi dica la verità» intervenne Enrique. «Anche perché non è contento che non abbia sposato la beta Snow».

Il suo commento li riportò a parlare di quello che era successo con l'omega Winter e l'alfa Vanessa.

Smisi di nuovo di ascoltare, stanca di tutte quelle discussioni appassionate e crudeli. Sapevo che erano necessarie, che quei lupi non conoscevano gli usi del settore Bariloche né come venivano allevati gli alfa nella mia terra d'origine, ma io l'avevo vissuto sulla mia pelle. Non avevo bisogno di sentirne parlare ancora.

Tornai a concentrarmi su Winter e il suo compagno, che erano ancora nell'altra stanza. Dopo una serie di gemiti e dopo aver gridato l'uno il nome dell'altra, si erano zittiti. I miei sensi furono di nuovo all'erta, la mia preoccupazione tornò. Forse Winter era ferita.

Ma qualche minuto più tardi la porta si aprì e lei marciò nel salone con le guance arrossate e un'espressione furiosa.

Raddrizzai la schiena. *Cos'ha fatto l'alfa?* Solo che lui apparve subito dopo, con una nota di apprensione nei suoi lineamenti. La guardò dirigersi verso il beta seduto al tavolo.

«Lo sapevi?» domandò. Tutti smisero di parlare. Il mio cuore ebbe un sussulto. Si stava comportando in modo troppo audace. Ma il suo alfa rimase dietro di lei come un'ombra protettiva, e osservò i presenti. «Lo sapevi?» ripeté quando il beta non rispose.

«Cosa?» le chiese infine.

«Che Ludwig è mio zio» disse a denti stretti.

Sven si irrigidì visibilmente. Dopo qualche istante, riacquistò il suo autocontrollo e mi posò una mano sul braccio. Il suo sguardo, però, saettò dal padre all'omega, e poi di nuovo al padre.

Ma Winter e il beta avevano cominciato a parlare. Lui confermò di essere a conoscenza dei suoi legami familiari con il settore Norse. Allora lei gli chiese chi altri lo sapesse, e da lì la tensione non fece altro che aumentare.

Mi strinsi al fianco di Sven mentre anche l'alfa Kazek si intromise nella discussione, la sua avversione nei confronti del beta era evidente.

Almeno finché il beta non lo convinse della sua utilità.

A quel punto, l'atmosfera si fece più serena. Tutti si rilassarono, e io li osservai, confusa.

Dopo qualche minuto, giunsi a un'importante conclusione: lì, le cose erano molto diverse dal settore Bariloche.

Gli alfa rappresentavano l'autorità, certo, ma erano attenti alle necessità degli altri. E da quello che avevo potuto osservare del comportamento dell'alfa Kazek e dell'alfa Ludwig, erano anche molto premurosi nei confronti delle loro compagne.

A un certo punto, Winter si era messa davanti all'alfa Kazek e aveva sussurrato il suo nome nel tentativo di placarlo. Funzionò, nonostante la conversazione riguardasse un momento di intimità tra lei e il beta. E la discussione precedente era stata incentrata su come il beta e altri non l'avessero protetta a dovere, quindi l'alfa era già nervoso. Ma un commento della sua omega era stato sufficiente per ammorbidirlo. Poi la conversazione si era accalorata ancora una volta, quando l'alfa Kazek aveva imposto al beta di non toccarla mai più.

E Winter aveva ribattuto dicendo: «Gli abbracci sono ammessi».

L'alfa Kazek le aveva risposto a tono, e lei aveva fatto lo stesso, ritrovandosi così in una situazione di stallo che per me era totalmente inconcepibile. Non avevo mai visto un'omega e un'alfa discutere in quel modo.

Le omega si piegavano.

Gli alfa dominavano.

Ma nel loro caso non fu affatto così. L'alfa *annuì*, acconsentendo alla sua richiesta. E facendomi spalancare gli occhi per lo stupore.

Poi la baciò, in un modo molto simile a come amava fare Sven con me, e la tenne stretta a sé. Solo allora si voltò verso i presenti.

«Andrai bene per lei» disse il beta, che avevo scoperto chiamarsi Grum.

«C'erano dubbi?» chiese l'alfa Kazek.

«Sì. Almeno un migliaio» rispose Grum, per poi rivolgersi al resto della tavolata. «Ora possiamo smetterla di atteggiarci e parlare di come far fuori la Regina degli Specchi? Perché sono stanco di inchinarmi a quella stronza».

Lo fissai a bocca aperta, poi ripresi a studiare Winter e il suo compagno. La mia lupa era incuriosita dalla loro singolare dinamica.

Anche se, osservando il resto dei presenti, mi resi conto

che non era poi così singolare, perché l'alfa Ludvig si comportava allo stesso modo con la donna seduta accanto a lui.

La madre di Sven, intuii. Il suo profumo mi era familiare, ne era rimasta traccia sul vestito che mi aveva prestato. Aveva i capelli biondo platino e gli occhi azzurri come Sven e l'alfa Ludvig, e anche lei aveva una carnagione pallida. I suoi tratti ricordavano un po' quelli di un'elfa, mentre la sua corporatura minuta era tipica delle omega.

Incrociò il mio sguardo dall'altro lato del tavolo e mi rivolse un piccolo sorriso.

Provai a ricambiare, ma la mia bocca mi tradì.

Così sbattei le palpebre e cercai di comunicare con gli occhi.

Lei sembrò capire, perché piegò leggermente la testa in un cenno di assenso. Poi sussurrò qualcosa all'orecchio dell'alfa Ludvig. Lui le dedicò tutta la sua attenzione, come se gli altri non esistessero.

Non mi misi a origliare, preferendo invece sbirciare in direzione di Sven. Ma lui sembrava intento a osservare i suoi genitori.

L'alfa Kazek e l'alfa Enrique cominciarono a pianificare il loro ritorno nel settore Winter, per far sì che l'alfa Kazek rivendicasse il trono, suo di diritto. Dal momento che Snow Frost era una principessa e l'erede diretta dei precedenti regnanti, all'alfa Kazek spettava il titolo di re del settore Winter.

Non avevo molta familiarità con le loro usanze e le loro gerarchie, diverse da quelle del settore Bariloche, ma avevo capito quali fossero le implicazioni: l'alfa Kazek voleva sfidare l'alfa Vanessa per ottenere il comando del settore.

E stava chiedendo l'aiuto dell'alfa Enrique.

Non ero sicura di quali sarebbero state le conseguenze

per me, ma sembrava che non fossi argomento di discussione.

Sven, d'altro canto, sì. Il suo dovere divenne sempre più chiaro man mano che gli altri alfa continuavano a parlare. «È il miglior pilota da questo lato del mondo» insistette l'alfa Kazek. «Ci condurrà lì con il jet».

«Certo» commentò Sven. «Offrimi pure come volontario».

L'alfa Kazek sbuffò. «Non costringermi a riportarti a Copenaghen, Mick».

Sven grugnì, ma fu un suono divertito, non infastidito. «Prova a lasciarmi di nuovo in un covo di Infetti, Kaz. Ti sfido».

«Sono molto tentato» rispose l'alfa. «Perché sembra che tu ti sia dimenticato qual è il tuo posto».

Sven alzò gli occhi al cielo. «Dimmi solo dove e quando».

«Oh, eccoti tornato sulla retta via» lo lodò l'alfa Kazek, guadagnandosi un altro grugnito divertito.

Sven si sporse verso di me e mi baciò sulla tempia, poi guardò i suoi genitori. «Sono d'accordo con la tua idea, mamma».

«Sbaglio o gli ho insegnato a non origliare le conversazioni altrui?!» domandò lei, con un tono sbigottito e autoritario al tempo stesso.

«Sono abbastanza sicuro che tu gli abbia insegnato il contrario, amore» mormorò l'alfa Ludvig. «Dopotutto, sei stata tu a presentargli la porta del mio ufficio».

Lei spalancò gli occhi. «Non farei mai...».

L'alfa ridacchiò e le baciò la guancia, per poi accostare le labbra al suo orecchio. Qualsiasi cosa le disse, la fece arrossire. E fece gemere Sven. «Ed è così che si insegna ai figli a non origliare, Mila» aggiunse a voce alta.

«Bene, noi ce ne andiamo» annunciò Sven, alzandosi di scatto.

L'alfa Enrique fece per seguirci, ma un basso ringhio da parte di Kazek lo trattenne al suo posto. «Ho bisogno di sapere che intenzioni hai con lei».

«Non hai bisogno di sapere un bel niente» ribatté Sven. «Ma se ti dimostrerai utile nel corso del viaggio con Kaz, potrei anche dirtele».

«Sono venuto a negoziare il suo rilascio» disse l'alfa Enrique, il cui tono fu sottolineato da un ringhio.

«No, sei venuto ad assicurarti che stesse bene, e ti abbiamo dimostrato che è così». Sven mise a posto la sua sedia, poi guardò l'alfa Enrique negli occhi. «Vuoi che sia libera di andare dove, esattamente? Nel settore Winter? Sarà davvero più al sicuro di quanto non lo sia qui?».

«Lo sarà, quando l'alfa Kazek salirà al trono» borbottò l'alfa Enrique.

«Certo, ma non è ancora lui a governare. Cosa vuoi, allora?» insistette Sven. «Stai forse suggerendo che Kari venga con noi ad appropriarsi del settore Winter? Perché ti dico subito che mi rifiuto di permettere che accada».

L'alfa Enrique serrò la mascella. «Parli come se fosse di tua proprietà».

«Lei è mia» replicò Sven. «Ecco cosa succederà: Kari rimarrà con mia madre, al sicuro, e se ti dimostrerai utile, forse ti permetterò di vederla di nuovo. È la mia unica offerta. Prendere o lasciare. E sappi che non ho nessuna intenzione di negoziare».

Le mie labbra minacciarono di incurvarsi all'ingiù. Il fatto che non avessi voce in capitolo mi assillava.

Da quando mi importa di avere la possibilità di scegliere? Non mi è mai stato permesso di decidere cosa fare della mia vita. Perché ora le cose dovrebbero essere diverse?

Perché lui *dovrebbe essere diverso.*

Eppure... sceglierei di fare qualcos'altro, se ne avessi l'opportunità?

Scossi la testa per tentare di schiarirmi le idee, i miei pensieri in tumulto mi stavano dando le vertigini.

Parte dell'essere omega consisteva nel permettere agli alfa di prendere decisioni per noi. E parte dell'essere una compagna consisteva nel fidarsi che l'alfa avrebbe preso la decisione giusta.

Tutto ciò che aveva appena detto Sven era esattamente quello che avrei voluto anch'io, quindi perché ero infastidita dal fatto che non ne avesse prima parlato con me?

Mi sentivo stordita, la mia mente era vessata da una miriade di ipotesi mai considerate prima.

Le scacciai, concentrandomi invece sui due alfa accanto a me.

L'alfa Enrique fissava Sven con uno sguardo omicida, ma colsi un accenno di sconfitta nella sua espressione. Sapeva che Sven aveva ragione. Proprio come me.

Solo che non ero particolarmente entusiasta all'idea della sua partenza. Quello che stavano pianificando sembrava molto pericoloso.

E mi lasciò a chiedermi: *Cosa mi succederà se non dovesse tornare?*

CAPITOLO 22
SVEN

Kari esplorò il mio appartamento a piedi nudi, affondando nella moquette a ogni passo.

Iniziò dal soggiorno, sfiorando con le dita la tappezzeria in pelle scamosciata del divano e della poltrona, per poi ammirare la foresta attraverso le finestre alte fino al soffitto. All'esterno c'era un balcone a cui era possibile accedere attraverso una porta finestra, ma lei lo ignorò, preferendo dirigersi verso la sala da pranzo e la cucina.

Il suo sguardo si posò sul blocco con i coltelli e poi su di me, come sfidandomi a dire qualcosa.

Rimasi in silenzio.

Ma se avesse provato a toccarne uno, sarebbe stata tutta un'altra cosa.

Girò attorno all'isola posta nel centro della stanza e lasciò la cucina per esplorare il corridoio sul retro del soggiorno.

Che conduceva prima al mio ufficio, poi alla stanza degli ospiti.

E infine alla mia camera da letto.

Kari sbirciò nelle prime due ed entrò nella terza. Sembrava che fosse la sua lupa a guidare i suoi movimenti. La condusse verso il letto per dare un'annusata, poi nel bagno e verso la cabina armadio.

Mi appoggiai allo stipite della porta che separava la mia camera dal bagno e rimasi ad aspettarla.

Si sentì un fruscio di tessuti, seguito dall'apertura e dalla chiusura dei cassetti del guardaroba.

Zip.

Inarcai le sopracciglia, curioso di sapere cosa stesse facendo.

Poi schiusi le labbra per la sorpresa nel vederla riapparire con addosso una delle mie magliette bianche.

E nient'altro.

Mi passò accanto con una pila di biancheria tra le braccia e andò verso il letto come se fosse in trance.

Non la interruppi, affascinato nel vedere un'omega all'opera. Salì sul letto e cambiò posizione un paio di volte, trovando infine il punto che le piaceva di più. Poi cominciò a spostare le lenzuola per creare una sorta di parete di tessuto.

Presumo significhi che è contenta di costruire un nido qui, pensai.

Lavorava in silenzio, assorta, muovendo coperte e biancheria per posizionarli dove ne aveva bisogno. Io rimasi immobile, senza fare o dire nulla, nemmeno quando scese dal letto e mi aggirò per tornare in bagno, dove prese altri asciugamani e un set di lenzuola.

Le sue piccole mani delicate operavano con una precisione che piaceva molto al mio lupo, soddisfatto di come l'istinto della femmina stesse prendendo il sopravvento. *Che spettacolo. Che meraviglia. Ed è mia.*

L'avrei guardata volentieri per tutta la notte, ma a un

certo punto rallentò, spostando solo qualche asciugamano qui e là, e alla fine si stese, come per testare la sua opera.

Trattenni il respiro, in attesa di vedere se mi avrebbe invitato nel suo rifugio.

Invece, si rialzò con un'espressione accigliata e gli occhi azzurri fissi su di me.

Stavo per chiederle di cosa avesse bisogno, ma scivolò fuori dal nido e camminò determinata verso di me. Un profondo brontolio si irradiò dal mio petto quando cominciò a sbottonarmi la giacca del vestito. La ripose nell'armadio e tornò per sfilarmi la camicia. Poi la strinse al petto e inspirò profondamente.

Un suono soddisfatto le lasciò la gola, e la portò nel nido.

Scalciai via le scarpe e lei girò bruscamente la testa verso di me, rifilandomi un'occhiata di rimprovero.

Così spinsi delicatamente le scarpe di lato sotto il suo sguardo vigile, e mi riappoggiai allo stipite in attesa della prossima mossa.

Mi studiò per un lungo istante, come per assicurarsi che non facessi nient'altro. Le sue labbra si arricciarono appena, poi tornò a dedicarsi al suo lavoro.

Lottai contro la tentazione di sorridere. Non solo la sua lupa era al comando, ma aveva anche assunto un atteggiamento autoritario. Glielo avrei concesso. Per il momento.

Quando ebbe finito di sistemare la camicia, tornò per i miei pantaloni. Il fuoco mi scorreva nelle vene, ma rimasi dolorosamente immobile. Il mio corpo reagì alla sua vicinanza, con il mio sesso che pulsava di desiderio, ma non feci alcun tentativo di toccarla.

Lasciai che facesse quello che voleva.

La osservai sistemare i miei pantaloni lungo una parete del nido.

E inspirai lentamente quando fu di nuovo davanti a me, intenta a esaminarmi dalla testa ai piedi. Si mordicchiò il labbro inferiore indugiando sul mio inguine, con le narici che si dilatavano alla vista della mia erezione. «Ehm...». Si interruppe e deglutì.

Aspettai, non volevo forzarla.

La sua lupa sbirciò verso di me, con le pupille dilatate, e Kari fece un passo avanti.

Poi un altro.

E un altro ancora.

Finché non fu di nuovo davanti a me.

Mi ci volle tutto il mio autocontrollo per non approfittare della situazione, per non spingerla sul letto e spalancare le sue belle gambe. Ma sentivo che quel momento era molto importante per lei.

Inoltre, non volevo farle del male.

Così aspettai di vedere cosa avrebbe fatto, respirando appena.

Sfiorò la leggera peluria che mi scendeva lungo l'addome con la punta delle dita, seguendola fino ai miei boxer. Agganciò l'elastico con l'indice e poi spostò delicatamente la mano verso il mio fianco.

Mordendosi il labbro, avvicinò la mano libera dall'altro lato e abbassò il tessuto, spogliandomi completamente. Lanciò i boxer in mezzo al nido e fece un piccolo passo indietro, senza staccarmi gli occhi di dosso. Poi mi invitò a seguirla.

Obbedii, e mi fermai quando raggiungemmo il letto. Lei sollevò il lembo di un lenzuolo, dicendomi tacitamente di entrare nel suo nido.

Il mio petto rimbombò di approvazione mentre scivolavo all'interno. Il mio lupo mi esortò a sdraiarmi sulla schiena, sopra ai boxer. Kari mi osservò con interesse, poi si unì a me e risistemò la parete di tessuto che aveva scostato per farci entrare.

Sembrava così piccola lì dentro, così fragile, ma quando si mise a cavalcioni sulle mie cosce, mi resi conto di quanto fosse potente. La desideravo con una ferocia a cui non potevo abbandonarmi, e mi ci volle uno sforzo notevole per non agire. Soprattutto quando il suo sesso umido si sistemò sulla mia erezione.

«Merda» ansimai, lottando contro l'impulso di inarcarmi verso di lei.

La maglietta bianca che aveva indossato in precedenza era sparita, probabilmente diventando parte del nido. Cominciò a muoversi. Cautamente, all'inizio, con il suo corpo che imparava a conoscere il mio. Poi si chinò e mi baciò sul collo, e la sua lingua si concesse un assaggio della mia pelle.

Le afferrai i capelli, stringendoli nel pugno. Avevo bisogno di toccarla, di distrarmi per non spingerla sulla schiena e scoparla fino allo stremo.

Riuscii a frenare quell'impulso ripensando a cos'era successo quando l'avevo fatta venire. Ricordai la sua espressione agonizzante. Fu sufficiente per controllarmi, ma non abbastanza da soffocare il mio desiderio. Perché la volevo. La mia omega. La mia compagna.

«Ho bisogno di altro» sussurrò. Mi leccò la gola e cominciò a scendere. «Ho bisogno del tuo seme».

Strinsi la presa sui suoi capelli e mi avvinghiai alle lenzuola con la mano libera. Perché *cazzo*, mi stava facendo andare fuori di testa. Aveva ceduto il controllo alla sua lupa, agendo solo sulla base dell'istinto. E ora voleva inaugurare il nido.

Con me.

Ero pronto, ma non potevo. Non potevo farla venire. Potevo a malapena toccarla.

E quella consapevolezza minacciò di strangolarmi.

Ero così perso in quei pensieri cupi che mi accorsi appena che Kari aveva iniziato a tracciare un sentiero di baci verso il mio inguine, e fu solo quando le sue labbra si chiusero sulla punta del mio sesso che capii le sue intenzioni.

«Kari» sussurrai con tono riverente, inarcandomi verso la sua bocca, mentre mi prendeva in profondità senza alcun preavviso. Avvolse la mano attorno alla base e trovò il mio nodo, cominciando a massaggiarlo.

Quell'omega era magica.

Quella donna era un enigma.

Quella femmina era... *fottutamente mia*.

Gemetti quando trascinò i denti sulla mia lunghezza, la sua lupa voleva assicurarsi che sapessi chi era al comando. Suscitò un ringhio da parte del mio lupo, che mi assalì con il suo bisogno di dominarla.

Ma dovevo permetterle di fare quello che voleva.

Dovevo restare immobile per la mia omega.

Lasciare che conducesse il gioco. Lasciare che imparasse. Lasciare che...

Cazzo.

Stava roteando la lingua con un'abilità che sentii fin nel profondo dell'anima, nelle mie vene divampò un incendio feroce che quasi distrusse la mia determinazione. «*Kari*». Il suo nome lasciò le mie labbra con un ringhio, sottolineato da un intenso brontolio di approvazione che la portò a farlo di nuovo.

Abbassai lo sguardo e la trovai a fissarmi, con un pizzico di meraviglia negli occhi. Ripensai al soprannome che le avevo dato.

Era davvero una *piccola meraviglia*. Così unica. Così fottutamente *abile*.

Sapeva esattamente quando stringere, quando succhiare, quando leccare, quando usare i denti e quando ingoiare.

Mi spinsi ulteriormente nella sua bocca, incapace di trattenermi. Lei non protestò, continuando a muovere la testa, costringendomi a raggiungere l'estasi.

Ogni stretta delle sue dita assicurava un orgasmo sempre più copioso, il suo istinto di omega garantiva che le dessi più seme possibile. Ma senza che il mio nodo entrasse dentro di lei.

Non nella gola, non era possibile.

Solo tra le gambe.

E *cazzo* se in quel momento non lo desideravo più di qualsiasi altra cosa. La sua eccitazione addolciva l'aria, tormentando i miei istinti e implorandomi di prendere ciò che era mio.

No, pensai, gemendo di *bisogno*. *No. Niente sesso. Niente rivendicazioni. Niente... oh!*

Il mio petto vibrò con una combinazione di ringhi e fusa, il mio lupo esigeva ciò che gli era dovuto mentre Kari mi gettava oltre il precipizio con la sua bocca fin troppo esperta.

Fui travolto da un'esplosione inaspettata e incontrollabile, svuotandomi sulla sua lingua dolce e straziante.

Lei mi spinse più a fondo nella sua gola, prendendo tutto quello che le davo, continuando a massaggiare il mio nodo per prolungare la sua sensuale tortura.

Non riuscivo a smettere di venire.

E lei non smetteva di ingoiare.

Sembrò durare all'infinito... Una settimana di desiderio

210

frustrato che si riversava nella sua bocca, mentre il mio lupo raggiungeva un altro stato dell'essere.

Tutto intorno a me era sfocato, la mia mente era persa in una strana sorta di oblio a cui nessuna donna era mai stata in grado di condurmi.

Ma una lacrima mi riportò alla donna tra le mie cosce.

Continuava a impegnarsi per spremermi fino all'ultima goccia di piacere, ma le lessi in viso lo sforzo di dover ingoiare così tanto.

Il mio pugno reagì d'istinto, togliendola dalla mia erezione e tirandola verso di me, mentre ancora pulsavo, in preda a un orgasmo incontenibile.

Lei mi guardò a bocca aperta, la confusione si sostituì alla fatica. La feci stendere sotto di me. Il mio sesso si insinuò tra le sue cosce, in una carezza sensuale che mi permise di continuare a venire su di lei. La sua eccitazione si mescolò al mio seme, creando un fluido inebriante che tinse intimamente i nostri corpi con l'odore del sesso e del desiderio.

Kari si inarcò e gemette, l'essenza le stava fornendo una strana sorta di nutrimento.

Poi la baciai per darle qualcos'altro di cui aveva palesemente bisogno: l'adorazione.

Aveva fatto tutto questo per me, concentrandosi sul mio piacere, ingoiando fino a non riuscire a respirare. E se non fossi intervenuto, avrebbe continuato. Probabilmente perché qualche alfa le aveva insegnato così.

Ma io non ero quell'alfa.

Io ero *il suo* alfa. Quello che condividevamo riguardava *noi*, non me.

Sentii il mio sapore sulla sua lingua, insieme all'essenza salata delle sue lacrime, e le mostrai con la bocca cosa avremmo potuto essere insieme.

Mi avvolse le braccia attorno al collo. La sua figura minuta mi stringeva a sé mentre davo e prendevo, e davo ancora.

Quando tolse le sue dita dal mio nodo, il mio piacere finalmente si placò. Fradici della nostra passione, avevamo battezzato ufficialmente il nostro nido.

Ora quello sarebbe stato anche il suo spazio, non solo il mio. E se fosse stato per me, non se ne sarebbe più andata.

Solo che *io* dovevo andarmene, per aiutare Kaz con il suo problema a nord. Le giurai con i baci che sarei tornato in fretta, che sarei tornato da lei e dal nostro nuovo rifugio. Non sapevo se avesse capito o meno, ma avevo ancora qualche giorno per assicurarmi che le fosse chiaro.

E poi saremmo andati nel settore Andorra.

Sperando che mio fratello potesse aiutarci.

PARTE DUE
SETTORE ANDORRA

CAPITOLO 23
SVEN
SPAZIO AEREO EUROPEO

K ari era seduta accanto a me e guardava fuori dal parabrezza. Quando le avevo chiesto se volesse unirsi a me nella cabina di pilotaggio, aveva esitato. Poi, però, aveva annuito. Mi era sembrato un ottimo modo per distrarla dal viaggio che ci aspettava.

Dopo una settimana trascorsa ad aiutare Kaz con la situazione che si era creata nel settore Winter, e dopo aver passato innumerevoli ore a fare piani con mio fratello, io e Kari eravamo finalmente in viaggio verso il settore Andorra. La sua equipe di medici aveva già visionato le radiografie iniziali ed era pronta per il nostro arrivo. Non sapevamo ancora se operare Kari fosse un'opzione plausibile, ma era impossibile dirlo senza averla esaminata di persona.

Il dottor Palmer era convinto che fosse una causa persa.

Ma lui non era tra i migliori in quel campo.

La dottoressa Riley sì. In quanto omega, e con più di un secolo di esperienza in campo medico, era lei che volevo visitasse Kari. Nessun altro.

Non avevo ancora parlato con Kari di lei. In realtà, da

quando l'avevo portata a casa mia, non avevamo parlato molto in generale.

Le cose tra di noi erano diventate molto istintuali, le sue scelte erano guidate dalla sua lupa. Preferiva trascorrere la giornata nel nido o nelle sue vicinanze, per poi trascinarmi là dentro con lei quasi ogni notte e leccare e accarezzare ogni centimetro del mio corpo. Non che mi dispiacesse, anzi. Ero contento di quello sviluppo. Sembrava così naturale, a parte non poter ricambiare le sue attenzioni.

L'unica notte in cui le cose erano andate diversamente era stata quella che avevo passato nel settore Winter con Kaz e gli altri. Era stato un viaggio efficiente e sanguinoso, che si era concluso in fretta, con Kaz e Winter seduti sul trono che spettava loro di diritto.

Ero riuscito a tornare il mattino seguente, alle prime luci dell'alba. Quando ero arrivato, avevo trovato Kari raggomitolata in una soffice palla di pelo sul divano della suite dei miei genitori. Mia madre aveva voluto passare del tempo con lei, e mio padre aveva dormito altrove per concedere loro un po' di privacy.

Purtroppo Kari non aveva parlato molto, preferendo restare in forma di lupo in attesa del mio ritorno.

Mia madre era convinta che fosse stata una reazione alla paura di non vedermi più. E ciò spiegava l'entusiasmo con cui mi aveva accolto.

Non appena fummo nel nido, era tornata in forma umana e mi aveva praticamente strappato i vestiti di dosso, ordinandomi di stendermi. Non mi aveva nemmeno dato la possibilità di fare una doccia, il suo bisogno di crogiolarsi nel mio odore era troppo intenso.

Io avevo fatto esattamente quello che voleva e avevo trascorso tutta la giornata tenendola stretta a me.

Quando le avevo detto che saremmo andati nel settore

Andorra, aveva semplicemente annuito. Nessuna domanda. Nessuna preoccupazione. Solo una sorta di cupa accettazione.

Non riuscivo a capire cosa le passasse per la testa. Al momento, le sue emozioni erano un misto di soddisfazione e timore. Non si sottraeva più al mio tocco, anzi, ora sembrava cercarlo per avere conforto. E le poche volte che mi aveva parlato, mi aveva chiamato Sven.

«Hai molta esperienza con gli aerei?» le chiesi, cercando di intavolare una conversazione. Per quanto mi piacesse che il suo animale avesse il controllo delle sue azioni, sentivo la mancanza della sua voce. E volevo davvero sapere cosa stesse pensando, cosa la rendesse felice e preoccupata allo stesso tempo.

Scosse la testa. «Ho volato solo dal settore Bariloche al settore Winter, poi da lì al settore Norse».

Annuii. Non era una domanda particolarmente brillante, considerando com'era stata cresciuta e il fatto che fino a poco tempo prima non era nient'altro che una schiava. Ma almeno aveva detto qualcosa. «E ora cosa ne pensi?» le chiesi, indicando le nuvole e il cielo azzurro con un vago cenno della mano.

Era una splendida giornata per viaggiare, limpida e soleggiata. Ovviamente, l'avevo scelta apposta. Le previsioni per il resto della settimana non erano un granché, così avevo chiesto ad Ander di lasciarci arrivare quel giorno, invece del lunedì successivo, come avevamo concordato inizialmente.

«È molto liberatorio» mormorò. «Ma trovo più interessante la tua abilità nel pilotare l'aereo».

Sorrisi. «Adoro volare. Quasi quanto correre con il mio lupo».

Le lanciai un'occhiata, poi tornai a concentrarmi sui

comandi. Avendola accanto nella cabina di pilotaggio, ero ancora più vigile e attento. Non volevo rischiare che le succedesse qualcosa. Ma sapevo di essere il migliore pilota in circolazione, non ce n'era un altro di cui mi fidassi di più.

«È da quando avevo nove anni che lo faccio» aggiunsi. Ne ero stato affascinato fin da bambino. Mio padre mi aveva messo in contatto con il principale esperto di aviazione del branco e da allora non avevo più smesso. «Prima o poi ti presenterò l'alfa Garland. È un vecchio generale del settore Norse che ama volare quanto me. Mi ha insegnato tutto quello che so».

«Perché vuoi farmelo conoscere?» mi domandò in tono diffidente.

«Perché è importante per me» spiegai. «Non perché mi aspetto che tu sia *disponibile* per lui». Avevo aggiunto l'ultima parte istintivamente, perché temevo che la sua mente avesse dipinto qualche scenario oscuro al solo sentir nominare un altro alfa. «Ti farò conoscere anche la sua compagna, Jacy, un'altra amante del volo. Si sono conosciuti in una qualche branca delle forze armate umane, non ricordo quale. Ma sicuramente doveva avere a che fare con l'aviazione».

«Forze armate umane?».

«Sì, in un'epoca precedente al Contagio». Alzai le spalle. «Non ne so molto, a parte i film che ho visto della collezione di Kaz e qualche lettura occasionale».

«Film?».

«Esatto» dissi, sbirciando verso di lei. Tra le sopracciglia le si era formata una piccola ruga adorabile e la preoccupazione sembrava svanita. «Te li farò vedere quando saremo di ritorno al settore Norse. Ammesso che Kaz non si porti via tutto».

Kari studiò il mio profilo per qualche istante, facendomi

fare una pausa invece di continuare a parlare. Voleva chiedermi qualcosa. Ne ero sicuro. Me lo sentivo.

Su, piccola meraviglia, avrei voluto dirle. *Da' voce ai tuoi pensieri.*

«È... è questo il piano?» chiese sottovoce. «Tornare nel settore Norse? Insieme?». L'ultima parola quasi mi sfuggì, inghiottita dal rombo dei motori. Il suo tono si era ridotto a un sussurro.

Ma avevo colto la sua esitazione, così come il piccolo brivido con cui finalmente aveva condiviso con me ciò che la turbava.

Ha paura che me ne vada senza di lei, capii. Probabilmente perché non avevamo discusso nel dettaglio quello che sarebbe successo. E ora che era distante dal suo nido, la realtà della nostra situazione la stava facendo piombare nell'angoscia.

Il mio lupo mi spinse a rassicurarla, stringendola tra le braccia e confortandola con il mio brusio. Ma non potevo farlo mentre ero ai comandi dell'aereo. Potevo usare soltanto le parole e sperare che si fidasse di me.

«Ci siamo dentro insieme, piccola meraviglia» promisi. «Vedremo cosa ne pensa la dottoressa Riley e poi decideremo il da farsi. Mio fratello ha detto che possiamo restare tutto il tempo necessario e ha dato disposizioni per la nostra sistemazione. E quando avremo finito, torneremo insieme nel settore Norse».

Allungai la mano e le diedi una stretta alla coscia; avevo bisogno che sentisse anche fisicamente la sincerità del mio giuramento. Lei non tremò né si ritrasse. Mise la sua piccola mano sulla mia e ricambiò la mia stretta.

«Okay» rispose. Un'unica parola che mi tolse il fiato.

Significa che mi crede? Che sta accettando di avere un po' di fiducia in me? Un piacevole tepore mi lambì il cuore, e tolsi

219

la mano dalla sua coscia coperta dai jeans per tornare ancora una volta a concentrarmi sui comandi.

Eravamo quasi arrivati, e ciò significava che dovevo prepararmi a entrare nella cupola del settore Andorra. Nel frattempo le spiegai l'importanza che rivestiva la tecnologia in quel settore, rendendolo il più all'avanguardia del mondo, almeno per quanto riguardava le zone abitate dai lupi X-Clan. Le dissi anche che mio fratello condivideva gran parte delle loro innovazioni con mio padre.

«Ma noi non abbiamo costruito una cupola» conclusi con un cenno rivolto alla semisfera di vetro davanti a noi. «Non ci serve, perché un intero lato del nostro territorio dà sul mare. Ma abbiamo sviluppato alcune mura dotate di sonar per proteggere il resto dei confini. E abbiamo anche delle pattuglie che li sorvegliano notte e giorno».

Dal momento che il settore Andorra era in mezzo alle montagne, la protezione fornita dalla cupola era assolutamente necessaria. C'erano molti covi di Infetti nelle città lì attorno, e quei bastardi erano affamati di carne fresca. Potevano percorrere anche centinaia di chilometri per nutrirsi, attraversando terreni impervi come le vette innevate intorno a noi.

Kari rimase in silenzio per qualche istante, poi disse: «L'alfa Carlos ha una specie di fossa colma di Infetti nel settore Bariloche, dove getta i lupi che si comportano male».

Sbiancai. «*Cosa?*».

Lei trasalì, così le strinsi di nuovo la coscia. «Scusami, Kari. È solo che... è così sbagliato... Ho reagito istintivamente».

«Quindi non ci sono fosse punitive nel settore Norse». La pronunciò come un'affermazione di sollievo, più che una domanda.

«Non credo esistano in nessun settore di lupi X-Clan». Tranne che nel settore Bariloche, a quanto sembrava. «L'alfa Carlos deve essere eliminato». A un alfa del genere non avrebbe dovuto essere concesso di respirare, e men che meno di comandare.

Kari non rispose, limitandosi a fissare la cupola. «Come facciamo a entrare?» sussurrò con voce tremante.

Accolsi con piacere la distrazione, sperando che placasse la mia rabbia, e le spiegai come funzionava il meccanismo di apertura. Poi comunicai via radio a uno degli agenti della torre di controllo che ero nella fase di avvicinamento finale.

La cupola cominciò ad aprirsi in cima, creando uno spiraglio che attraversai per raggiungere la pista di atterraggio. Kari non disse nulla, ma percepivo chiaramente il suo stupore. Era meravigliata dal modo in cui tutto funzionava quasi come per magia. Ma poi, quando atterrammo solo pochi secondi più tardi, allungò la mano e mi conficcò le unghie nella coscia coperta dai jeans neri.

«Un tempo, gli aerei prendevano velocità accelerando lungo le piste» le dissi indicando quella accanto a noi. «Ma questi nuovi jet funzionano come dei razzi, che decollano verticalmente e atterrano nello stesso modo, rendendo tutte le procedure molto più facili. Almeno per me».

Mi guardò di sottecchi. «Sei un pilota molto abile».

Il mio petto minacciò di gonfiarsi di orgoglio per il suo complimento. Anche se sospettavo che non si fosse resa conto che l'avrei considerato in quel modo, perché lo aveva pronunciato come una semplice osservazione.

«Sei pronta a conoscere mio fratello?» le chiesi mentre completavo la procedura di atterraggio, parcheggiando correttamente il velivolo nel piazzale di sosta.

Non rispose.

«Ha un'aria minacciosa» ammisi, coprendo la sua mano con la mia. «Ma non ti farà del male. Anzi, ti proteggerà».

«Perché?».

«Perché sei preziosa» mormorai dolcemente. «Nel settore Andorra non ci sono molte omega. Qui sono rispettate e venerate. Capirai cosa intendo quando incontrerai la sua compagna». Spostai la mano sul suo mento, facendole voltare il viso verso di me. «Ricordi quell'omega con i capelli rossi nella foto? Quella che sorrideva?».

Mi rivolse un minuscolo cenno d'assenso.

«Quella è la sua compagna, Katriana. E conoscerai anche la dottoressa Riley».

Kari aggrottò la fronte. «Un'altra compagna di tuo fratello?».

Sorrisi. «Assolutamente no. La dottoressa Riley è un'omega ed è legata a Jonas».

Spalancò gli occhi. «Un'omega medico? Come Quinn?».

Ora era il mio turno di aggrottare la fronte. «Chi è Quinn?».

Mi osservò per un attimo, come se stesse valutando se aggiungere qualcosa. Sembrava quasi che avesse paura di spiegarsi, o forse era sorpresa di aver fatto quel nome.

«Chi è Quinn, Kari?» le chiesi di nuovo, con un accenno di autorità. Non volevo che smettesse di parlarmi, non dopo tutti i progressi che avevamo fatto.

«Un'omega che vive nel mio vecchio settore» sussurrò. «Ha dei poteri di guarigione, ma l'alfa Carlos non lo sa. Aiuta gli altri».

Inarcai le sopracciglia. «Poteri di guarigione nel senso che conosce la medicina?».

Scosse la testa. «No, sono come dei poteri magici. Il suo tocco... *guarisce*».

«Ed è una lupa X-Clan?».

Scosse di nuovo la testa. «V-Clan».

Fui travolto dallo shock. «L'alfa Carlos ha un'omega V-Clan?». *Cazzo...* «*Come?*». Erano incredibilmente rare. L'esistenza stessa dei lupi V-Clan era stata gravemente compromessa allo scoppio del Contagio. La maggior parte dei superstiti viveva in colonie blindate sulle isole del circolo polare artico. Ed erano spesso in conflitto con i vampiri che vivevano in Groenlandia, a causa del bisogno di entrambe le specie di nutrirsi di sangue umano.

«Ha tutti i tipi di omega» rispose Kari. «Ash, X-Clan, V-Clan, addirittura alcune che non sono nemmeno lupe. Le colleziona».

Strinsi i denti per la leggerezza con cui l'aveva detto, come se fosse stato perfettamente normale avere una schiera di omega ridotte in schiavitù. D'altro canto, però, per lei *era* normale. Perché l'aveva vissuto sulla sua pelle. E poi l'aveva visto accadere nel settore Winter, con Vanessa e il suo harem di omega maschi. Alana era rimasta là con Kaz proprio per aiutare quei lupi sfruttati e maltrattati. Sospettavo che avrebbe finito per accoppiarsi con uno di loro, ma solo se lui l'avesse scelta. O forse lo avrebbero fatto tutti.

In ogni caso, erano al sicuro.

Mentre le schiave che vivevano nel settore Bariloche non lo erano per nulla.

«Quante omega ha Carlos?» chiesi, perdendo completamente di vista quello che dovevamo fare lì. La conversazione aveva assorbito tutta la mia attenzione.

«Molte» sussurrò. «Alcune hanno un compagno, altre no».

«E sono tutte... sterili?».

Scosse la testa. «No. Solo io».

Avrei voluto esserne sollevato, ma in qualche modo non faceva altro che peggiorare la sua condizione.

«Le altre possono avere dei compagni» aggiunse, rivolta più a se stessa che a me.

«Presto potrai farlo anche tu» dissi, e ne ero convinto. «E quel compagno sarò io».

Non rispose, mordicchiandosi invece l'interno della guancia e annuendo appena.

Avrei dato qualsiasi cosa per ascoltare i suoi pensieri, ma era tornata a trincerarsi dietro il suo silenzio.

Dato che l'avevo già spinta a darmi informazioni sul settore Bariloche, smisi di insistere. Le slacciai invece la cintura e feci lo stesso con la mia. «Se in qualsiasi momento ti sentissi sopraffatta, stringimi la mano» le dissi intrecciando le dita alle sue. «Interromperò qualsiasi cosa stiamo facendo e mi assicurerò che tu stia bene. Okay?».

Mi rivolse l'ennesimo cenno d'assenso, che interpretai come vagamente evasivo. Ma per il momento glielo concessi. Mi sarebbe bastato monitorare il suo battito e il suo respiro e agire di conseguenza.

CAPITOLO 24

KARI

SETTORE ANDORRA

Cosa succederà se non possono guarirmi?, mi domandai per la milionesima volta. Volevo chiederlo a Sven, ma avevo paura di quello che avrebbe potuto rispondermi. Era chiaro che voleva una compagna. Cosa mi sarebbe successo se non avessi potuto esserlo?

Le sue domande sul settore Bariloche e sulle omega avevano dipinto nella mia mente un quadro inquietante. Mi aveva chiesto se erano sterili, probabilmente perché stava valutando l'idea di prendersene una come piano di riserva.

La cosa non mi piaceva.

Volevo essere abbastanza per lui, ma non ero un'ingenua. Aveva bisogno di un'omega da poter scopare a dovere. Considerando che non ci aveva mai nemmeno provato con me, era chiaro che nelle mie condizioni attuali non mi riteneva degna del suo nodo.

È perché non vuole farci del male, ricordai a me stessa.

A meno che non sia una scusa, rispose un'altra voce. L'incertezza presente in quelle parole mi lasciò profondamente a disagio.

Sven mi condusse fuori dall'aereo e lungo una scaletta, ai piedi della quale c'erano tre alfa. Avevano un atteggiamento intimidatorio che mi fece stringere istintivamente la mano di Sven. Lui si fermò immediatamente e il suo sguardo incontrò il mio. «Non ti faranno del male».

Deglutii, incerta. La mia era una reazione naturale alla vista di tre enormi predatori.

Sven mi strinse ancora di più a sé e avvicinò le labbra al mio orecchio. «Quello a sinistra con i capelli scuri e gli occhi dorati è mio fratello, Ander. Quello in mezzo, pallido e con i capelli biondi, è Jonas, il compagno della dottoressa Riley. E il terzo è Elias, il secondo in comando di mio fratello. Anche lui è accoppiato con un'omega, Daciana. Nessuno di loro è una minaccia per te. Te lo giuro».

Volevo dirgli che solo perché un alfa aveva una compagna non significava che non potesse essere una minaccia per me. Ero stata con un numero sufficiente di alfa per saperlo. Ma la mia lupa esigeva che mi fidassi di Sven. Se lui non pensava che fosse una situazione pericolosa, allora dovevo credergli.

Allora abbassai il mento e allentai leggermente la presa sulla sua mano.

Lui mi sfiorò la tempia con un bacio e continuò a scendere le scale a passo più lento. La sua energia protettiva mi avvolse in un confortevole tepore, tenendomi al caldo nonostante l'aria gelida. Le mie spalle si rilassarono un po' di più.

«Te l'ho detto che sembra ancora un cucciolo» commentò uno di loro.

«Attento, Elias, o mio fratello ti sfiderà per avere la tua posizione» rispose l'altro, con una voce profonda che mi fece correre un brivido lungo la schiena. *Indubbiamente un alfa di settore*, pensai, riconoscendo l'aura dominante che emanava.

Quello che aveva parlato per primo, Elias, sbuffò. «Può sempre provarci».

«Non ho nessuna voglia di vivere tra le montagne» rispose Sven. «La tua posizione è al sicuro. Ma chiamami ancora "cucciolo", e mi batterò con te solo per darti una lezione».

«Oh, quello sì che sarebbe divertente» disse Elias. «Vogliamo fissare una data?».

«Per farti il culo? Certo» confermò Sven. «A patto che ad Ander non dispiaccia che il suo Secondo sia fuori gioco per qualche giorno».

L'alfa del settore grugnì. «Se è così ingenuo da sottovalutarti, allora se lo merita».

«Uomini di poca fede» commentò Elias portandosi una mano al petto, come se la conversazione l'avesse ferito. «Forse dovrei dimettermi qui e ora».

«Il tuo ego non te lo permetterebbe mai» rispose l'alfa Ander un po' bruscamente. Non sembrava arrabbiato, quanto... *freddo*. Come se fosse sempre così, a prescindere da chi si trovasse davanti. Mi venne da chiedermi come fosse possibile che la sua omega stesse sorridendo nella foto. Forse glielo aveva ordinato lui?

«Jonas» lo salutò Sven.

«Sven» rispose il biondo in tono gelido.

L'alfa Ander sospirò. «Non voleva turbare la tua compagna».

«Ma l'ha fatto» ribatté Jonas.

«Le radiografie?» indovinò Sven.

«Sì. *Le radiografie*». L'alfa Jonas sembrava furibondo. «Sono due giorni che piange, cazzo».

Sven trasalì, ma fu suo fratello a parlare. «Sono io che gliele ho date. È con me che dovresti essere arrabbiato».

«Oh, lo sono» rispose Jonas. «Lo sono eccome». L'alfa incrociò le braccia sul petto massiccio. «Fortunatamente, l'ha presa come una sfida ed è determinata ad aiutarvi». Il suo atteggiamento sembrò ammorbidirsi un po' quando la sua attenzione si spostò su di me. «Non vede l'ora di conoscerti, Kari».

«Sì, avrebbe voluto essere anche lei qui ad accoglierti, ma Joaquim si è morso la coda» intervenne l'alfa Ander, il cui tono si addolcì leggermente. «Kat ha insistito perché Riley lo visitasse con la massima urgenza».

«Se la stava rincorrendo?» chiese Sven, palesemente divertito.

«Purtroppo» borbottò l'alfa Ander. «Passa il tempo a correre in cerchio oppure a farmi gli agguati».

«È lui che temo possa sfidarmi per impadronirsi del mio ruolo» intervenne Elias, guadagnandosi un grugnito da parte dell'alfa Ander. «Quel piccoletto ama lottare in forma di lupo».

«E mordere» aggiunse l'alfa Ander. «Sono contento che questa volta si sia trattato della sua coda e non di Kat».

«Ha morso Kat?». Sven sembrava sorpreso.

«Per sbaglio» precisò l'alfa Ander. «Non le ha nemmeno fatto uscire sangue, ma si è sentito così in colpa che ha passato la notte a farle le coccole nel nostro nido. C'era a malapena spazio per me».

«Eppure ne avete già creato un altro» disse l'alfa Elias in tono scherzoso.

«Quindi è davvero incinta» disse Sven. Sembrava così orgoglioso.

«Sì, ed è per questo che ha reagito in modo esagerato per la ferita alla coda» borbottò l'alfa Ander. «Ormoni».

«Ma quegli ormoni durante il sesso...». L'alfa Elias si interruppe e si schiarì la voce. «Daciana non è di nuovo incinta, ma lo sarà presto».

Sven lasciò andare la mia mano per avvolgermi il braccio attorno alla vita, e fu in quel momento che mi resi conto che la conversazione mi aveva fatta rabbrividire.

Perché Sven non avrebbe mai potuto parlare di me in quel modo.

Ero sterile. Rovinata. Incapace di dare a un alfa l'unica cosa che quelli come lui bramavano davvero: un erede.

Continuarono a parlare, ma smisi di ascoltarli. La ragione aveva preso il sopravvento, confinando la mia lupa in fondo alla mente. Lei cominciò subito a ribellarsi, esigendo di essere libera, di guidare le mie azioni. Ma in quel momento non avevo nessuna intenzione di darle retta. Avevo bisogno di quella dose di realtà per ricordare a me stessa che tra me e Sven non avrebbe mai funzionato.

A meno che non trovi un modo per curarmi.

Ma l'altro giorno avevo sentito il dottor Palmer dirgli che era impossibile. Ecco perché avevo ceduto il controllo alla mia lupa. Avevo bisogno di nascondermi dietro la sua speranza per continuare a respirare.

Avevo anche capito che, a un certo punto, avevo iniziato a fare affidamento su Sven. Una fiducia che giungeva da quella parte di me che lo considerava mio. Era un atteggiamento pericoloso, perché non avrebbe mai potuto essere mio... non in quello stato.

E avrei fatto meglio a tenerlo a mente.

Non appena si fosse reso conto che ero incapace di dargli quello che voleva, la sua infatuazione passeggera si sarebbe rivelata tale.

«Kari» mi sussurrò all'orecchio, strappandomi ai miei pensieri. «Andiamo dentro».

Annuii automaticamente. Mi sentivo intontita, e al tempo stesso la mia spina dorsale pizzicava per la consapevolezza di essere circondata da maschi dominanti. Sentivo i loro occhi su di me, e la pietà che irradiavano era quasi peggiore della fame che di solito percepivo da lupi come loro.

Le dita di Sven si intrecciarono di nuovo con le mie, dandomi una stretta alla mano che non ricambiai. Mi condusse verso un edificio di vetro. L'architettura mi ricordava il settore Norse, con la neve, i marciapiedi immacolati che incorniciavano gli esterni di vetro e le linee bianche e nette, ma lì il paesaggio montano era un po' diverso.

Mi chiesi come sarebbe stato correre su quelle cime in forma di lupo.

Sarei scivolata? Sarei caduta? Sarei precipitata?

Non ero molto agile in forma di lupo, soprattutto perché non avevo mai potuto trasformarmi liberamente. La passeggiata con Sven nel settore Norse era stata una delle più lunghe della mia vita. E di sicuro non avevo mai giocato in quel modo sulla neve.

«Più tardi possiamo esplorare un po' la zona, se vuoi» suggerì Sven, seguendo il mio sguardo rivolto alle montagne.

Mi girai verso di lui con un'espressione sorpresa. «Possiamo uscire dalla cupola?».

«Ma certo» rispose. «Le pareti di vetro servono a tenere fuori gli Infetti e altri ospiti indesiderati, non a intrappolare tutti all'interno».

«Oh». Aveva senso. «Anche le omega?».

L'alfa Ander si avvicinò e disse: «Le omega vagano con i loro alfa. Non perché non ci fidiamo di loro, ma perché proteggerle è nella nostra natura. E a volte sulle montagne possono esserci pericoli inaspettati, quindi i nostri lupi ci esortano a correre con loro».

«Daciana adora esplorare» aggiunse l'alfa Elias. «Corriamo insieme quasi ogni notte. O almeno lo facevamo, finché non è nata nostra figlia. Ora usciamo soltanto quando Jonas e Riley si prendono cura della nostra piccola Brenna».

«Brenna» ripetei. «Che bel nome».

«Sì» confermò. «Adatto a una bella lupacchiotta».

A quel punto trasalii, rendendomi conto che avevo appena parlato con un alfa che non era Sven. E che mi aveva risposto... *normalmente.*

La mia lupa mi spinse verso Sven, aveva bisogno di ricordarsi a chi appartenesse. Lui mi avvolse un braccio attorno alle spalle e mi strinse a sé.

L'alfa Elias e l'alfa Jonas ci precedettero e andarono ad aprire la porta dell'edificio di vetro, conducendoci all'interno.

La luce si diffondeva sui pavimenti di marmo, creando una gamma di raggi solari che sembravano riscaldare naturalmente l'aria. *Un'altra innovazione tecnologica?*, mi domandai, sentendo il calore attraverso i jeans e il maglione.

Avevo preso in prestito alcuni vestiti dalla madre di Sven. Avevamo una corporatura simile, ma lei era un po' più formosa, con un fisico palesemente più sano del mio. Tuttavia, provando i suoi abiti, mi ero accorta che da quando stavo con Sven ero ingrassata, perché i pasti regolari avevano fatto sì che il mio corpo guarisse in un modo che non credevo possibile.

Raggiungemmo una serie di ascensori simili a quelli che avevo visto nel settore Norse. L'alfa Elias digitò un codice per chiamarne uno.

Il mio cuore mancò un battito quando le porte di

metallo si aprirono e i tre alfa entrarono, seguiti da me e Sven.

Quattro alfa.

Un'omega.

Rabbrividii, e Sven mi tirò verso il suo petto, stringendomi tra le braccia. Il suo profumo mi avvolgeva, tenendomi prigioniera e proteggendomi dagli altri.

Fu allora che mi accorsi di non sentire affatto il loro odore, ma solo quello di Sven.

Era un punto di riferimento per la mia lupa, il suo rifugio sicuro anche fuori dal nostro nido, e tutto ciò che potevo fare era aggrapparmi a lui.

Alla fine giungemmo in un corridoio bianco, fiancheggiato su un lato da finestre e sull'altro da un muro, con porte di legno chiaro ogni venti passi circa. Arrivati in fondo, l'alfa Ander premette il polso sull'orologio invisibile di Sven, facendogli emettere un piccolo trillo. «Ho pensato che avresti preferito un po' più di spazio».

«Un upgrade?».

«Nonostante quello che pensa Elias, non sei più un cucciolo. E hai una futura compagna di cui prenderti cura». L'alfa Ander diede una pacca sulla schiena di Sven, un gesto colmo di affetto e dominante al tempo stesso. Non ero sicura di averne compreso il significato, ma sembrò far piacere a Sven, perché sorrise.

«Grazie» mormorò.

L'alfa Ander annuì. «Mettetevi a vostro agio. Ci troviamo tra tre ore al piano di sotto per la cena, così Kari potrà conoscere anche gli altri».

Mi irrigidii. *Altri?*

«Kat ha lasciato dei vestiti per lei» aggiunse l'alfa. «Nel caso in cui voglia prenderli in prestito. Ma si tratterà di una cena informale, quindi non c'è bisogno di cambiarsi».

Abbassò la voce e continuò: «Kari, se hai bisogno di qualcos'altro, basta che tu ce lo dica. Vogliamo che sia un soggiorno piacevole».

Non sapevo come rispondere, così guardai Sven.

«Te lo faremo sapere» rispose, poi avvicinò il polso alla maniglia, che scattò e si mosse come per magia. E la porta si aprì con un sibilo. «Grazie dell'ospitalità».

«Di nulla» rispose l'alfa Ander, iniziando a camminare lungo il corridoio. L'alfa Elias lo seguì, ma l'alfa Jonas rimase lì con noi.

Sbirciai nella sua direzione, perché volevo vedere la sua espressione. E lo trovai a fissarmi. «La mia compagna è un genio. Se c'è qualcuno che può aiutarti, è lei» disse con una serietà che sentii fin nel profondo dell'anima.

Mantenne il mio sguardo, costringendomi ad abbassare gli occhi in segno di sottomissione.

Fui percorsa da un brivido quando non si mosse né aggiunse altro, incerta su cosa intendesse dire.

«Sei un bravo lupo, Sven» disse dopo qualche istante. «Riley farà tutto quello che può».

«Lo so» mormorò Sven. «Grazie di averci permesso di incontrarla».

«Oh, non ringraziare me. È stata una decisione di Riley. È lei che devi ringraziare». E con quello se ne andò, raggiungendo gli altri due alfa davanti all'ascensore.

Poi Sven mi condusse oltre la soglia in una stanza decorata in bianco e vetro. E la mia lupa riprese immediatamente il controllo.

CAPITOLO 25

SVEN

Kari si aggirò nella suite degli ospiti per tutto il pomeriggio, tutte le sue azioni erano governate dalla sua lupa. Annusò la cucina, controllò il frigorifero, osservò il tavolo da pranzo apparecchiato per due e si arrampicò sui mobili del soggiorno. Poi esplorò entrambe le camere da letto e scelse quella più grande, rotolandosi sul letto matrimoniale, per poi saltare giù e dirigersi verso il balcone panoramico.

La seguii senza dire una parola. Aveva bisogno di sentirsi a suo agio lì, così la confortai facendo le fusa mentre tentava di trasformare quel posto in un rifugio temporaneo.

Alla fine rallentò e si raggomitolò sul letto. Mi sdraiai con lei, rassicurandola con il mio calore e il brusio emesso dal mio petto. Ma il tempo passò troppo velocemente, e in un attimo era già ora di cena.

La sua lupa non si fece da parte, e Kari rimase in silenzio per tutto il pasto. Mangiò a malapena. Il suo sguardo era costantemente rivolto al piatto e non ai presenti.

Era come se non vedesse nemmeno le altre omega e i bambini seduti al tavolo. Un comportamento che mi lasciò confuso e un po' sospettoso. Perché se c'era qualcosa che avrebbe dovuto farla uscire dal suo torpore, era proprio una dimostrazione di affetto tra alfa e omega. E invece quelle scene non fecero che spingerla ancora di più nella disperazione, costringendo il suo animale a restare in prima linea, come una sorta di scudo.

Dopo cena, tornammo nella nostra suite, dove prontamente si spogliò e si mise a letto. Andai con lei, permettendole di trovare conforto nel mio corpo come aveva fatto quasi ogni notte da quando l'avevo portata nel mio appartamento. Quando ebbe finito, coperta dall'eccitazione di entrambi, si rilassò e si addormentò, cullata dalle mie fusa.

Non la seguii nel mondo dei sogni, turbato da quella che mi sembrava una specie di regressione.

Io e Riley stavamo comunicando attraverso degli appunti, così premetti un tasto sul mio orologio, aprii il file condiviso e aggiunsi una breve descrizione del comportamento di Kari nel corso della giornata. Poi lessi alcune note lasciate da Riley dopo cena.

Il soggetto sembra essere disconnesso dalla sua lupa, probabilmente perché la sua natura animale è stata tenuta sotto controllo così a lungo.

Aggiunsi un appunto sotto il suo, dicendo che me ne ero accorto anch'io. Poi riassunsi quello che mi aveva detto mio padre quando gli avevo chiesto la sua opinione qualche giorno prima.

Sta usando la sua lupa come sostegno perché ha paura, digitai. *L'alfa Ludvig dice che non è mai stata in grado di fare affidamento sul suo animale, un istinto naturale per molti di noi, quindi è quasi come se stesse recuperando il tempo perduto. Ma poiché non è stata adeguatamente socializzata con la sua bestia, non è in grado di trovare un equilibrio. Così la sua lupa prende completamente il sopravvento, nonostante sia in forma umana.*

E dato che la sua lupa sembrava fidarsi di me e apprezzarmi, faceva cose che normalmente non avrebbe mai accettato. Era un pensiero che mi tormentava, facendomi sentire in colpa per averle permesso di prendere il mio seme. Ma riconoscevo anche che ne aveva bisogno.

La mia povera piccola meraviglia era completamente distrutta.

Ma risolverò tutto, le promisi, posandole un bacio sulla testa. *Te lo giuro.*

Proprio in quel momento, apparve la finestra di una chat privata. Sullo schermo c'era il nome di Riley, e sotto un messaggio che diceva: *Puoi parlare?*

Sì, dammi solo un minuto, risposi.

Kari non si mosse né emise alcun suono mentre mi staccavo da lei. Si rannicchiò ancora di più su se stessa, trovando alla cieca la mia camicia e stringendosela al petto.

Le baciai di nuovo la testa e andai silenziosamente in bagno, alla ricerca di un accappatoio. Poi mi infilai un paio di pantofole e mi diressi verso il balcone per mandare un messaggio a Riley.

Mi chiamò qualche secondo più tardi, con i capelli arruffati come se fosse appena uscita dal suo nido. Quando Jonas comparve dietro di lei a torso nudo, capii che era proprio da lì che era emersa.

Non disse nulla sul fatto che lei fosse al telefono con me. La sua presenza era una sottile dimostrazione di possesso, sufficiente a placare il suo lupo. Probabilmente aiutava anche il fatto che lei indossasse la sua camicia, o almeno così mi sembrava.

«Ho visto che hai aggiunto delle note, quindi sapevo

che eri sveglio» disse Riley a mo' di saluto. «Ho alcune considerazioni sul comportamento di Kari».

«Qualcosa che possa essere d'aiuto?» chiesi speranzoso.

«Forse». Si schiarì la voce e arricciò le labbra di lato. «La dissociazione è evidente, come abbiamo già notato entrambi. Per lei è più facile affrontare la situazione quando il suo animale ha il controllo, perché la sua lupa sembra fidarsi di te. Ma temo che questo possa causare problemi sul lungo termine, perché sta ignorando la paura e di conseguenza non ti comunica le sue preoccupazioni».

Annuii. «Me ne sono accorto. Ma non so come risolvere il problema».

«Devi controllare la sua lupa» mormorò. «Sei il protettore che desidera disperatamente, quindi per lei è facile cadere in uno schema di dipendenza. Tuttavia, ha bisogno anche del tuo dominio. Dovrai spronarla, Sven. Non sarà facile, ma ne ha bisogno quasi quanto ha bisogno della sicurezza che le trasmetti. Falla parlare con te».

«Oh, tutto qui?». Non riuscii a trattenere la nota di sarcasmo.

Jonas capì perfettamente il mio problema, perché lo sentii sbuffare in sottofondo.

«Lo so, ne parlo come se fosse facile. Sono consapevole che non lo sarà. È terrorizzata dagli alfa, e ti sto chiedendo di diventare esattamente ciò di cui ha paura. O almeno è così che la vedrà inizialmente. Ma ha bisogno di parlare con te, per poter cominciare a guarire».

Stava dicendo cose che già sapevo. Mi sentivo frustrato, anche perché il suo consiglio avrebbe potuto creare una vera e propria frattura tra me e Kari. In quel momento, la sua lupa mi accettava. Se mi fossi messo contro di lei, cercando di costringerla ad aprirsi, avrei messo a repentaglio quel legame.

«C'è qualcosa che la spaventa» aggiunse Riley. «L'ho percepito a cena e non credo che avesse a che fare con l'essere circondata da alfa. C'è qualcosa che la turba e che va molto più in profondità della paura di essere scopata. Gli orrori del sesso li conosce già. Ho avuto l'impressione che la sua reazione di stasera fosse dovuta a qualcosa di nuovo, a qualcosa... a qualcosa che non capisce».

Aggrottai la fronte. «Ad esempio?».

«Sei il suo alfa, è quello che devi scoprire» rispose Riley. «Falla parlare».

L'ordine mi fece digrignare i denti. Sapevo che aveva ragione, ma non mi piaceva che quelle parole provenissero da un'omega. E con quel tono, poi... C'era un motivo se i lupi avevano delle gerarchie ben definite. Gli alfa pretendevano obbedienza e rispetto, e la sua indifferenza nei confronti della mia posizione infastidì il mio lupo.

È la dottoressa che si prende cura di Kari, ricordai a me stesso. *Ascoltala. Non reagire.*

«Un'altra cosa» continuò. La piccola impertinente era chiaramente ignara della mia irritazione. «Devi prepararti alla possibilità, molto concreta, che quello che le è stato fatto non possa essere annullato».

Il mondo si fermò. «Cos'hai detto?».

«Potrei non essere in grado di curare la sua sterilità, alfa Sven. Devi essere pronto per questa eventualità».

Parole così schiette. Brutali, quasi.

Così tanta... *frustrazione.*

«Allora dovrai prepararti alla possibilità che io non accetti questa alternativa» ribattei. «Buonanotte, dottoressa». Riattaccai prima che potesse rispondere, e soprattutto prima che potessi dirle qualcosa di cui mi sarei sicuramente pentito.

L'audacia di quella dannata lupa, che non solo mi aveva

dato un ordine, ma mi aveva anche detto di accettare un destino impossibile.

Non ero disposto a prendere in considerazione nessuna alternativa, e nemmeno il mio lupo lo era. Gli altri potevano avere tutti i dubbi che volevano. Io avevo abbastanza speranza da poter affrontare un esercito.

Kari guarirà.

Diventerà la lupa che è sempre stata destinata a essere.

E sarà mia.

Lo sapevo perché anche senza morderla, l'avevo già reclamata. E mi rifiutavo di deluderla.

Vedrai che ho ragione, piccola meraviglia, pensai. *E presto ci crederai anche tu. Ci crederanno tutti. Ne sono sicuro.*

CAPITOLO 26
SVEN

Sei settimane dopo...

S tavo camminando avanti e indietro lungo il corridoio, con il cuore in gola.

Dopo più di un mese di preparativi, finalmente Riley aveva aperto Kari per operarla, e la scena che si era presentata ai nostri occhi... *Cazzo.*

Il mio pugno colpì istintivamente il muro, il mio petto doleva per l'orrore che le aveva inflitto suo padre. *Ferri.* Aveva usato dei fottuti *ferri* per modificare il suo apparato riproduttivo in un modo che non solo l'aveva resa sterile, ma anche costantemente sofferente.

Le lacrime offuscarono la mia visuale, il mio lupo scalpitava per essere lasciato libero, per correre, per *fare a pezzi.*

Volevo trovare l'alfa Carlos e strangolarlo. Mangiarlo. Cagare sulla sua dannata tomba. E ricominciare da capo, ancora, e ancora, finché non mi fossi sentito soddisfatto.

L'alfa Enrique si mise sulla mia strada. Quello stronzo era venuto per l'operazione, per offrire il suo supporto. Ma tutto quello che volevo davvero al momento era un sacco da boxe.

Kari non aveva fatto alcun progresso nel corso dell'ultimo mese. Anzi. Era peggiorata, chiudendosi in se stessa e rifiutando di parlarmi.

Ogni movimento era controllato dalla sua lupa. Avevo cercato di spingerla a parlarmi, ma non riuscivo a essere aggressivo con lei. Non dopo tutto quello che aveva sopportato.

Tuttavia, cominciavo a pensare che Riley potesse avere ragione.

Il distacco tra Kari e la sua lupa non faceva che peggiorare. E senza la sua mente che lottava per sopravvivere, avrebbe finito per affogare nel dolore e vivere un'esistenza a metà.

Avevamo dormito insieme ogni notte, i nostri lupi erano felici di coccolarsi e giocare.

Ma Kari rifiutava di accettarmi.

Le avevo chiesto innumerevoli volte di dirmi cosa la preoccupava, esortandola a lasciarmi risolvere il problema, e ogni volta si era sottratta alle mie domande con un: «Hai già fatto abbastanza per me».

Il momento peggiore era stato quando mi aveva ringraziato per averla aiutata, come se volesse congedarmi con la sua gratitudine. Non capivo. Mi ero assicurato che sapesse che intendevo farla mia. Allora perché aveva sentito il bisogno di dirmi addio?

Mi passai le dita tra i capelli. Nell'ultimo mese e mezzo mi erano cresciuti fino al mento e avevo un gran bisogno di tagliarli. Ma ero troppo preso dai miei pensieri e riuscivo appena a radermi la barba. Il resto avrebbe dovuto aspettare.

«Come cazzo hanno fatto gli alfa del settore Bariloche a

permettere che succedesse tutto questo?» chiesi a Enrique a denti stretti. «Proteggere le omega è il vostro fottuto lavoro. Non distruggerle in maniera irreparabile».

«Non è stata opera mia» rispose lui, raddrizzando la schiena. «E ho cercato di proteggerla per anni».

«Beh, hai fatto proprio un lavoro di merda».

«Ne sono consapevole» ringhiò. «Fottutamente consapevole».

Il suo atteggiamento mi fece venire ancora più voglia di prenderlo a pugni. Aveva fornito informazioni preziose a mio padre, a Kazek e anche a me, ma in quel momento volevo ucciderlo. «Riley è lì dentro a ricucirla perché non può operarla. Cosa cazzo dovrei dirle, quando si sveglia?».

«Che la vuoi comunque» rispose Enrique senza esitazioni. «Che è degna della tua protezione e della tua adorazione, anche se il padre l'ha rovinata».

Le sue parole mi fecero riflettere. «Perché mai dovrebbe pensare una cosa del genere?».

«Perché è quello che le è stato insegnato per tutta la vita. Che è solo un giocattolo sessuale, un oggetto di scambio che non potrebbe mai essere reclamato da un alfa. È troppo danneggiata per essere amata. È questo che si è sempre sentita dire».

Smisi di camminare, la mia mente era stata travolta dalle sue parole. «E me lo stai dicendo solo ora?».

«Ho dato per scontato che ci saresti arrivato da solo, dopo aver trascorso del tempo con lei. Di certo ti avrà detto che si vede così».

«Non mi parla molto» ammisi, furioso con me stesso. «Ha lasciato che la sua lupa prendesse il sopravvento».

Enrique si zittì, spingendomi a guardarlo.

«Cosa?» lo esortai.

«Sta proteggendo la sua mente» rispose. «Per anni ha

subito tormenti indicibili. Probabilmente sei il primo maschio che le fa provare qualcosa di diverso da quel dolore. Pensa a quanto deve essere terrificante per lei».

«Dovrebbe ispirare speranza».

«Non si è mai fidata della speranza» ribatté. «Anzi, ha imparato a temerla».

Ora aveva tutta la mia attenzione. «Continua».

L'alfa sospirò. «Okay, prova a vederla da questa prospettiva. La speranza la rende ancora più vulnerabile, perché apre un mondo di possibilità. Le è sempre stato insegnato a non pensarci nemmeno, perché il suo futuro è uno soltanto. Ha anche visto quello che è successo a sua sorella. Che, tra l'altro, ho scoperto essere ancora viva. Ma non credo che Kari voglia saperlo».

Digrignai i denti, ma annuii. Perché non era il momento di dirle che sua sorella veniva ancora torturata quotidianamente.

Tuttavia, non fu quello a catturare la mia attenzione, bensì il commento di Enrique sul punto di vista di Kari. *La speranza la rende vulnerabile.* «Quando si trovava nel settore Bariloche, sapeva cosa aspettarsi» riflettei ad alta voce. «Ma qui si sente vulnerabile a causa di potenziali incognite. Perché non si fida ancora di me, non è sicura che manterrò la parola».

«Le hai detto cosa succederà dopo?» chiese Enrique.

Riflettei sulla sua domanda. «Non nel dettaglio, solo che la cureremo e torneremo a casa».

«E se non riusciste a curarla?» insistette. «Avete parlato di quello?».

«No, perché non è un'opzione. Troveremo il modo di aiutarla».

«Non è questo il punto» rispose, incrociando le braccia muscolose sul petto coperto dal maglione nero. Il colore si abbinava perfettamente ai suoi occhi, che si erano ridotti a due fessure ardenti. «Hai detto a Kari cosa le succederà nel caso in cui non riusciste a guarirla?».

Alzò una mano prima che potessi ripetermi.

«So che *per te* non è un'opzione, ma Kari non è come te, Sven. Lei è un'omega convinta di non essere degna di un compagno perché suo padre l'ha rovinata». Fece una pausa per assicurarsi che avessi capito, e le parole mi morirono in gola.

Perché non ci avevo pensato. Mi ero concentrato solamente sul nostro percorso. L'avremmo curata.

«Lei non condivide le tue speranze né il tuo punto di vista» continuò Enrique. «È molto probabile che non veda alcuna possibilità di guarire, Sven. Il che significa che sta facendo tutto questo solo per compiacere te, l'alfa gentile, e non perché crede davvero che possiate curarla».

Tutto questo non mi piaceva affatto. Eppure, capivo esattamente cosa intendeva. Perché Kari la vedeva proprio così. E quella consapevolezza cambiò tutto.

«Allora, le hai detto cosa succederà se non potrà essere curata?» mi incalzò. «O pensa che la getterai via e ti prenderai un'altra omega? Perché è quella la logica che le è stata inculcata per tutta la vita».

«Come fai a conoscere così bene la sua mente?» gli chiesi, invece di rispondere. Il mio lupo era irrequieto. Kari aveva detto che Enrique voleva aiutarla, che aveva un legame con il compagno di sua sorella, ma le sue parole mi fecero domandare se non ci fosse qualcosa di più. Perché tali intuizioni erano più degne di un compagno che di un membro della famiglia.

«Non è con la sua mente che sento una connessione, ma con quella della sorella. Attraverso il mio fratello gemello».

Aggrottai la fronte. «A causa del legame che avevano?».

«Che *hanno*» mi corresse. «Non posso dimostrarlo, ma lo sento. Mio fratello è vivo. Non so dove, ma è vivo».

«Allora perché ti sei offerto volontario per andare nel settore Winter? Voglio dire, so che volevi aiutare Kari, ma come pensavi di farlo e al tempo stesso salvare tuo fratello?».

«Non posso aiutarlo finché c'è lei di mezzo» rispose. E cominciò a camminare avanti e indietro come stavo facendo io qualche minuto prima. «L'alfa Carlos ha successo perché è perspicace. Sa che sono legato a Kari, ma pensa che si tratti di un'infatuazione. Non ha il concetto di famiglia».

Sbuffai. Perché sì, quello era ovvio.

«Se avessi provato a mettermi contro di lui, l'avrebbe usata contro di me. Dovevo portarla in un luogo sicuro. Ho anche bisogno di più informazioni, ed è per questo che ho passato gli ultimi dieci anni a stare al gioco e a fingere di essere un buon soldato. Tutto nella speranza di trovare un punto debole, o qualche indizio su ciò che ha fatto al mio gemello».

«E hai scoperto qualcosa?».

La sua espressione mi rivelò che non aveva trovato niente di utile ancor prima che rispondesse: «Non ancora».

Riconobbi la determinazione che gli faceva serrare la mascella, perché era la stessa reazione che avevo anch'io parlando di Kari.

«Ma so che mio fratello è vivo e, attraverso di lui, percepisco il suo dolore e la disperazione di Savi. E negli ultimi anni ho passato abbastanza tempo con Kari per conoscere anche lei». Alzò lo sguardo di scatto quando feci istintivamente un passo avanti. «Non abbiamo mai scopato. Datti una calmata».

Il mio lupo ringhiò. Il suo tono non gli era piaciuto per

nulla, ma l'affermazione di Enrique l'aveva placato. Almeno momentaneamente. «Spero che sia vero. Per il tuo bene» dissi a bassa voce, mortalmente serio.

«Per me è come una sorella» disse a denti stretti. «Dovrei essere io a volerti prendere a calci. Sento l'odore del tuo seme sulla sua pelle, Sven».

«Non l'ho scopata» giurai. «Ma... alla sua lupa piace il mio odore».

Mi osservò per qualche istante e poi grugnì. «Ti conviene che sia vero».

«Anche se non lo fosse, non sarebbe un tuo problema, visto che è *mia*».

«No, non lo è» si affrettò a ricordarmi. «Perché non puoi reclamarla. E siamo di nuovo al punto di partenza: le hai detto quali sono le tue intenzioni, nel caso in cui non fosse in grado di accoppiarsi?».

«No» sbottai. «Perché non accetto quell'eventualità. Però...» aggiunsi in fretta, visto che sembrava pronto a interrompermi. «Ho sentito quello che hai detto e capisco che probabilmente non condivide le mie certezze. Gliene parlerò».

Mi guardò di nuovo, e la sua espressione passò dall'irritazione a un sottile accenno di rispetto. «Bene». Lasciò cadere le braccia lungo i fianchi, poi si passò una mano tra i folti capelli neri ed esalò un sospiro. «Odio tutta questa merda. Politica e cazzate. Voglio solo tornare nel settore Bariloche e piantare una pallottola nella testa di Carlos. Ma nessuno vuole mettersi contro di lui».

«Oh, non ne sarei così sicuro» disse mio fratello, entrando nel corridoio con Elias al suo fianco. «Io gli pianterei volentieri *diverse* pallottole nel cranio, dopo tutto quello che ho scoperto su di lui».

«Ma non si tratta solo di lui, anche gli altri alfa sono parte del problema» disse Enrique, per nulla intimorito dall'arrivo di mio fratello. La maggior parte degli alfa si inchinava in qualche modo, ma non lui. Avevo notato che si comportava allo stesso modo con me. Era sicuro delle sue capacità, ma rispettoso quando era necessario, come ad esempio quando lo esigevano Kaz o mio padre. «La maggior parte dei generali di Carlos sono controllati con la droga, ma non tutti».

«Te incluso» sottolineai.

«Sì. Perché sapevo come evitare di assumere quelle sostanze. È così che ha sconfitto mio fratello».

Inarcai un sopracciglio. «Tuo fratello si drogava volontariamente?».

«Non volontariamente, no» rispose. «Gli ha somministrato un gas allucinogeno mentre dormiva nel nido con Savi».

«Merda» mormorai.

«Già» disse in tono piatto. Poi si rivolse ad Ander. «Dicevi sul serio? Mi aiuterai a ucciderlo?».

«Con un piano adeguato, sì» rispose Ander, lanciando un'occhiata a Elias. «Stavi giusto dicendo che le cose sono diventate noiose con gli Infetti. Mi sembra un buon modo per spargere un po' di sangue, no?».

Le labbra di Elias si incurvarono in un sorriso e i suoi occhi brillarono di eccitazione. «Assolutamente».

Ander annuì. «Bene. Tu ed Enrique potete cominciare a elaborare un piano. Ci incontreremo tra tre giorni per esaminarlo. Voglio almeno tre strategie diverse». I suoi occhi dorati mi inchiodarono sul posto. «Nel frattempo, tu verrai con me per aiutarmi a risolvere una disputa».

Aggrottai la fronte. «Una disputa?».

«Sì. Tra Jonas e Riley».

Le mie sopracciglia schizzarono in alto. «Cosa c'entro io?».

«Riley vuole chiamare rinforzi» spiegò Ander. «Un esperto che crede possa curare Kari. Qualcuno con cui lavorava al CDC».

«Okay...». Mi interruppi, in attesa di altre informazioni. «Non vedo dove sia il problema».

Aspettò qualche secondo, poi aggiunse: «Vuole chiamare Kieran O'Callaghan».

«*Cosa?*».

«Ecco, ora lo vedi il problema?». Poi girò sui tacchi e mi fece strada.

CAPITOLO 27

KARI

Mi svegliai con la testa piena di voci.

Stavano discutendo.

Il nome "Kieran" continuava a spuntare nella conversazione e non riuscivo a capire perché provocasse tanta rabbia. Ma sentivo l'energia degli alfa aumentare, il loro dominio era come una sferzata ai miei sensi che mi faceva venire voglia di gettarmi a terra e implorare.

Ma non riuscivo ad aprire gli occhi.

«Non posso curarla da sola» disse Riley. La sua voce acuta mi squarciò il cranio. «È quasi morta!».

«E la tua soluzione è chiamare *Kieran O'Callaghan*?» replicò una profonda voce maschile. «Non succederà mai».

«Sarà in grado di mantenerla stabile mentre la opero». Sembrava che Riley stesse parlando a denti stretti. «È pieno di magia guaritrice, e so che ne sei a conoscenza, visto che una volta *ti ha salvato la vita*».

«Non mi ha salvato la vita».

Cadde il silenzio, seguito dal sottile ticchettio di una scarpa contro il marmo.

«Va bene» borbottò l'alfa Jonas. O almeno pensavo

fosse lui. La voce profonda mi sembrava la sua, ed era l'unico alfa a cui Riley si rivolgesse in quel modo. «Ha *aiutato* a riportarmi indietro, ma questo non significa che mi fidi di lui».

«Quante volte devo dirti che non mi ha mai toccata?!» disse Riley. Il suo cambio di argomento mi confuse e mi fece domandare se mi fosse sfuggito un nesso.

«Non si tratta di questo».

«Oh, si tratta assolutamente di questo».

«È un alfa V-Clan. E non uno qualsiasi, ma il Principe del settore Blood» ringhiò l'alfa Jonas. «È di *questo* che si tratta, omega».

«Oh, non osare rivolgerti a me in quel modo, *alfa*».

«Ti metterò a novanta su questo fottuto tavolo e...».

«E cosa?» gridò lei. «Mi scoperai fino a farmi sottomettere? Fallo. Ti sfido. Poi vedremo cosa succederà dopo».

Lui ringhiò.

Lei anche.

E qualcun altro si schiarì la voce. «Sven vorrebbe dire qualcosa» annunciò una voce dal tono autorevole.

L'alfa Ander, riconobbe la mia lupa. La sentii uggiolare nella mente. Nonostante fosse stato sempre relativamente gentile con me, lo trovavo comunque terrificante. Non avevo idea di come la sua omega riuscisse a sopportare la sua aura dominante. Era anche peggio dell'alfa Ludvig.

«Perché vuoi portare qui il principe Kieran?» chiese Sven. La sua voce avvolse con un'ondata di conforto il mio corpo altrimenti freddo. Mi fece sentire immediatamente al sicuro, la sua presenza lenì parte del dolore che mi affliggeva la mente.

«Le sue capacità di guarigione saranno molto utili in questa situazione» spiegò Riley. «Ho lavorato con lui all'inizio del Contagio. È un amico». Pronunciò l'ultima frase a denti stretti, ed ero abbastanza sicura che avesse lanciato un'occhiataccia al suo alfa mentre lo diceva.

Quest'omega è... unica, pensai, colpita dalla sua capacità di tenere testa a una stanza piena di alfa. Le poche volte in cui le avevo parlato, nelle ultime settimane, era stata dolce e gentile. Ma quando era presente il suo alfa, era l'esatto opposto.

Se non avessi potuto sentire il suo odore di omega, avrei pensato che fosse un'alfa.

A parte il fatto che era minuscola, in confronto alla stazza dell'alfa Jonas. E avevo notato che le poche volte in cui aveva cercato il suo conforto, lui aveva colto al volo l'opportunità di sostenerla.

Un atteggiamento che mi lasciava molto confusa sulla loro dinamica di coppia. A un certo punto, avevo sentito Elias borbottare qualcosa come "piccola impertinente di una sottomessa". Ma non ero riuscita a capire cosa significasse, né perché sembrasse divertirlo.

«Cosa intendi con "capacità di guarigione"?» domandò Sven. La sua mano risalì il mio braccio con una tenera carezza, andando a posarsi sulla mia spalla. Mi venne la pelle d'oca. Il calore del suo tocco era in netto contrasto con il gelo del mio corpo. Mi ritrovai a domandarmi se fosse reale.

Mi sentivo sveglia.

Eppure non lo ero.

Era come se fossi bloccata tra sogno e realtà.

Quando Riley iniziò a parlare di incantesimi e di magia dei lupi V-Clan, presi seriamente in considerazione l'idea del sogno. Perché nulla di ciò che aveva descritto sembrava possibile. Qualcosa sul fatto che lui mi mantenesse stabile mentre lei rimuoveva i ferri, altrimenti mi sarei dissanguata di nuovo sul tavolo operatorio.

«Potrebbe anche essere in grado di annullare i danni subiti dal suo apparato riproduttivo» continuò. «Una cosa che non potrei fare nemmeno se finissi di rimuovere tutto il metallo. Ma forse lui riuscirebbe ad aumentare l'energia da mutaforma di Kari e a ringiovanire le sue viscere».

Le mie labbra volevano incurvarsi all'ingiù. *Finire di rimuovere il metallo?* Significava che aveva lasciato dei frammenti dentro di me? O era ancora tutto lì? L'intervento era fallito?

Me lo aspettavo.

Ma non avevo ancora sentito il verdetto pronunciato ad alta voce.

Cosa significa tutto questo per me e Sven? Era la domanda che avevo volutamente evitato fin dal nostro arrivo in quello strano settore. *Troverà un'omega migliore di me?*

Non... non volevo che lo facesse. D'altro canto, sapevo che era necessario. Perché se non potevo dargli quello di cui aveva bisogno, non era giusto tenerlo per me. Meritava di meglio. Glielo dovevo, dopo tutto quello che aveva fatto per me. Mi sarei assicurata che trovasse qualcuno degno di lui. Una compagna a cui poter dare il suo nodo.

Non una lupa come me.

Mi immersi di nuovo nella mia mente, ascoltando a malapena il resto della conversazione. Continuavano a parlare dell'alfa Kieran, che Riley chiamava "principe Kieran". E della sua magia. E se fosse o meno il caso di permettergli di venire nel settore Andorra.

«Non sappiamo nemmeno se accetterà» disse Riley dopo aver affrontato diversi punti. «Stiamo discutendo per niente, perché potrebbe anche rifiutare di aiutarci».

«Ci aiuterà» disse l'alfa Jonas.

«Non puoi saperlo».

«E invece sì, Riley» ribatté. «Perché saresti tu a chiederlo, e sappiamo entrambi che quell'uomo farebbe di tutto per te».

«*Siamo solo amici*».

«Forse tu lo consideri un amico, ma di certo lui non ti vede in quel modo» replicò. «E non voglio più discutere con te su questo argomento. Sono un alfa. So quando un maschio è interessato alla mia cazzo di compagna».

Poco dopo la porta sbatté.

E calò il silenzio.

Poi Riley tirò su col naso, mostrando il suo lato più fragile. «Non... non voglio turbare Jonas, Ander» sussurrò. «Ma Kieran può davvero aiutarci. Lo so che può». I suoi polpastrelli passarono sul mio ventre, facendomi trasalire internamente.

E quel semplice movimento mi disse tutto quello che avevo bisogno di sapere.

È tutto molto reale, e i ferri sono ancora lì.

«Ho bisogno di aiuto e Kieran è il migliore che ci sia al di fuori del settore Andorra. È l'unica speranza per Kari. Non posso dirti cosa fare o come procedere; posso solo dirti che senza di lui sono in un vicolo cieco».

Il mio battito vacillò e la mia anima sembrò avvizzire, soffocata dalla verità contenuta nelle sue parole.

Fu come se tutta l'aria abbandonasse il mio essere, lasciandosi dietro un dolore straziante, che mi tormentò più di quanto i ferri avrebbero mai potuto fare.

Mi sentivo come se stessi... sparendo.

Sprofondando nel vuoto.

Come se stessi lasciando il mondo per sempre. Ma non c'era alcuna pace in quella morte. Solo una vuota disperazione inghiottita dall'oscurità.

Smisi di ascoltare. Smisi di essere. Smisi di preoccuparmi.

E accettai il mio destino. Un destino che avrei dovuto accettare fin dall'inizio. Un destino che non avrei mai dovuto mettere in discussione. Perché ciò che era rimasto nel mio spirito era una scheggia di agonizzante potenziale. Una vita che avrebbe potuto essere.

Una vita con Sven.

Una vita che non avrei mai sperimentato.

Una vita... a cui dovevo dire addio.

Una vita a cui dovevo porre fine.

CAPITOLO 28

KARI

Le fusa di Sven si riverberavano nel mio essere, trascinandomi in uno stato onirico in cui avrei voluto vivere per sempre. Mi dimenticai di tutto e di tutti, e mi concentrai solo su quel suono.

Le sue labbra si posarono sui miei capelli, sulle tempie, sulle guance.

Mormorai qualcosa in risposta, godendomi il calore che solo il mio alfa poteva darmi.

Finché non ricordai che non avrebbe mai potuto essere il *mio* alfa.

L'operazione era fallita. E da quel poco che sapevo, l'unica soluzione possibile per riprovarci aveva sconvolto la maggior parte degli alfa presenti nella stanza.

I dettagli erano confusi, ma la mia determinazione rimase immutata.

Sven non poteva essere mio, l'avevo sempre saputo. Ma lui aveva acceso una fiammella di speranza dentro di me, che mi aveva accompagnata nei sogni, dando vita a una fantasia che non avrebbe mai potuto realizzarsi.

Una fantasia che con il tempo sarebbe solo peggiorata,

facendomi conoscere sempre più a fondo un mondo che non avrebbe mai potuto essere mio.

Non era giusto nei miei confronti. E di certo non era giusto nei suoi.

Dovevo solo trovare il modo di fargli capire che non avevamo un futuro insieme. Sarebbe stato doloroso. Ma alla fine ne sarebbe valsa la pena.

Probabilmente mi avrebbe rispedita da mio padre. Tuttavia, una parte oscura di me forse lo avrebbe preferito. Mi sembrava una prospettiva migliore della disperazione che avrei provato quando Sven avesse trovato un'omega più degna. Il solo pensiero fu sufficiente a destarmi dal benessere indotto dal suo dolce brusio, con una fitta che mi squarciò il petto.

«Kari» mormorò Sven con una nota di preoccupazione nella voce.

Probabilmente perché avevo gridato, o forse piagnucolato. Non avrei saputo dirlo. Ero così distrutta e lontana da non essere più padrona di me stessa.

Avevo ceduto le redini alla mia lupa settimane prima, o forse mesi prima, e non riuscivo a tornare in superficie. Lei seguiva l'istinto, ed era più facile nascondersi dietro la sua mente animale.

Ma non potevo rimanere lì. Non più. Non ora che sapevo con certezza che per me non c'era alcuna speranza.

«Kari» ripeté Sven, avvicinando le labbra al mio orecchio. «So che sei lì dentro. E ho bisogno che tu esca e mi parli».

La mia lupa non voleva parlare. Voleva baciarlo, leccarlo, adorarlo con la bocca.

Stavo quasi per arrendermi a lei, desiderando di assecondarla un'ultima volta, prima dell'addio. Ma il mio corpo era troppo debole per fare ciò di cui avevo bisogno.

«Sono due giorni che dormi» continuò dolcemente. «Ma sento che ti stai svegliando e voglio parlarti».

Lo stai già facendo, pensai, confusa. *Ti sento parlare con me in questo momento.*

«Non ti permetterò più di nasconderti dietro alla tua lupa, piccola meraviglia. Oggi parleremo del futuro e tu ascolterai quello che ho da dire».

Il mio cuore sussultò per la sicurezza di cui era intriso il suo tono. E poi si spezzò un po', mentre assorbivo e interpretavo le sue parole.

«Dai, Kari» disse con un pizzico di autorità.

Deglutii.

E le sue fusa si fermarono.

«Parlami». Un ordine. Un ordine forgiato nell'acciaio. «*Adesso*, omega».

Rabbrividii. Non aveva mai usato quel tono con me. Ma lo riconobbi come quello di un alfa che aveva esaurito la pazienza. Aprii lentamente gli occhi, sorpresa dalla facilità con cui riuscii a compiere l'azione. Pur sentendomi fiacca, il mio corpo sembrava rinvigorito. Il suo commento sui due giorni a letto aveva senso. E in qualche modo sapevo anche che per tutto il tempo aveva fatto le fusa per me.

Quel suono mi mancherà, pensai mestamente, mentre la mia lupa si lamentava dentro di me. Voleva uscire, prendere di nuovo il sopravvento. E sarebbe stato così facile lasciarla libera... farmi da parte... concederle...

«*Kari*» ringhiò Sven, costringendomi a riportare lo sguardo su di lui. Qualcosa nel suo tono mi rendeva impossibile nascondermi, il suo dominio era come una frustata ai sensi che mi imprigionava nella realtà, costringendomi a stare lì con lui.

«Ho lasciato che questa cosa andasse avanti per troppo tempo». Ora sembrava arrabbiato. «Se necessario, comincerò a controllare la tua lupa. E ora di' qualcosa, omega, così saprò che mi stai ascoltando».

Trasalii, non gradendo affatto né il suo tono, né che non mi chiamasse più con il mio nome. Mi ero anche affezionata al nomignolo che mi aveva dato, "piccola meraviglia". E non capivo perché all'improvviso fosse così crudele con me.

«Lo stai facendo perché l'intervento è fallito?» chiesi con una voce più roca del solito. «Sei... sei arrabbiato con me?». *Perché hai finalmente capito che non sono l'omega che vuoi?*

Nei suoi occhi azzurri guizzò un'emozione indescrivibile, che sparì un attimo dopo. «Lo faccio perché voglio parlare con te, Kari. Con la persona. Non con la tua lupa. E ho lasciato che ti nascondessi dietro di lei a scapito del nostro legame. Voglio rimediare. Oggi. Adesso».

Lo fissai, allarmata sia dalla sua ferocia sia dalle parole che aveva usato. Perché mi stava punendo per essermi affidata alla mia lupa? Non aveva apprezzato il tempo trascorso insieme? «Ho fatto di tutto per cercare di soddisfarti» sussurrai, sentendomi sconfitta. «Non... non capisco».

Mi posò una mano sulla guancia, accarezzandomi dolcemente. «Tu mi soddisfi, Kari. Davvero molto. Ma dobbiamo avere una conversazione importante e non posso farlo con la tua lupa».

«Okay» sospirai, annuendo appena.

«No, basta con questa storia. Basta con la sottomissione a suon di piccoli cenni e parole accomodanti. Voglio una vera conversazione». Le sue iridi si infiammarono di potere, l'autorità racchiusa nella sua espressione mi fece venire voglia di rotolare sulla schiena e fare esattamente quello che mi stava dicendo di non fare.

«Non so come altro comportarmi» dissi in tutta onestà. «Faccio quello che mi viene naturale».

«No, tesoro. Ti stai nascondendo. Hai paura. E lo capisco. So che è terrificante. Ma quello che stai facendo non ci aiuta ad affrontare il futuro insieme. Stai lasciando il controllo alla tua lupa e ti stai dissociando dal presente per proteggerti. E in questo modo, non puoi guarire né crescere».

Mi accigliai, infastidita dalle sue accuse. Quando ci eravamo incontrati per la prima volta, riuscivo a malapena a pronunciare qualche parola in sua presenza, figurarsi farlo nuda e sola con lui. «Ti sbagli».

Le sue sopracciglia si sollevarono. «È più di un mese che non abbiamo una vera e propria conversazione. Anzi, sono quasi due mesi. Non fai altro che appoggiarti alla tua lupa».

«Perché mi fido del suo istinto. Non mi ha mai tradito».

«È vero fino a un certo punto» concesse lui. «Ma ho bisogno anche della tua mente, Kari. Ho bisogno di conoscere i tuoi sentimenti. Ho bisogno di conoscere le tue preoccupazioni, i tuoi desideri, le tue speranze e i tuoi sogni. Non posso combattere le tue paure se non so quali sono. Non posso darti quello che vuoi se non so cosa desideri».

Voleva conoscere la mia mente? Conoscere le mie preoccupazioni, i miei sogni e le mie speranze? Quell'ultima parola mi irritò immensamente. «Non ho nessuna speranza» dissi bruscamente. «Non voglio sperare. Odio la speranza. La mia vita *non mi permette di sperare*».

Non sapevo bene da dove venisse tutta quella rabbia, ma la afferrai e la tenni stretta. Mi incendiava le vene, facendomi sentire stranamente viva.

«Non mi hai mai chiesto cosa voglio. Nessuno lo fa. Sono solo una bambola. Mi hai portata qui per curarmi in modo da poterti accoppiare con un'omega. Hai scelto me. Non so perché. Forse perché ero disponibile. Forse perché ti piacciono le donne distrutte. O forse perché ero una nuova sfida».

Continuai a pronunciare parole che mi erano venute in mente in diversi momenti, ma che non avevo mai espresso ad alta voce. Però ora mi aveva chiesto di parlargli, quindi lo avrei fatto. E nel farlo avrei ucciso *tutta quella maledetta speranza*.

L'avrei distrutta.

Annientata.

Gli avrei imposto di andarsene.

Senza girarsi nemmeno una volta.

Perché era meglio dell'alternativa. Continuare a tirare avanti quando *non c'era nessuna speranza*.

«L'operazione è fallita» sbottai. La voce roca era stata spazzata via da quell'ondata di strano coraggio. «Sono un'omega con cui non è possibile accoppiarsi. Sono una schiava. Una *nullità*. Non posso darti un figlio. Non posso nemmeno essere reclamata. Puoi scoparmi. Usarmi per il tuo piacere. *Ma non puoi avermi*».

E lo odiavo.

Detestavo il fatto di non poter essere sua. Ma la vita era così. E sperare in un'alternativa era sbagliato. Faceva male. Faceva davvero male, cazzo.

I miei occhi si riempirono di lacrime. La sofferenza che mi trafiggeva il cuore era di gran lunga peggiore di quella che provavo nel ventre.

Non voglio sperare. Non voglio sentire. Non voglio niente di tutto questo.

«Non posso essere la tua omega. E non voglio nemmeno essere tua». Perché significava aspettare che trovasse qualcun altro. Qualcuno di più degno. Ed essere costretta a vederlo allontanarsi da me.

«Sei un alfa giovane» aggiunsi in un sussurro. «Non capisci cosa significa? Hai così tanti anni davanti».

Tanti anni per trovare un'altra omega. Una persona più adatta a lui. Che possa dargli tutto quello che vuole.

«Mi hai chiesto cosa volevo, e non è questo. Non sei tu. Non è...». *Questa infinita, dolorosa speranza!*, pensai, incapace di esprimerlo ad alta voce. «Non voglio...». *Non voglio far del male a...* «Te».

Quello che dicevo non aveva più senso, le parole che mi affollavano la mente non erano le stesse che stavo pronunciando. Era come se fossi stata incapace di parlare tutta la vita, e solo in quel momento stessi imparando a farlo. E non mi stavo nemmeno spiegando bene, come dimostrava l'espressione furiosa che si era impossessata del suo viso.

Di sicuro non avrebbe più fatto le fusa per me.

Sembrava che volesse uccidermi.

E non potevo certo biasimarlo.

«Sai perché ti ho aiutata negli ultimi due mesi?» chiese.

Annuii. «Per reclamarmi».

«No, Kari. Ti ho reclamata nel momento stesso in cui ti ho tirata fuori da quella gabbia. Ti ho aiutata perché *sei mia*».

«Non sono tua» ribattei. *Non davvero.* «E tu non sei mio». Per questo dovevo lasciarlo andare, per trovare un'omega migliore di me, che potesse dargli ciò che voleva e di cui aveva bisogno.

Sentii il petto squarciarsi e il cuore frantumarsi in un milione di pezzi. Perché quella era la cosa più difficile che avessi mai dovuto fare. E faceva più male di mille notti nella mia gabbia di schiava messe insieme.

Mi sono innamorata di lui, mi resi conto. La mia lupa era arrivata a fare affidamento su di lui, e nel frattempo io gli avevo dato il mio cuore. Che stupida. Ma almeno avrei avuto il suo ricordo.

«Devi trovare un'altra omega» sussurrai con la voce spezzata. *Più degna di me.* «Una che possa accettare la tua rivendicazione». Perché io non potevo.

L'avrei sognato per sempre, l'alfa gentile che mi aveva rubato il cuore. E forse, se ero fortunata, qualche volta anche lui avrebbe pensato a me.

Ma ne dubitavo.

Non appena si fosse accoppiato con una vera omega, si sarebbe dimenticato di me.

«Ora puoi andare» gli dissi. «Preferisco così». Perché se fosse rimasto un altro minuto, sarei crollata ai suoi piedi in lacrime e l'avrei implorato di restare. «Vattene, per favore».

«Vuoi davvero che me ne vada?». Il suo tono era colmo di incredulità, la sua espressione era inorridita.

«Sì» sussurrai. «È quello che voglio». Una bugia, ma non c'era altra scelta. Sven doveva andare avanti. E io dovevo... esistere. «Ma ho una richiesta».

Mi guardò. Era impallidito. «Quale sarebbe?».

«Posso restare nel settore Andorra?» chiesi con un filo di voce.

In realtà non volevo restare lì. Volevo andare con lui. Ma non ero abbastanza forte per vederlo costruirsi una vita con un'altra omega. Mi avrebbe distrutto completamente. Almeno lì sarei stata al sicuro. Da quello che avevo potuto osservare, non avevano schiavi sessuali come nel settore Bariloche.

«Vuoi... vuoi restare qui nel settore Andorra? E vuoi che io me ne vada?».

Annuii con un movimento rigido. «Per favore».

Mi studiò per un lungo istante, la sua espressione si fece solenne. «Va bene, Kari. Se è questo che vuoi». Non aggiunse altro. Scese dal letto e andò a cercare i suoi vestiti.

Lo guardai come una preda avrebbe osservato un predatore, con il terrore che potesse rivoltarsi contro di me, ma anche con il desiderio che mi stringesse tra le braccia e mi ordinasse di obbedire.

Era un meccanismo mentale che non capivo.

Ma il dolore che avevo dentro mi diceva che era giusto così. Non potevo continuare a vivere in una favola. Avevo bisogno della realtà, e la mia realtà non comprendeva l'alfa Sven.

Finì di vestirsi, poi si eresse accanto al letto in tutta la sua gloria di alfa. Le sue labbra si schiusero come se volesse dire qualcosa. Ma finì con lo scuotere la testa. «Buonanotte, Kari».

Le sue parole rimasero con me molto tempo dopo che se ne andò. C'era una strana sorta di speranza nella sua scia, perché non mi aveva detto *addio*, ma solo *buonanotte*.

Ma mentre la notte lasciava il posto all'alba, cominciai a domandarmi se non avessi capito male.

Poi mi tornò in mente tutta la nostra conversazione, e mi chiesi se non avessi frainteso molte cose.

La mia lupa non mi offrì alcun conforto. Odiava la mia decisione. E più ci pensavo, più la odiavo anch'io.

Fu quando il sole ricominciò a tramontare, diverse ore più tardi, che la realtà cominciò a farsi strada. Ero rimasta a letto tutto il giorno. Senza piangere. Non avevo provato nulla. Perché tutte le mie emozioni erano sparite. Sven le aveva risucchiate e se n'era andato.

E fu allora che capii.

Non si era mai trattato delle mie emozioni o del desiderio di liberarmi dalla sofferenza di una vita di fantasia. Perché quei sentimenti non erano mai stati miei. Io non ero niente. Solo un guscio vuoto. Una donna distrutta da anni di tormenti senza fine.

E stavo annegando in un oceano di morte, finché Sven non era arrivato e mi aveva offerto un'ancora di salvezza.

Sotto forma di un sogno che diventa realtà.

Perché Sven è la mia speranza.

E io lo avevo appena mandato via. Per sempre.

CAPITOLO 29

KARI

Non volevo mangiare.

Non aveva senso.

Non volevo parlare.

Non aveva senso.

Ma Riley continuava a insistere. Si era presentata con del cibo, dicendo che avevo bisogno di recuperare le forze. Così avevo mangiato, sperando che mi lasciasse in pace. Poi aveva cercato di parlarmi.

La speranza è finalmente scomparsa.

Il mio Sven se n'è andato.

Non tornerà mai più.

Che cosa ho fatto?

Le parole turbinavano nella mia testa, facendomi sprofondare in un baratro di disperazione. Avevo scacciato la mia luce. Senza di lui tutto sembrava così buio. Così freddo. Così triste.

Non ero sicura di quanto tempo fosse passato. Non prestavo attenzione alle finestre, al sole o alla luna. Mi accorgevo a malapena di Riley, quando veniva a trovarmi.

La mia lupa si rifiutava di aiutarmi, il suo spirito era distrutto a causa del mio errore.

«Errore» borbottai tra me e me, ripetendo quella parola. Perché era esattamente ciò che era stato. *Un errore.*

Ma non sapevo quale delle due cose mi desse più fastidio: essermi concessa di innamorarmi di Sven, o la consapevolezza di aver voltato le spalle al primo barlume di speranza che sperimentavo da anni.

Camminai avanti e indietro per la suite, desiderando che tornasse.

Non tornò.

Cominciai a pensare a ciò che avevo fatto di sbagliato, ripercorrendo la nostra conversazione. Gli avevo detto che non lo volevo. Gli avevo detto che avrebbe dovuto trovare un'altra omega. L'avevo pregato di andarsene.

E lui mi aveva ascoltata.

Le mie mani si strinsero a pugno.

Come ha osato andarsene davvero?

E come avevo osato dirgli di farlo...

Ringhiai contro di lui e contro me stessa per tutta quella situazione confusa. Non... non avrei dovuto dirgli di andarsene. Ma che scelta avevo? Aveva bisogno di qualcuno di meglio, di qualcuno più degno.

Eppure...

Eppure, credo che dovrebbe essere mio.

Crollai sul pavimento, investita da un'ondata di dolore, con il cuore che mi si spezzava ancora di più di quando gli avevo chiesto di andarsene.

Come ha potuto ascoltarmi? Perché l'ho respinto? Perché sono così?

Le lacrime mi scesero sul viso e la tristezza che ero riuscita a tenere a bada esplose in un basso lamento. Lo rivolevo indietro. Volevo il nostro futuro. Volevo una vita diversa. Volevo respirare. Volevo le sue fusa. Volevo *lui*. Volevo il mio Sven.

Gli ho detto che non è mio. Che io non sono sua. Che non lo voglio.

Cosa diavolo c'è di sbagliato in me?

Oh, ma conoscevo già la risposta. C'erano così tante cose che non andavano in me, il mio corpo era distrutto e irriconoscibile. Tuttavia, Sven mi aveva scelta. Nonostante tutti i miei difetti.

E io lo avevo ricompensato mandandolo via.

Mi aveva imposto di parlare. Aveva accennato alla speranza. E io... avevo scelto il sentiero oscuro. La direzione sbagliata. Con la scusa di proteggermi, avevo inseguito il dolore.

Mi strinsi le ginocchia al petto, con le membra che tremavano per lo strazio che mi pervadeva. La mia vista era accecata da un fiume di tristezza. Riuscivo a malapena a respirare, i miei polmoni erano soffocati dalle lacrime della condanna che mi ero inflitta da sola.

Faceva male.

Ma mi ricordava che ero viva.

E mi diceva che ero in grado di fare di più. Perché riuscivo ancora a sentire. E questo significava che potevo *guarire*.

Mi aggrappai a quella consapevolezza, il mio cuore si ricompose lentamente in un organo che capiva la *speranza*.

Sven.

Avevo bisogno di lui. Lo volevo. Lo avevo *reclamato*.

Forse non completamente. Forse nemmeno correttamente. Ma lo avevo marchiato con la mia anima. Avevo creato dei nidi con lui. La mia lupa lo aveva amato e venerato.

E ora era giunto il momento che io, *la persona*, facessi lo stesso.

Ma come?, mi chiesi, con la disperazione che minacciava di travolgermi ancora una volta. *Come posso accettarlo se non sono in grado di accoppiarmi?*

Riflettei su quella domanda per ore, nuotando in un mare di ipotesi, finché alla fine capii.

Non si trattava del suo nodo o della mia incapacità di accoppiarmi. Si trattava di avere fiducia nel fatto che lui mi volesse nonostante tutto. Si trattava di sapere che il suo cuore era con me, anche senza il morso della rivendicazione. Si trattava di affidarmi al mio compagno di vita perché mi proteggesse, mi amasse e mi adorasse per quello che ero in quel momento, non per quello che sarei potuta diventare.

Sven era stato tutte quelle cose.

Mi era stato vicino, mi aveva fatta sentire al sicuro, promettendo al contempo di aiutarmi, di nutrirmi, di guarirmi, di corteggiarmi quando sarei stata pronta. E non aveva mai perso la speranza.

Era la luce di cui avevo bisogno per uscire dall'ombra. Il sole per la mia luna. L'alfa che la mia lupa desiderava e l'uomo di cui il mio cuore aveva bisogno.

È mio.

Le parole si sedimentarono dentro di me, la mia anima esultò per la certezza della mia decisione. L'alfa Sven mi aveva insegnato a respirare. Mi aveva mostrato che la vita nel settore Bariloche non era l'unico modo di esistere. Mi aveva trasformata in una vera omega, aiutandomi a capire che, malgrado la mia condizione, meritavo di più.

Meritavo *lui.*

Forse non ora che lo avevo trattato così male, ma ero

una persona che poteva essere amata, pur con tutti i suoi difetti.

Mi alzai in piedi, con le gambe più salde di quanto mi aspettassi, con la mia lupa che alimentava la mia forza e mi imponeva di agire.

Lavati.

Vestiti.

Mangia.

Quelli erano i miei ordini e io li eseguii in silenzio, con la mente concentrata e pronta. Dovevo solo trovare Sven.

Che sia ancora qui? O che abbia già lasciato il settore Andorra?

Non sapevo bene quante ore fossero passate, o quanti giorni. Forse solo una manciata. O forse molti di più. Il tempo era un concetto che non avevo mai compreso fino in fondo, perché non aveva importanza.

Ma Sven sì.

Lui aveva importanza.

Lui è mio.

Stavo ancora ripetendo quelle parole tra me e me quando arrivò Riley. Portava con sé un vassoio di cibo, e spalancò gli occhi vedendomi già seduta al tavolino con un piatto riscaldato davanti a me. L'avevo trovato in frigo e l'avevo preparato sfruttando l'aggeggio con le lucine rosse che mi aveva insegnato a usare Sven.

«Oh». Riley mise il vassoio sul bancone e si sedette di fronte a me. «È bello vederti mangiare».

«Dov'è Sven?» chiesi. Non avevo nessuna voglia di chiacchierare. Di solito mi chiedeva come mi sentivo, annotava i miei parametri vitali e voleva sapere quando mi fossi trasformata l'ultima volta. Niente di tutto ciò aveva importanza in quel momento.

Solo Sven.

«È ancora nel settore Andorra?» insistetti, quasi soffocata dall'impazienza. *Ho bisogno di lui. Ho bisogno di lui adesso.* Non per le sue fusa o la sua luce, ma per potergli dire come mi sentivo. Che era mio. Che lo volevo. Che credevo in lui. Che mi fidavo di lui. Sapevo che mi avrebbe aiutata. Che mi avrebbe protetta. Che sarebbe stato mio.

E io volevo essere sua. Avrei fatto tutto ciò che desiderava, tutto ciò di cui aveva bisogno, solo per godere ancora una volta della sua presenza.

«Io...». Si interruppe. I suoi occhi azzurro intenso si abbassarono, e i capelli dello stesso colore le ricaddero sul viso. Un colore innaturale, che ricordava quello degli zaffiri, ed ero abbastanza sicura che si tingesse. Ma in quel momento non aveva alcuna importanza. «Era nel suo vecchio alloggio» continuò dolcemente. «Ma l'ho visto dirigersi verso il campo di aviazione, mentre venivo qui».

Saltai in piedi. «Se ne sta andando?».

Lei deglutì. «Non lo so. Può darsi».

«Devo parlargli. Ho bisogno che capisca... Devo... devo scusarmi. Devo... Riley, non posso lasciarlo andare via». Era esattamente quello che gli avevo detto di fare, ma era l'opposto di quello che volevo realmente. «Puoi aiutarmi a fermarlo? O almeno puoi portarmi da lui, così posso... posso...». *Cosa?*, pensai. *Fermarlo?* «Devo... devo solo dirgli...». Non ero ancora sicura.

Qualcosa.

Tutto.

Che lo volevo. Che lo desideravo. Che avevo sbagliato.

Forse era troppo tardi, ma non potevo saperlo finché non ci avessi provato. E se lo avessi lasciato andare via, allora sì che sarebbe stato troppo tardi.

«Ti prego, Riley. Puoi portarmi da lui?». Avrei pensato a cosa dirgli una volta lì. Dovevo... dovevo provarci.

Riley doveva aver colto la disperazione sul mio volto, perché annuì lentamente, aprendo una specie di filmato di sorveglianza sul suo orologio. Era proprio come quello di Sven; si confondeva con la sua pelle, ma era pieno di comandi all'avanguardia. Quando visualizzò il filmato di lui all'esterno del campo di aviazione, il mio cuore sussultò.

Sembrava determinato.

E arrabbiato.

Deglutii. *È mio. Devo dirgli che è mio.*

La determinazione mi si insediò nelle viscere, spingendomi a procedere. Era molto diverso da quando lasciavo che la mia lupa prendesse il sopravvento. Quella ero davvero io. La mia mente. Il mio corpo. Il mio cuore. E stavo seguendo il mio istinto, come avrei dovuto fare fin dall'inizio. Ma ero spaventata e ferita, e il mio condizionamento mi aveva resa incapace di credere alle intenzioni di Sven.

Tuttavia, ora lo capivo.

Almeno in parte.

Dentro di me c'era ancora un'enorme esitazione, il terrore di potermi esporre a un'inspiegabile sofferenza, ma il mio desiderio di andare fino in fondo superava la paura.

Era questo che Sven aveva risvegliato dentro di me, mi aveva indicato un percorso che non sapevo nemmeno esistesse.

Volevo seguirlo fino alla fine, gettarmi ai suoi piedi e pregarlo di restare.

«Okay» disse lentamente Riley. «Dovrai essere molto silenziosa e seguirmi».

Annuii, accettando le sue condizioni. Il silenzio andava bene.

Mi infilai un paio di stivali sopra i jeans, raccolsi i capelli ancora umidi in una coda di cavallo e abbassai le maniche del mio maglione nero, fino a coprirmi le mani. Non avevo né cappotto né guanti, quindi quello doveva bastare. Per fortuna, i mutaforma erano caldi di natura. E da quello che avevo visto dalla finestra, la neve aveva smesso di cadere. In quella parte del mondo doveva essere iniziata la primavera.

L'abbigliamento di Riley era simile al mio, solo che indossava scarpe da ginnastica al posto degli stivali e i suoi capelli pendevano sulle spalle esili in una cortina di seta azzurra. Era facilmente riconoscibile, ma per fortuna non incontrammo nessuno lungo il nostro tragitto. Probabilmente perché Riley continuava a controllare i filmati della sorveglianza.

Inserì un codice nell'ascensore che ci condusse a un piano che non avevo mai visitato. Era diverso dall'atrio con le enormi finestre e le pareti bianche che avevo visto al mio arrivo. Era spoglio e quasi lugubre, i muri di cemento mi ricordavano la mia prigione nel settore Bariloche.

Un brivido mi corse lungo la schiena, e il primo dubbio di essermi fidata della lupa sbagliata si insinuò nel mio spirito.

È la mia dottoressa, mi dissi. *Ed è un'omega. Non mi farà del male.*

Era solo la mia radicata propensione a non fidarmi di nessuno. Ma la misi da parte, scegliendo di riporre la mia fiducia nella donna che aveva trascorso gli ultimi mesi tentando di curarmi.

Fece una pausa per controllare di nuovo l'orologio, alzando un dito per dirmi di fermarmi.

Poi annuì e attraversò una porta d'acciaio che ci condusse all'esterno. La seguii, camminando rasente al fianco dell'edificio come stava facendo lei, finché non scorsi il campo di aviazione.

Riley sbirciò dietro l'angolo e io la seguii, con il cuore che mi batteva all'impazzata alla vista di Sven che si avvicinava a un aereo a diversi metri di distanza. Con lui c'erano anche Jonas, Elias, Enrique e Ander.

La mia lupa guaì, pregandomi di trasformarmi e correre da lui.

No. Dovevo farlo come Kari.

Così le dissi di stare a cuccia. Era una strana sensazione, perché si trattava pur sempre di una parte di me, ma mantenere il controllo mi sembrò la cosa giusta da fare. In realtà, ebbi l'impressione che fosse la *sola* cosa da fare, che avrei dovuto essere sempre io al comando. Non lei. Avevo trascorso la maggior parte della vita isolata dalla mia lupa, quindi mi era sembrato naturale permetterle di assumere il controllo.

Tuttavia, una parte sempre più grande di me cominciò a capire che doveva trattarsi di uno sforzo congiunto. Lei poteva ancora esistere dentro di me, poteva ancora spingermi a fare delle cose, ma spettava a me, alla persona, accettare le sue scelte.

E, in quel momento, scelsi di ignorare la sua decisione.

Lasciami fare, le dissi.

Non si oppose. Si limitò ad annuire e si accovacciò nella mia mente, in attesa, promettendomi che ci sarebbe stata non appena avessi avuto bisogno di lei.

Era un'esperienza bizzarra, che mi dava le vertigini. Ma in qualche modo accresceva la mia determinazione.

Riley tremò. La sua espressione mi disse che non era sicura di aver preso la decisione giusta, vedendo il suo alfa insieme al mio.

Ma sapevo che era lì che dovevo essere. Lo sentivo nelle ossa. *Quello là fuori è il mio alfa e deve sapere che lo voglio.*

Mi misi a correre prima che lei potesse fermarmi, con l'anima che gioiva alla vista di Sven che si girava verso di me.

Ma mi bloccai quando notai la sua espressione. Vedendomi, era mutata in una maschera di rabbia.

Oh... Mi bloccai all'istante, bruscamente, finendo per inciampare sui miei stessi piedi e cadere a qualche metro da lui.

Le mie ginocchia protestarono colpendo il selciato, e un coro di ringhi mi risuonò nelle orecchie.

«*Riley*». La voce dell'alfa Jonas mi riempì il cuore di terrore.

Ma fu il ringhio feroce di Sven a rubarmi l'aria dai polmoni.

Il suono mi ricordò il mio settore di origine. La mia cella. La mia vecchia esistenza.

Non sono più quell'omega. Sono... sono... Non sapevo come terminare il pensiero, né mi fu concesso un momento per provarci.

Mani robuste mi afferrarono le spalle, sollevandomi da terra.

Solo che non appartenevano a Sven.

Appartenevano a un alfa dagli occhi scuri, con i lineamenti affilati, la carnagione abbronzata e folti capelli neri. Il suo petto emise un basso brusio, sembrava molto agguerrito.

Non sapevo da dove venisse quell'uomo né per quale motivo fosse lì, ma quando guardai oltre la sua spalla, verso Sven, trovai un accenno di irritata minaccia nella sua espressione. Come se avesse rinunciato a ogni diritto su di me e non sopportasse la mia vista.

E ora mi stava lasciando ad affrontare il mio destino.

Da sola.

CAPITOLO 30

SVEN

Diversi minuti prima...

«Cos'è questa storia che stai per andare nel settore Bariloche a uccidere Carlos?» chiese mio padre quando risposi al telefono.

Alzai gli occhi al cielo. «Kaz è proprio un pettegolo». L'avevo chiamato la sera prima, mentre camminavo avanti e indietro lungo le pareti della cupola del settore Andorra, per parlargli del mio piano di uccidere quel bastardo che aveva distrutto la mia futura compagna.

Oh, lei poteva anche credere di non volermi.

Ma sapevo che non era così.

Per questo le avevo concesso un po' di tempo da sola per riflettere. Aveva affermato che ero giovane, insistendo che non mi voleva. E io le avrei dimostrato il mio valore riportandole la testa di suo padre su un piatto d'argento. Poi l'avrei costretta ad accettarmi, indipendentemente dalla sua situazione.

Okay, non potevo scoparla. Ma un giorno le cose sarebbero cambiate. Ed ero disposto ad aspettare tutto il tempo necessario per poterla reclamare formalmente. Prima o poi se ne sarebbe resa conto anche lei.

«Qual è il piano?» incalzò mio padre mentre percorrevo il corridoio verso l'uscita dell'edificio. «E presumo che tuo fratello voglia venire con te?».

«L'idea era quella» dissi. «Ma ora le cose sono cambiate».

Vidi sullo schermo che aveva inarcato le sopracciglia in un'espressione stupita. «Andrai da solo?».

«No, non andrò proprio. Non ora, almeno».

Aggrottò la fronte. «Cos'è cambiato?».

Lanciai un'occhiata a Jonas, taciturno come sempre. Stava camminando di fianco a me. «Ci sono degli sviluppi per quanto riguarda un altro piano, uno molto più importante». Dopo il piccolo sfogo di Kari, ero andato da Jonas e gli avevo chiesto di contattare il settore Blood. Sapevo che aveva qualche riserva nel coinvolgere un alfa V-Clan. Ma se Riley pensava che potesse esserci d'aiuto, allora volevo fare un tentativo.

La mia omega aveva perso le speranze, ma io no. Non l'avrei mai fatto. E avrei continuato a essere la sua speranza anche nelle ore più buie.

«Stiamo andando a dare il benvenuto all'alfa Kieran O'Callaghan» continuai, uscendo dall'edificio e venendo accolto dall'aria fredda dell'esterno. Il calore del sole era appena sufficiente a sciogliere un po' di neve. «Riley pensa che possa aiutare Kari. E il suo arrivo è previsto da un momento all'altro».

Mio padre rimase in silenzio per qualche istante, poi annuì. «Di' a K che lo saluto». E riattaccò prima che potessi rispondere.

Io e Jonas ci scambiammo un'occhiata. «Tuo padre conosce l'alfa Kieran?».

«A quanto pare...» borbottai. Mio padre era pieno di segreti. Immaginavo ne avesse il diritto, dopo aver vissuto più di cinquecento anni. Da quello che sapevo, l'alfa Kieran era ancora più vecchio; girava voce che avesse almeno mille anni.

Eppure non aveva una compagna.

O ne aveva avuta una, ma era scomparsa. Almeno, era quello che avevo sentito. Sembrava che fosse sparita durante l'era degli Infetti, sottraendosi al suo destino a fianco dell'alfa, e che lui la cercasse da allora.

Capivo quel tipo di determinazione perché avrei fatto lo stesso per Kari.

Enrique, Elias e mio fratello ci raggiunsero sulla pista, tutti vestiti in modo simile, con maglioni e jeans. Non sapevamo bene cosa aspettarci dall'arrivo di Kieran, perché gli alfa V-Clan erano notoriamente imprevedibili. La loro tecnologia rivaleggiava con quella del settore Andorra, i loro jet erano famosi per apparire e scomparire sotto ondate di nuvole magiche.

Erano lupi che si comportavano più come pantere, con la pelliccia setosa color del buio e i riflessi felini. Si accoppiavano in primavera, e i mesi estivi li trascorrevano al chiuso, in uno stato simile al letargo, mentre i piccoli crescevano.

La luce del sole era la loro nemesi, di conseguenza eravamo rimasti stupiti della decisione di Kieran di venire durante il giorno. Non ci aveva dato alcun preavviso, aveva solo mandato un messaggio a Jonas per informarlo del suo arrivo imminente.

«Ha appena contattato la torre di controllo» ci informò Ander mettendosi al mio fianco. «È qui».

Jonas brontolò, la sua irritazione era palpabile.

Ringraziarlo non avrebbe aiutato, quindi evitai di farlo.

Aveva chiaramente dei trascorsi con l'alfa, che sembravano coinvolgere l'amicizia tra Kieran e Riley.

Sarà meglio che ne valga la pena, pensai, stringendo i denti.

Ebbi l'impressione che anche gli altri la pensassero allo stesso modo, perché ci disponemmo tutti come una sorta di autorevole comitato di benvenuto ai margini della pista di atterraggio.

Decisamente high-tech, pensai ammirando il design elegante e l'avvicinamento pressoché silenzioso del jet. Atterrò con una grazia che non potei fare a meno di ammirare, e il mio cuore di pilota non vedeva l'ora di fare un giro su quella bellezza.

Ma non lasciai trasparire il mio interesse.

Al contrario, mi dipinsi sul viso una maschera di indifferenza. Non conoscevo quell'alfa. Perciò non mi fidavo di lui.

Jonas si irrigidì, con il suo lupo in agguato nello sguardo.

Poi un odore familiare attirò l'attenzione del mio animale. *Kari*. Il suo dolce profumo mi spinse a voltarmi. E rimasi pietrificato quando la vidi *correre verso di me*.

Che cazzo succede?, pensai, furioso al pensiero che fosse lì, priva di protezione. E proprio mentre stava arrivando un alfa sconosciuto. Feci un passo avanti, pronto a intercettarla e spingerla dietro di me, quando i suoi occhi incontrarono i miei. Aveva un'espressione spaventata, e la paura la fece inciampare sui suoi stessi piedi e cadere.

Scossi la testa, confuso alla vista di lei a terra e *all'esterno*.

Avrebbe dovuto essere al sicuro nella sua stanza, a riprendersi dalla sua crisi, mentre io mi accordavo con Kieran per aiutarla.

Un'energia oscura apparve nella mia visione periferica,

strappandomi un ringhio basso e minaccioso. E il fumo si trasformò in un maschio alfa. Ignorò tutti noi, andando dritto verso Kari. Nello stesso momento, Jonas ringhiò con furia: «*Riley*».

Lanciai un'occhiata all'omega in questione. Aveva gli occhi spalancati per lo shock alla vista dell'alfa V-Clan. Udendo il suo alfa abbaiare il suo nome, si gettò a terra. L'attimo dopo, Jonas la afferrò e la mise dietro di sé con un movimento brusco, distraendomi momentaneamente dal resto della scena.

Con mia grande sorpresa e soprattutto con mia grande irritazione, l'alfa V-Clan aveva sollevato Kari ed era concentrato sulla mia compagna. Lei mi guardò, tremando. Era triste e terrorizzata, e mi stava implorando con gli occhi di fare qualcosa.

Feci un respiro profondo per tentare di calmarmi, mentre il desiderio di strappare Kari dalle mani dell'altro alfa mi inondava le vene di un'aggressività tale da spingermi ad agire istintivamente.

Ma percepii il suo dominio come superiore al mio. Antico, arcaico, reale.

Kieran O'Callaghan.

Avrei potuto sfidarlo, ma avrebbe vinto lui. Nonostante fossi ansioso di reclamare la mia compagna, mi avrebbe travolto con un'ondata di magia. Lo percepivo nelle viscere, nella mente, quasi vedevo l'intera scena dipanarsi davanti a me.

Mi sentivo... mortificato. E furibondo.

E sbagliato, capii l'attimo dopo. «Vattene via dalla mia testa» sbottai. Il mio lupo si erse sulle zampe e si scrollò di dosso lo stordimento che quell'essere incantato mi aveva appena gettato addosso. «*Ora*».

Nella mia mente risuonò una risatina, seguita da una

voce soave che disse: «Cosa diavolo hai fatto a questa povera omega?».

La realtà trapelò lentamente attraverso la nube di qualunque incantesimo avesse intessuto nel mio spirito.

Questa creatura è veramente potente, mi resi conto, sbattendo più volte le palpebre e mettendo a fuoco Kieran che ancora una volta stringeva la mia compagna.

Il tempo mi eludeva. Kieran mi aveva tenuto sospeso in una sorta di nebbia, ingannando il mio lupo per sottometterlo senza nemmeno alzare un dito.

Considerando la furia che si irradiava da Ander, Elias ed Enrique, doveva avere fatto lo stesso anche a loro.

Jonas era l'unico a essere lucido, forse perché teneva Riley stretta a sé, e bastava una sola occhiata per capire che Kieran aveva un debole per lei. E sembrava che stesse succedendo lo stesso anche con la mia omega, perché le stava accarezzando il viso con l'attenzione di un alfa premuroso, non affamato.

«Così tanto dolore» sussurrò guardandola negli occhi. «Ssh, piccola, va tutto bene» aggiunse dolcemente. «Non appena questi alfa mi diranno cos'hanno fatto, ti aiuterò».

«Noi non abbiamo fatto niente» sbottò Jonas. «È tutta opera del settore Bariloche».

Kieran lo guardò. «L'alfa Carlos?»

«Lei è sua figlia» intervenni. «E la mia compagna designata».

L'alfa V-Clan mi squadrò da capo a piedi, poi si rivolse a Kari. «È vero, piccola? Appartieni a lui?».

Gemetti internamente, conscio di ciò che avrebbe risposto. Stavo per spiegare quale fosse il suo stato mentale, quando disse: «S...sì. L'alfa Sven è mio».

Lo shock spazzò via tutti i miei pensieri. Perché era stata Kari a parlare, non la sua lupa.

La mia bestia interiore brontolò in segno di approvazione, dicendo qualcosa del tipo: *Certo che sì, cazzo. Sono tuo.* Ma la mia bocca non riuscì a pronunciare quelle parole, perché ero ancora troppo stordito dalla sua dichiarazione.

Mi aspettavo di dover litigare, di doverla dichiarare mentalmente instabile. Ma aveva parlato con una sicurezza che avvertii fin nel profondo dell'anima. Aveva balbettato solo inizialmente, ma poi la sua affermazione era diventata sempre più vigorosa e convinta.

Sa che sono suo.

«Capisco». Kieran la lasciò andare con delicatezza e la guidò verso le mie braccia spalancate. «Non so come trattiate le omega qui, ma noi non permettiamo alle nostre di strisciare per terra quando sono in presenza di altri. Quel comportamento è riservato solo alla camera da letto».

Kari tremò sul mio petto, spingendomi a fare le fusa per lei. Le posai un bacio sul capo, ringraziandola tacitamente per avermi rivendicato davanti a tutti. Una parte di me era ancora stupefatta e si domandava da dove venisse quella donna, perché quella che avevo lasciato sola l'altro giorno era di tutt'altra idea. Si era comportata come se mi odiasse.

Ma quella versione di lei si accoccolò su di me, rilassandosi nel momento stesso in cui il mio brusio incontrò il suo orecchio.

Mia, pensai sorridendo. Non riuscivo neanche più a essere arrabbiato per il fatto che fosse corsa là fuori senza protezione. Perché conosceva il suo posto, ed era ufficialmente al sicuro tra le mie braccia.

Beh, a parte la presenza di quel potente predatore.

I suoi giochetti mentali avevano dimostrato che era superiore a tutti noi, una consapevolezza che ci mise a disagio. Perfino Jonas sembrava contrariato, probabilmente perché sapeva di non poter fare nulla per proteggere l'alfa a capo del suo settore dalla magia di Kieran.

«L'hai chiamato» sussurrò Riley. «Perché non mi hai detto di averlo fatto?».

«Doveva essere una sorpresa» rispose Jonas in tono brusco. «Non sapevo nemmeno se si fosse presentato. E di certo non mi aspettavo che tu fossi qui fuori ad accoglierlo».

«Già, cosa ci fai qui, omega?» le chiese Ander. «Il tuo compito era di tenere compagnia all'omega Kari, non di *lasciarla scorrazzare per il mio settore*».

Kari tremò in risposta alla sua ira, e da dietro le spalle di Jonas si udì Riley mugolare: «Non... Kari voleva vedere l'alfa Sven...».

«E tu hai acconsentito?». L'espressione di Ander si incendiò di furia. «È *un'omega non accoppiata* priva di una scorta. Cosa sarebbe successo se non fossimo stati qui? Ci hai pensato?».

«Mi... mi dispiace» balbettò. «Volevo solo... volevo solo aiutarla...».

«Mettendola in una situazione pericolosa che avrebbe potuto provocarle delle ferite... o peggio?». Ander sembrava incredulo, oltre che arrabbiato. «Occupatene tu, Jonas, o lo farò io. E non ti piacerà».

«Oh, fidati, ci penserò io» rispose Jonas. Il suo tono altrettanto furioso strappò un lamento alla sua omega. «Silenzio!» sbottò, per poi concentrarsi su Kieran. «Non era così che volevamo che andasse il nostro incontro. Mi scuso per tutto il dramma». Parlò a denti stretti, e scusarsi con lui sembrò quasi procurargli un dolore fisico.

«Dal momento che non amo perdere tempo, le scuse non sono assolutamente necessarie. Ho già valutato le condizioni della vostra omega e sì, posso aiutarla».

Le mie sopracciglia si sollevarono. *Ha già completato l'esame? Come?* Non avevo mai conosciuto un lupo V-Clan, quindi non sapevo nulla della loro magia. Ma concludere tutto così in fretta sembrava... impossibile. Eppure, era lì davanti a noi con un'aria sicura di sé. Il suo status di alfa era evidente nel suo portamento regale.

«Detto questo, avrò bisogno delle abili mani di Riley per aiutarmi. E non rimanderò l'operazione solo perché sarà troppo dolorante a causa di qualsiasi punizione tu abbia intenzione di infliggerle». Abbassò lo sguardo sul polso, su cui d'improvviso aleggiò uno schermo. «Lavoro meglio di notte, e il sole tramonta tra tre ore». La sua attenzione si spostò su Ander. «Ho bisogno di un pasto e di un letto per riposare. Questo mi costerà molta energia».

«Consideralo già fatto» rispose subito Ander.

Kieran annuì. I suoi occhi scuri incontrarono i miei. «Da quello che posso percepire dai suoi organi, sono diversi anni che non sperimenta l'estro. È molto probabile che, quando avremo finito, andrà subito in calore. Dato che dice di appartenerti, è tua responsabilità essere pronto a occuparti di lei».

«Non ho bisogno che tu mi dica come prendermi cura della mia omega».

Lanciò un'occhiata a Riley e a Kari, inarcando un sopracciglio. «Non ne sono molto convinto». Poi guardò Ander come se stesse aspettando qualcosa.

«Elias, accompagna Kieran al suo alloggio» disse mio fratello senza nemmeno girarsi verso il suo Secondo. «E cerca di non sfidarlo lungo la strada».

Elias sbuffò. «Dopo il suo bel trucchetto? Non ti prometto niente».

Kieran si limitò a sorridere. «Fammi strada, *Secondo*».

Li guardai allontanarsi, con la mente in subbuglio per

tutto quello che era appena successo. Ci eravamo aspettati che Kieran esaminasse Kari approfonditamente prima di stabilire le sue condizioni, ma sembrava che sapesse già cosa fare. E tutto quello che ci aveva chiesto erano stati un letto e del cibo.

«Ci deve essere una fregatura» dissi mentre l'alfa spariva nell'edificio con Elias. «È impossibile che lo faccia praticamente gratis».

«I lupi V-Clan sono noti per avere a cuore le loro omega, anche più di noi» mormorò mio fratello. «Penso che aver percepito il suo dolore sia stato sufficiente per spingerlo ad aiutarci».

«Lo avevi previsto» intervenne Enrique. «Non sei stato affatto sorpreso che abbia accettato».

«No, infatti» rispose Ander. «Perché l'omega Kari non è la prima di cui l'abbia visto prendersi cura». Lanciò un'occhiata a Jonas e a Riley. «Tiene in grande considerazione le omega, fino al punto di salvare il loro compagno alfa solo per tutelare la loro sanità mentale».

Jonas grugnì. «Non mi ha salvato la vita».

«L'ha fatto» ribatté Ander. «In più di un modo». Poi i suoi occhi dorati lampeggiarono, posandosi per un attimo su Riley. «Considerando le richieste dell'alfa Kieran, dovrai aspettare dopo l'intervento per punire la tua omega».

«Sì» concordò Jonas con il suo tipico tono burbero. «Meglio così; dovrà passare la notte pensando a quello che le farò quando avrà finito di aiutare Kieran».

«È... è colpa mia» balbettò Kari a bassa voce. «Le ho chiesto io di aiutarmi. Dovrei... dovrei essere io a subire una punizione, non lei».

«No» intervenne mio fratello prima che potessi dire qualcosa. «Tu non sei una delle mie lupe. Ma l'omega Riley sì. E conosceva quali fossero i rischi di portarti via dall'edificio senza una protezione appropriata. Non è così, omega?».

Riley cercò di aggrapparsi a Jonas, ma lui si allontanò da lei, lasciandole affrontare da sola l'ira dell'alfa del loro settore. Doveva essere stato incredibilmente doloroso per lui, ma le azioni di Riley erano state troppo avventate. Mio fratello aveva ragione: aveva messo in pericolo Kari. Dato che stavano cercando me, avrebbe dovuto chiamare Jonas e dirgli cosa volevano. Invece, aveva scelto di far uscire Kari di nascosto. E sebbene apprezzassi il fatto che l'avesse portata da me, era stato uno sbaglio.

E se Kieran avesse avuto altri uomini con sé?

E se Kieran avesse voluto farci del male?

E se non fosse stato Kieran ad attraversare la cupola, ma qualcuno che non ci aspettavamo?

C'erano così tante situazioni che avrebbero potuto condurre a un esito nefasto. E non solo per Kari, ma anche per Riley. Certo, forse lei sarebbe stata in grado di badare a se stessa, ma Kari era molto vulnerabile.

Inoltre, non aveva un compagno.

E aveva la tendenza a sottomettersi immediatamente.

Insomma, ero d'accordo con mio fratello e con Jonas: Riley doveva essere punita per le sue azioni. E anche costringerla ad aspettare ne avrebbe fatto parte, soprattutto se Jonas non l'avesse sostenuta.

Le avrebbe dimostrato cosa significava essere sola.

Che era quello che sarebbe successo, se lui non fosse stato lì fuori quando era arrivata con Kari.

Ora devi affrontare le conseguenze delle tue decisioni, diceva la postura di Jonas. *E lo farai da sola, visto che hai scelto di non mantenere un fronte unito con il tuo alfa.*

«Mi dispiace, alfa» sussurrò Riley. «Eravamo convinte

che l'alfa Sven se ne stesse andando. Stavamo solo cercando di fermarlo».

Spalancai gli occhi per la sorpresa. *Kari pensava che la stessi lasciando? Si aspettava davvero che mi arrendessi così facilmente, dopo un unico piccolo sfogo?*

«Allora avresti dovuto chiamare il tuo alfa e chiedere il suo aiuto, invece di mettere a rischio un'omega vulnerabile facendo tutto da sola» disse Ander. Poi mi guardò. «Riporta dentro Kari. Ha bisogno di calmarsi e prepararsi all'intervento».

Lei rabbrividì, confermando le sue parole. Non poteva restare là fuori ad ascoltare gli alfa che rimproveravano Riley. Non le avrebbero fatto del male. Nemmeno dopo l'operazione. Ma si sarebbero assicurati che non facesse mai più qualcosa di così stupido.

Speravo solo che fosse in grado di aiutare Kieran senza che le emozioni compromettessero la sua capacità di giudizio.

Ma un'occhiata a Jonas mi disse che aveva tutto sotto controllo. Si sarebbe accertato che avesse tutto quello di cui aveva bisogno per riuscire nell'intento, pur mantenendo un atteggiamento punitivo. Stavano insieme da almeno cento anni, di conseguenza si conoscevano alla perfezione. E da quello che avevo visto, funzionavano bene insieme.

Ora era giunto il momento di far sì che anch'io e Kari sviluppassimo lo stesso tipo di rapporto.

L'avrei aiutata a prepararsi per l'operazione.

Ricordandole anche a chi apparteneva. Perché non poteva affrontare una seconda operazione essendo piena di dubbi. A prescindere da quello che sarebbe successo, era mia. Ed era ora che le facessi capire esattamente cosa significava.

CAPITOLO 31

KARI

S ven mi condusse di nuovo nella nostra suite e direttamente in camera da letto. «Spogliati» disse, con un tono autoritario che mi fece correre un brivido lungo la schiena. «Adesso».

Le mie labbra si schiusero. «Sven...».

«*Adesso*» ripeté.

Rabbrividii per la sua aura dominante, ma la mia lupa sospirò. Lo desiderava con una ferocia che sentivo pulsarmi nelle vene. Gli avevamo disobbedito. Lo avevamo fatto soffrire. E ora ci avrebbe punite.

Lei non vedeva l'ora.

Io non ero ancora sicura di come mi sentissi al riguardo.

Mi sfilai gli stivali, il maglione e i jeans; sotto non indossavo nulla. Rendendosene conto, Sven ringhiò. «È tutto quello che avevi addosso durante la tua piccola gita all'esterno?».

Deglutii a fatica. «Stavo venendo da te per fermarti. Non volevo che te ne andassi».

«Non me ne stavo andando, Kari. Stavo dando il benvenuto all'alfa Kieran nel settore Andorra. Dovevamo incontrarci per discutere della sua permanenza qui per aiutarti».

Le mie labbra formarono una piccola O e lo fissai. «Ma mi hai detto addio».

«No, *ti ho dato la buonanotte*» rispose togliendosi il maglione. «E poi ho trascorso due giorni con Enrique ed Elias per aiutarli a organizzare un attacco al settore Bariloche, mentre Jonas si metteva in contatto con Kieran. Stavamo per partire questo pomeriggio, ma Kieran ci ha chiamati un'ora fa per dirci che era già per strada».

«Stavi andando nel settore Bariloche?» ripetei con un sussurro. Avevo il cuore in gola. *Per incontrare le altre omega?*

«Sì. A uccidere tuo padre per quello che ti ha fatto».

Trasalii per la violenza contenuta nelle sue parole. «A uccidere mio...? Non per le omega?».

«Avevamo intenzione di salvarle, ma io voglio la sua testa. Lo ucciderò per te. In modo brutale. Pagherà per quello che ha fatto alla mia omega». Calciò via le scarpe e iniziò a slacciarsi la cintura. «Siediti sul bordo del letto. A gambe aperte, così posso ammirarti per bene».

Feci come mi aveva ordinato, sistemandomi proprio sul bordo del materasso, riflettendo su quello che aveva detto. *Stava andando nel settore Bariloche per vendicarmi.*

Un pensiero che mi scaldò il cuore, nonostante quella vocetta infida mi stesse sussurrando che aveva un secondo fine, che voleva trovare un'omega migliore di me.

Soffocai la mia insicurezza, scacciandola dalla mente. Aveva parlato di salvare le omega come se fosse stato un obiettivo secondario, non quello principale.

«Hai ancora intenzione di andare?» gli domandai mentre si abbassava la cerniera dei jeans. «Nel... nel settore Bariloche?». Stava diventando sempre più difficile concentrarsi sulla conversazione, il mio sguardo era sceso automaticamente sul suo inguine.

Si abbassò anche i pantaloni, lasciando che cadessero sul pavimento. Rabbrividii alla vista del suo corpo quasi completamente nudo, i suoi boxer erano tesi sul suo sesso eretto.

Mio, pensai. L'eccitazione mi colò tra le cosce, ero pronta ad accoglierlo. Il dolore che mi avrebbe causato non aveva alcuna importanza. Volevo solo sentirlo dentro di me. Prendere il suo nodo come avrei dovuto.

Solo che non potevo.

Non davvero.

E quella consapevolezza mi spinse ad alzare lo sguardo sui suoi occhi famelici. *Cosa mi farà?*

«Sì, Kari. Ho ancora intenzione di andare nel settore Bariloche. Non per prendermi un'altra omega, ma per uccidere tuo padre». Si tolse anche i boxer, restando nudo. Come me. «È questo che ancora non capisci. Tu sei mia».

«Lo... lo so» cominciai, cercando di ricordare tutto quello che volevo dirgli.

Ma lui non aveva ancora finito di parlare.

«No, Kari. Non lo sai. Eri davvero convinta che qualche parola mi avrebbe spinto ad allontanarmi da te? A tornare nel settore Norse con la coda tra le gambe?». Sembrava che il solo pensiero lo facesse arrabbiare. «Non ti lascerò mai, Kari. È questo che non hai ancora capito. Pensi che voglia curarti per poterti scopare».

Si sistemò tra le mie gambe spalancate, le sue cosce ardevano sulla mia pelle fredda. Le sue dita risalirono il mio sterno, raggiungendo la gola, per poi andare ancora più su. Si insinuarono tra i miei capelli, stringendo la mia coda di cavallo, che strattonò per costringermi ad alzare lo sguardo sul suo.

«Non lo sto facendo per me, Kari» continuò, con una voce dolce eppure segnata da un accenno di ferocia. Con un tono che parlò alla mia stessa anima, esigendo che lo ascoltassi. Che gli credessi. Che lo accettassi. «Lo sto facendo per *noi*».

Avvicinò la mano libera al mio viso e mi accarezzò la guancia.

«Apri quelle belle labbra per me» sussurrò. La sua dominanza mi avvolse e mi spinse a obbedire.

«Brava» mi lodò, avvicinandosi ancora di più e stringendo la base del suo sesso. «Resta così».

Lo feci.

«Non deglutire» aggiunse. «Non ancora».

Mi ci volle uno sforzo notevole per eseguire il suo comando, per evitare di inghiottire la saliva che mi si stava accumulando in bocca. Lo desideravo con una foga che sentivo nel profondo.

Mi bagnai ancora di più, le mie cosce erano già fradicie.

E ansimai, il bisogno di assaggiarlo mi stava facendo impazzire di desiderio.

Alfa, fui sul punto di dirgli, ma con un unico sguardo di avvertimento mi intimò di restare completamente immobile.

Mi accarezzò il labbro inferiore con il pollice, che poi mi infilò in bocca per raccogliere un po' di saliva. E infine la sparse sulla punta del suo sesso.

Oh... Le mie cosce minacciarono di chiudersi. Avevo bisogno di un po' di sollievo, un bisogno che non riuscivo a combattere. Ma le sue gambe mi impedirono di muovermi.

E i suoi occhi costringevano la mia bocca a restare aperta per lui.

Ansimai.

E lui ripeté il gesto di prima, accarezzandomi il labbro e

attingendo alla mia saliva, per poi decorare la sua splendida erezione.

Quando avvolse le dita attorno al suo nodo, gemetti. Le mie stesse mani fremevano per la brama di toccarlo. *Ti prego, alfa*, lo implorai con lo sguardo.

Mi stringeva ancora i capelli, obbligandomi a guardare il suo viso mentre si dava piacere davanti a me.

«Non lo sto facendo per me» ripeté con una voce roca. «Lo sto facendo per *noi*. Sei già mia, Kari. E io sono già tuo. Il sesso, il morso, sono tutti aspetti secondari. *Tu* sei l'unica cosa di cui mi importa. E non ho mai dubitato per un istante di non essere in grado di *aiutarci*, perché ho sempre saputo, fin dal primo momento in cui ti ho vista, che eri destinata a essere mia».

Un'altra carezza sulle labbra.

Altra saliva.

E un tocco deciso lungo il suo sesso d'acciaio.

Un mugolio mi risalì la gola. *Lo voglio. Ho bisogno di lui.*

«Ssh» mi zittì quando il mio lamento interiore mi sfuggì dalle labbra. «Ti darò tutto quello che vuoi e anche di più. Ma ora sono io che comando, Kari. Ti mostrerò cosa significa essere mia, controllando quanto potrai prendere, quanto ingoierai e quanto seme rilascerò. Sei mia da amare e da proteggere, mia da punire, mia da possedere e mia da scopare come cazzo voglio».

Un fremito mi lambì la schiena, un piccolo guizzo di paura che gli fece contrarre la mascella.

«Ed ecco il motivo per cui stiamo facendo tutto questo» aggiunse. La sua voce era un basso sibilo che mi fece annodare lo stomaco. «I compagni si fidano l'uno dell'altra, Kari. Nonostante non porti il mio marchio, resti comunque mia. E mi assicurerò che tu lo capisca. Ora apri bene la bocca».

La mia mandibola si allentò, il mio corpo si piegò al suo volere.

Sven mi accarezzò la guancia con le nocche, dimostrandomi la sua approvazione con il suo tocco affettuoso. Poi avvicinò il sesso alle mie labbra.

Allungai istintivamente la mano, ma lui mi catturò il polso e abbassò il mio palmo sulla coscia. «Sono io che comando» ribadì. «Prenderai quello che ti darò. E ti fiderai che non vada troppo oltre».

Rabbrividii, e le mie viscere fecero le capriole per l'aura di autorità che lo circondava. Minacciava di inghiottirmi, di fare uscire la mia lupa e permetterle di sottomettersi al posto mio.

Ma percepivo quanto fosse importante restare lì con lui, ascoltarlo, imparare a essere ciò di cui aveva bisogno come *mutaforma*, non come *animale*.

Deglutii quando mi arrivò in fondo alla gola, poi mi costrinsi a rilassare i muscoli mentre lui spingeva ancora un po', obbligandomi ad accettarlo.

«Così, brava» mi elogiò, stringendo la presa sui miei capelli. «Guardami, piccola meraviglia» disse. «Voglio vedere *te*».

Non la mia lupa, tradussi. Mi stava mettendo alla prova, voleva che fossi cosciente mentre mi prendeva. Quella consapevolezza mi fece sentire al sicuro e desiderata al tempo stesso.

Voleva che fossi a mio agio, ma anche che non potessi nascondermi.

Accarezzai con la lingua la pelle vellutata che avevo in bocca, godendomi il suo sapore e gemendo, bagnandomi ancora di più. Mi era capitato di desiderare il sesso di un alfa in passato, il mio corpo era addestrato a bramare i nodi. Ma non ero mai stata così eccitata.

Il suo calore accese un fuoco dentro di me che ardeva solo per lui. Sprizzava scintille nelle mie vene, facendo formicolare le mie terminazioni nervose.

«Più a fondo» ringhiò, piegando la mia testa con un'angolazione che mi allargò la gola.

Gemetti quando scivolò in profondità, poi mi irrigidii. Non riuscivo più a respirare.

Rimase lì per un istante, la sua presa sui miei capelli era solida come l'acciaio e mi costringeva a prenderlo.

Non lottai.

Aspettai.

Mi fidai di lui, contando sul fatto che mi avrebbe lasciata andare.

E quando lo fece, si complimentò per i miei sforzi, accarezzandomi di nuovo la guancia con la mano libera. Poi tornò a stringersi il nodo.

«Ingoierai più che puoi» mormorò. «E poi ne ingoierai ancora di più».

Annuii, desiderosa di obbedire. Avere il suo seme dentro di me mi faceva sentire più vicina a lui, come se fossimo uniti in un modo che nessuno avrebbe mai potuto sottrarci.

«Mmm» mugolò con palese approvazione. «Continua a guardarmi, piccola meraviglia. A prescindere da quello che accade».

Aprii gli occhi e li alzai su di lui, rendendomi conto solo allora che li avevo chiusi in attesa del piacere. Due pozze color del cielo mi fissarono, l'alfa si stava abbandonando alla lussuria.

Avevo visto quello sguardo così tante volte in passato.

Di solito mi terrorizzava.

Ma non in quel momento. Non nel caso di Sven. Sapevo che non mi avrebbe fatto del male, nemmeno quando cominciò a spingersi con foga nella mia bocca. Nonostante la ferocia con cui mi stava prendendo, ero certa che sarei stata al sicuro.

Mi aprii ancora di più per lui, permettendogli di sfruttare la mia gola a suo piacimento.

E quando iniziò a venire, ingoiai, proprio come aveva detto lui.

Le sue pupille si dilatarono, fagocitando le sue iridi, mentre mi guardava impegnarmi per berne il più possibile.

Non c'era più aria.

Solo il suo seme.

E ingoiai... ingoiai... ingoiai...

Il panico si affacciò sul limitare della mia coscienza, una vocina che mi diceva che avrei potuto affogare. Ma la ignorai e mantenni lo sguardo su Sven. *Mi fido di te.*

La sua espressione si illuminò di orgoglio, mentre con le dita si massaggiava il nodo e mi costringeva a bere ancora di più. Un turbinio di puntini neri mi danzò davanti agli occhi, ma mi rifiutai di cedere all'impulso di lamentarmi o di staccarmi da lui.

Non mi farà del male.

È il mio alfa. Il mio Sven. La mia speranza.

Un sorriso gli si disegnò sulle labbra, e con uno strattone ai capelli mi allontanò da sé. Ma non smise di venire. Continuò a inondarmi con il suo seme, sul collo e sul petto, senza mai distogliere lo sguardo dal mio.

«Spalmatelo sulla pelle» mi ordinò.

Alzai una mano e obbedii senza nemmeno pensarci.

Distolse lo sguardo per osservare i miei movimenti, le sue narici si dilatarono.

«Ora sdraiati sul letto, ma tieni le gambe aperte» disse in tono sinistro.

Sta per scoparmi, mi resi conto. Per un attimo la mia

mente si annebbiò, ma poi fui colta da un altro pensiero. *No. Non mi farebbe mai del male in questo modo.*

Non avevo dubbi: avevamo trascorso un numero infinito di ore a letto insieme e non mi aveva presa nemmeno una volta.

Non importava quanto lo avessi fatto arrabbiare, non mi avrebbe mai inflitto una punizione del genere.

Quella certezza si sedimentò dentro di me, mentre indietreggiavo verso il centro del materasso e spalancavo di nuovo le gambe per lui, proprio come mi aveva chiesto.

Mi fidavo di lui, e lasciai che me lo leggesse nello sguardo quando incontrai di nuovo il suo.

«Ecco la mia compagna» disse, salendo sul letto e posizionandosi ancora una volta tra le mie cosce. Strusciò la sua erezione sul mio sesso, ricoprendosi con la mia eccitazione, per poi entrare dentro di me con una spinta che mi fece vedere le stelle.

Mi irrigidii, scioccata dalla sua intrusione.

Ma l'attimo dopo mi zittì, scivolando fuori da me.

Ansimai, ancora un po' sconvolta. «Voglio solo assicurarmi che tu sappia di essere mia» mi sussurrò all'orecchio. «E che riesco a controllarmi abbastanza da non darti il mio nodo».

Sottolineò le sue parole allungando la mano e toccandosi di nuovo, rilasciando un altro fiotto di piacere tra le mie cosce.

«Tu sei mia, Kari» disse, sfiorandomi la guancia con le labbra e raggiungendo la mia bocca. «E il mio seme dentro di te lo dimostra». I suoi occhi catturarono i miei, continuando a riversarsi tra le mie gambe, ma senza più spingersi dentro. Solo la punta era lì, a baciarmi intimamente, mentre veniva... e veniva... e veniva.

Il mio corpo era in fiamme, il mio ventre gridava desiderando che lui completasse l'opera. Ma sapevo che non lo avrebbe fatto. Non per torturarmi. Né perché voleva che lo implorassi. No, lo faceva per dimostrare il suo autocontrollo. Per dimostrarmi che era il mio alfa. Il mio protettore. Il mio compagno. E che non avrebbe *mai* fatto di proposito qualcosa per danneggiarmi.

Sollevai la mano verso la sua guancia, rapita dalla sua dimostrazione di forza e di valore.

E annuii.

Perché aveva ragione.

«Sono tua» sussurrai. «E tu sei mio».

Lui sorrise. «Lo sono eccome» confermò, le labbra a un respiro dalle mie. «Qualunque cosa accada stanotte, continuerò a essere tuo. Per sempre, Kari».

Gli credevo. E glielo dissi con gli occhi e con la bocca mentre lo baciavo.

«Se non funzionerà...» riprese dopo alcuni minuti di un sensuale silenzio. «Non mi arrenderò. Troverò un modo, Kari. Te lo giuro. Sei la mia piccola meraviglia, e farò qualsiasi cosa per guarirti. Non per me, ma per noi. E soprattutto per te». Si appropriò di nuovo della mia bocca, la sua lingua tessé una benedizione nella mia anima. «Per te muoverei mari e monti, Kari» sussurrò. «E lo farò. Vedrai».

Mi sciolsi sotto di lui, credendo a ogni parola.

Sven era la mia speranza. Il mio amore. *Il mio alfa.*

CAPITOLO 32

SVEN

Quel corridoio immacolato stava diventando la mia seconda casa.

Lo avevo percorso avanti e indietro dopo che l'operazione di Kari era fallita, e di nuovo quando avevo chiamato Kaz per andare nel settore Bariloche.

E ora ero ancora lì, a camminare nervosamente, in attesa di sapere come fosse andato il nuovo intervento.

Mi massaggiai la nuca e sospirai, ripensando all'ultima frase che mi aveva rivolto Kieran. *Funzionerà. Ma ho bisogno di concentrarmi, e non posso riuscirci con la tua energia possessiva che aleggia nella stanza. Vattene e lasciami fare il mio lavoro.*

Avrei voluto prendere a pugni quello stronzo arrogante. Ma non potevo. Non dopo che aveva detto che l'operazione avrebbe funzionato.

Sì, funzionerà, concordai. *Funzionerà, cazzo.*

Me lo sentivo nelle ossa, me lo sentivo fin nel profondo dell'anima. Il mio lupo era compiaciuto e determinato; ringhiava di approvazione all'idea che la nostra compagna venisse liberata anche dall'ultimo vincolo che l'aveva ridotta in schiavitù.

«Vuoi camminare avanti e indietro tutta la notte, o preferisci fare qualcosa di utile?». La voce di mio fratello riecheggiò nel corridoio mentre svoltava l'angolo, seguito a ruota da Elias ed Enrique.

«Abbiamo un altro piano da esaminare, se ti va di unirti a noi» aggiunse Elias. «Ho pensato che fosse il caso di progettare anche un terzo piano di riserva, visto che non partiamo subito. Dopotutto, non si è mai troppo preparati. O almeno così si dice».

Avevamo già un'idea piuttosto precisa di come avremmo agito, ma non mi dispiaceva concentrarmi su qualcos'altro che non fosse l'operazione di Kari. «Possiamo farlo qui?». Perché non avevo nessuna intenzione di abbandonare la mia compagna. Il solo fatto di essere fuori dalla stanza era già abbastanza doloroso.

«Certo». Con un rapido movimento del polso, Elias fece comparire degli schemi che proiettò sul muro bianco.

Sorrisi, perché era palese che si aspettassero che fossi d'accordo. Altrimenti non sarebbero stati pronti a esaminare i piani in corridoio.

Grazie, dissi con lo sguardo a mio fratello; apprezzavo il suo supporto più di quanto fossi in grado di esprimere a parole. Sapevo che era stata una sua idea.

Mi rispose con un cenno del capo che significava: *A cosa serve la famiglia, altrimenti?*

Elias si addentrò subito in una riflessione sulle tattiche migliori per eliminare gli alfa del settore Bariloche, ripercorrendo il piano che avevamo formulato.

La prima parte prevedeva l'uso di una sorta di antidoto per le droghe; l'aveva suggerito Enrique, per risvegliare gli alfa che avrebbero voluto mettersi contro Carlos.

La seconda parte, invece, riguardava l'assalto vero e proprio. Grazie all'aiuto di Enrique, avevamo a disposizione le planimetrie del settore, una lista di tutte le armi a disposizione degli alfa e le identità dei sostenitori di Carlos. Ci aveva anche detto dove venivano tenute le omega e la posizione delle fosse riservate alla tortura, quelle piene di Infetti, di cui mi aveva parlato Kari. E, cosa ancora più importante, ci aveva mostrato sulla mappa un'area nota soltanto a Carlos.

Era quello il fulcro della discussione della serata: avendo più tempo a nostra disposizione, dal momento che saremmo partiti dopo l'operazione, mio fratello aveva mandato un drone a riprendere la zona. «Non abbiamo ancora le immagini, ma arriveranno presto» disse Ander, facendo comparire il feed del suo giocattolo. «Dovrebbe raggiungere lo spazio aereo del settore Bariloche tra cinque minuti».

«Ah, ecco lo scopo di tutto questo».

«Già, dovevamo aspettare circa trenta minuti, quindi abbiamo pensato che non ci avrebbe fatto male ripassare il piano» disse Elias con un'alzata di spalle. «Ti ha distratto, no?».

Sbuffai. «Un po'». Ma non del tutto. Il mio udito era sintonizzato sulla stanza a qualche passo di distanza, in attesa di cogliere un segnale che c'era qualcosa che non andava. Per fortuna, era tutto tranquillo.

Enrique si era appoggiato alla parete, ma percepivo un accenno di nervosismo anche da parte sua. «Pensi che tuo fratello possa essere là».

«È uno degli unici posti che non sono mai riuscito a controllare» rispose. «Quindi sì».

Annuii. Lo capivo. Aveva raccontato ad Ander ed Elias del suo gemello e di come sospettasse che fosse vivo. Gli avevano chiesto cosa ci guadagnasse ad aiutarci, e lui aveva detto la verità.

Avevo l'impressione che lui ed Elias fossero diventati subito amici. Condividevano entrambi una passione per il combattimento e per le armi. Dal momento che Elias era il vice di Ander, aveva accesso a tutti i giocattoli migliori, ed Enrique era stato entusiasta di provarli.

Un trillo emesso dal polso di Ander ci avvertì dell'avvicinamento del drone.

Lo osservammo volare nel cielo azzurro, dal momento che in quella parte del mondo non era ancora sera. Ma anche lì era tutto coperto di neve. Non ero mai stato in Patagonia, avevo visto soltanto delle foto. Alberi, ghiaccio, neve, montagne e laghi di un blu stupefacente.

Il drone ne stava sorvolando uno proprio in quel momento, a poca distanza dalla superficie.

«Hai mandato uno stealth?» domandai, riconoscendo la tecnologia di mimetizzazione. Avrebbe reso il dispositivo di un blu brillante per confondersi con l'acqua sottostante.

«Sì» confermò mio fratello senza togliere gli occhi dallo schermo. «Enrique ha programmato le coordinate questa mattina, dopo la chiamata di Kieran».

Continuammo a guardare. Il drone fece un giro di perlustrazione del territorio per verificare la correttezza delle informazioni fornite da Enrique. Poi si addentrò lentamente nel cuore del settore Bariloche, e ci ritrovammo tutti a esaminare le immagini a denti stretti.

Era ancora peggio di quanto pensassi.

Schiavi di qualsiasi tipo.

Sangue.

Crudeltà.

Fosse usate per la tortura che non sfruttavano soltanto gli Infetti, ma anche altri mezzi.

Omega scopate a morte in pieno giorno, come se fosse perfettamente normale.

Beta in catene.

Alfa drogati.

Tutto quello che avevano detto Enrique e Kari era vero. Non che dubitassi della loro parola, ma speravo che stessero esagerando. E invece no. Era ancora peggio di come lo avevano descritto.

Ma quando il drone superò un muro, intrufolandosi nel santuario di Carlos, l'atmosfera di violenza e di morte lasciò spazio a un'oasi di pace. C'erano alcuni beta che erano palesemente degli schiavi, come dimostrato dai collari che indossavano, ma l'opulenza del palazzo suggeriva ricchezza ed eleganza.

C'erano giardini, candide mura, stanze immacolate e arredi dorati.

«Non sembra una prigione» borbottò Elias.

«No» concordò Enrique in tono frustrato.

«Mandalo sottoterra» suggerì una nuova voce, facendoci voltare tutti di soprassalto per la presenza inattesa.

Kieran era appoggiato con aria disinvolta alla parete, a braccia conserte, e stava studiando il filmato. Ci guardò con un'espressione innocente, come se non fosse appena apparso dal nulla.

«Cosa?» chiese, non sembrando per nulla dispiaciuto dell'intrusione. «Se avessi degli ostaggi, li terrei nei sotterranei, non in casa mia». Il suo sguardo si posò alternativamente su ciascuno di noi. «Voglio dire, è questo che stiamo cercando, giusto? Ostaggi?».

«*Noi* non stavamo facendo proprio un bel niente» rispose Ander.

Kieran si limitò a sorridere. «Ah, beh, prima di ribattere alla tua affermazione, ho una domanda per Sven». La

LEXI C. FOSS

sua attenzione si concentrò su di me. «Kari ha detto qualcosa su un lupo V-Clan? Magari con dei poteri di
guarigione?».

«Cosa ci fai qui?» gli chiesi di rimando. «Non dovresti
essere là dentro?». Indicai con un cenno del capo la stanza
dove stavano operando Kari.

«Oh, giusto. No, abbiamo finito».

«Finito?» ripetei.

«Sì, è quello che ho detto» mormorò. «Ed è stato un
successo, nel caso te lo stessi chiedendo».

«Certo che me lo sto chiedendo, cazzo» sbottai facendo
un passo avanti.

Premette il palmo sul mio petto, bloccandomi con la sua
magia. «Sta ancora dormendo, ma dovrebbe svegliarsi nel
giro di un'ora. Quindi dovrai essere pronto, perché sento
che il suo estro sta già prendendo il sopravvento».

«Allora lascia che la veda» dissi a denti stretti, estrema-
mente irritato dal suo incantesimo.

«Ho appena sacrificato una notevole quantità di potere
per la tua omega, per assicurarmi che sopravvivesse all'intervento senza cicatrici né effetti collaterali a lungo
termine. Mi sembra anche il caso di notare che, senza di me,
sarebbe morta» continuò in tono calmo, ma nei suoi occhi
color della notte lampeggiò un avvertimento. «Quindi
fammi il favore di dirmi se la tua omega ha parlato di un
guaritore».

Il mio lupo voleva spingerlo via e farla finita con lui.

Ma la mia parte umana aveva ascoltato le parole di
Kieran. Non avrei mai potuto ignorare la sua richiesta dopo
quello che aveva fatto per Kari. Glielo dovevo. E se tutto
quello che voleva era una risposta, gliela avrei data.

«Ha detto che una delle omega prigioniere di Carlos è in
grado di guarire le persone. Ha anche detto che lui è un

302

collezionista e che non tutte le sue omega sono lupe X-Clan».

«Interessante» mormorò in tono pensoso, lanciando un'occhiata in direzione di Ander. «Dovrò rimanere qui ancora per qualche giorno, finché l'omega Kari non tornerà in sé e sarà in grado di dirmi di più su questa guaritrice. È possibile?».

«Solo se smetterai di usare i tuoi incantesimi su di noi» rispose mio fratello con un sottile ringhio di avvertimento.

Kieran sorrise. «Ma certo».

La sua magia mi liberò all'istante e quasi inciampai. Il palmo ancora posato sul mio petto mi impedì di cadergli addosso. «Sarà inconsolabile nel suo bisogno. Buona fortuna». E con quello, si voltò verso Ander. Il filmato del drone sparì. «Ti suggerisco di usare gli infrarossi per il prossimo volo di ricognizione».

Mio fratello sorrise e riaprì lo schermo, facendo esattamente quello.

Li lasciai a discutere dei loro giocattoli, del settore di Bariloche e di dove avrebbe dormito Kieran.

Avevo un'omega di cui prendermi cura.

E speravo davvero che Riley condividesse qualcosa in più sullo stato di Kari. Perché avevo il sentore che non avrei ricevuto altri dettagli da Kieran.

«Quindi hai rimosso tutti i ferri?» domandai, riassumendo quello che mi aveva appena detto Riley.

Lei annuì. «Sì. Sono riuscita a togliere tutto, mentre Kieran guariva rapidamente i suoi organi. È stata una procedura lenta e ha richiesto molta attenzione, ma siamo riusciti a estrarre tutto quello che impediva al suo apparato riproduttivo di guarire da solo. Poi si è occupato delle cicatrici e l'ha ricucita con la magia».

Sbattei le palpebre, confuso. «L'ha ricucita con la magia?».

Alzò la camicia di Kari mostrandomi la sua pelle liscia. «Non ha messo dei veri e propri punti di sutura. Ha... ha riparato le cellule epiteliali con la mente». Deglutì, e il suo sguardo guizzò verso Jonas.

Lui rimase immobile in un angolo della stanza, con le braccia incrociate sul petto e un'espressione priva di emozioni. Era così da quando avevano iniziato a operare Kari, e non si era mosso nemmeno di un millimetro dalla sua posizione accanto alla porta.

«Quindi pensi che si riprenderà completamente?» insistetti, riportando l'attenzione su Riley.

«Sì. Kieran ha detto che riusciva già a percepire l'arrivo del calore» rispose. «Ha anche detto che sarà particolarmente violento, visto che non l'ha sperimentato per anni. Ha precisato che le probabilità che resti incinta sono poche, considerando quanto siano acerbi i suoi organi in questo momento».

«Ma il mio nodo non le farà del male?». Avevo bisogno di saperlo con certezza, prima di mettermi a sua disposizione per aiutarla a gestire l'estro.

Riley scosse la testa. «Le faceva... le faceva male a causa dei ferri». Le parole le uscirono in un sussurro, i suoi occhi si riempirono di lacrime. «I ferri sono stati messi in modo che un nodo le causasse una terribile agonia. È impossibile che fosse casuale, dato il loro posizionamento». L'omega deglutì a fatica. «Suo... suo padre *voleva* che soffrisse».

Serrai la mascella. Mi sarei assicurato che la mia compagna fosse completamente guarita, e poi mi sarei occupato di lui.

Con un rigido cenno del capo, riuscii a dire: «Grazie, Riley».

«Prego» sussurrò. «Mi... mi dispiace di averla messa in pericolo».

Incontrai lo sguardo duro di Jonas, poi mi voltai verso Riley e annuii ancora una volta. Non l'avrei perdonata. Non era mio diritto. Il suo alfa aveva bisogno di punirla come più desiderava, e qualsiasi cosa dicessi avrebbe minato la sua autorità.

Lei si morse il labbro e fece un passo indietro. «È sicuro spostarla di sopra, ma se fossi in te, cercherei di fare in fretta. Quando andrà in calore, lo saprà tutto l'edificio».

Accarezzai ogni centimetro del corpo di Kari, controllando che non ci fossero ferite o gonfiori, ma era tutto liscio e stupendo. Così la sollevai e me la strinsi al petto, emettendo il brusio riservato soltanto a lei.

Jonas vide che mi stavo avvicinando e aprì la porta senza dire una parola.

Non appena ebbi varcato la soglia, la chiuse a chiave.

«Qui?» sentii che Riley chiedeva a bassa voce.

Non rimasi per scoprire cosa avesse in mente Jonas. Mi diressi invece verso l'ascensore e mi accorsi che il corridoio era deserto.

Probabilmente Ander aveva finito di mostrare a Kieran tutti i suoi aggeggi e lo aveva condotto nel suo alloggio.

Più tardi avrei dovuto chiedere all'afa V-Clan come faceva a sapere dell'omega guaritrice. Era un particolare che mi era passato per la mente quando ero andato a vedere come stesse Kari. Si stava riprendendo, proprio come aveva detto lui.

Ma rimase incosciente tra le mie braccia mentre la riportavo nella nostra suite, il suo corpo minuto era il peso perfetto da trasportare.

Quando arrivammo, la portai in bagno per lavarla al meglio delle mie capacità. Poi la adagiai sul letto e mi misi a cercare tutto il materiale di cui avremmo avuto bisogno.

Dopo l'avvertimento di Kieran, avevo ordinato un po' di cose, e avevano già consegnato tutto.

Acqua.

Lenzuola.

Cibo.

Lo stretto necessario per un'omega in calore.

Non ne avevo mai vista una in quelle condizioni, prima di allora, ma ne comprendevo le dinamiche e sapevo cosa sarebbe stato richiesto a me e al mio corpo. Ed ero più che pronto a soddisfare le sue esigenze.

Mi spogliai, mettendo i vestiti vicino alle lenzuola nel caso li volesse per il suo nido, e mi stesi a letto accanto a lei. In attesa.

CAPITOLO 33

KARI

C aldo. Sicuro. Alfa.
Gemetti, crogiolandomi nella perfezione del momento, che sentivo pulsare selvaggiamente nelle vene. Ogni respiro mi pervadeva con l'odore mascolino di Sven, un profumo legnoso e afrodisiaco che mi incendiava l'anima.

Volevo di più.

Il suo brusio risuonò dietro di me. Un basso ringhio che ero abituata a temere, quando proveniva da altri alfa. Ma con Sven non era così. Accettai con gioia il suo dominio e la sua protezione, rotolando verso di lui, bisognosa del suo profumo.

«Kari» mormorò accarezzandomi i capelli, mentre io strusciavo il viso sul suo petto.

È tutto nudo, mi meravigliai. La mia coscia scivolò tra le sue gambe muscolose. *Meravigliosamente nudo.*

Mi stava regalando delle sensazioni così belle, così perfette. Volevo essere parte di lui, incollare insieme i nostri corpi, diventare una cosa sola.

Un desiderio innato, che mi causò un'intensa stretta al ventre, una stretta colma di *bisogno*.

Che mi fece irrigidire.

Il mio ventre... Mi premetti la mano sotto l'ombelico. *Mi sento... mi sento libera.*

Eppure, c'era anche una sorta di dolore che mi stava crescendo dentro e che esigeva di essere alleviato.

Tentai di capire cosa stesse succedendo. Mi girava la testa. La realtà era annebbiata, immersa in una coltre di istinto. La mia lupa lottò per prendere il controllo, imponendomi di lasciarle il passo. Ma la costrinsi a ritrarsi; avevo bisogno di comprendere il motivo di quelle sensazioni.

«Sven» ansimai. Avevo le palpebre pesanti, riuscivo a stento a sollevarle. «Dove siamo?». Mi sentivo pulita. Riposata. *Eccitata.*

Non capivo.

Mi sforzai ancora una volta di ricordare cosa fosse accaduto.

«Nella nostra suite degli ospiti nel settore Andorra» rispose. «Ti stai riprendendo dopo l'operazione. E stai andando in calore».

Aggrottai la fronte. «È impossibile». Erano anni e anni che non andavo in calore.

Solo che... L'ombra di un ricordo si aggirava appena al di fuori della mia portata, una sorta di avvertimento. Un uomo aveva detto che sarei andata in calore dopo l'operazione.

Sbattei le palpebre e il mondo cominciò a vorticare, mentre il mio ventre veniva attraversato da un'altra fitta. Ma non era il tipo di dolore che provavo di solito. Era nuovo. Torrido e intenso. E mi fece colare un fiotto di eccitazione lungo le gambe.

Gemetti e mi inarcai verso il mio alfa, sentendo il suo sesso pulsare sulla mia pancia.

Mmm, sì, lo voglio dentro di me. Voglio il suo nodo... ma... un attimo... Sbattei di nuovo le palpebre, confusa. Perché lo desideravo? I nodi facevano male.

Stai andando in calore, aveva commentato Sven.

«Com'è possibile?» chiesi, ignorando qualsiasi altra cosa avesse appena detto. Il tempo e lo spazio si muovevano attorno a me in un modo molto strano, il mio istinto era tutto rivolto al mio corpo. Ma mi sforzai di ascoltare la sua risposta, per capire in che stato fossi.

«L'intervento è riuscito, Kari» disse, affondando le dita tra i miei capelli e dandomi un piccolo strattone che mi riportò alla realtà. «Riley è riuscita a rimuovere tutti i ferri. E Kieran ti ha guarita».

Kieran, ripetei, ripensando all'attraente alfa V-Clan. Era stato lui ad avvertire Sven che sarei andata in calore. Gli aveva detto che doveva prendersi cura di me. O l'aveva detto a me?

Ricordai una promessa sussurrata all'orecchio, che mi rassicurava che Sven sarebbe arrivato presto per soddisfare i miei bisogni. *Sei in ottime mani, piccola. Fa' affidamento sul tuo alfa, ti aiuterà ad affrontare la situazione.*

Perché l'aveva detto?

No, *quando* l'aveva detto?

Percepivo i residui della sua energia dentro di me. Mi stavano dando nuova vita. Non avevo mai provato nulla del genere. Nemmeno l'omega Quinn era mai riuscita a farmi sentire così bene dopo essere stata scopata a sangue, quando ancora vivevo nel settore Bariloche.

«Kari». Sven pronunciò il mio nome con un accenno di autorità. «Come ti senti?».

«Viva» risposi con aria sognante. «Al caldo. Al sicuro.

Pronta». L'ultima parola mi fece riflettere per qualche istante. Ero davvero pronta?

In passato, il sesso mi aveva sempre fatto male. Ma in quel momento mi sembrava tutto così diverso. Non ero smaniosa di ricevere il suo nodo perché ero stata tormentata con droghe o dispositivi. Volevo Sven dentro di me per completarmi. Per farmi sentire intera. Per... per essere *reclamata*

Ero già sua, ma volevo il suo marchio dentro di me. Il solo pensiero mi fece inarcare di nuovo verso di lui con un lamento, mentre nelle mie vene divampava un incendio che solo il mio alfa poteva placare.

«*Sven...*». Deglutii. Il mio desiderio aumentava a ogni respiro. «Prendimi. Ti prego. Finché posso ancora ricordarlo. Finché sono ancora *io*». Era una richiesta disperata, una richiesta che non avevo intenzione di esprimere, ma di cui avevo bisogno più di ogni altra cosa al mondo.

L'estro mi avrebbe condotta su un altro piano dell'esistenza, caratterizzato dall'istinto animale e dal bisogno di procreare. Avrei perso completamente il controllo, non sarei stata in grado di assaporare sul serio il nostro legame.

E io volevo disperatamente sperimentare la sensazione di averlo dentro di me per la prima volta.

«Ti prego, Sven. Ho bisogno di sentirti. Adesso. Così potrò ricordarlo. Così potrò sceglierlo. Così potrò *crederci* davvero». Avvolsi la mano attorno alla sua nuca. «Sii la mia speranza. Mostrami com'è vivere in un sogno. Sii mio, come sei sempre stato destinato a essere».

Sussurrò il mio nome sulle mie labbra, con una devozione che mi accarezzò l'anima. L'attimo dopo la sua bocca stava reclamando la mia, e il suo bacio fu una benedizione ricolma di intenzioni roventi. Gli diedi tutta me stessa, sottomettendomi e dicendogli con la lingua che ero sua.

Mi strattonò delicatamente i capelli e mi fece stendere sulla schiena, per poi mettersi sopra di me. Il peso del suo corpo muscoloso quasi mi schiacciò sul materasso, ma era una sensazione incredibilmente piacevole. Il suo atteggiamento dominante era esattamente ciò di cui avevo bisogno e che desideravo.

Un altro fiotto di eccitazione si raccolse tra le mie cosce, esortando il mio compagno, *il mio Sven*, a prendere ciò che era già suo. Era un'eccitazione ai limiti del dolore, perché il mio corpo esigeva che l'alfa agisse e scivolasse dentro di me. Ma lui preferì trascinare la sua erezione sul mio sesso, provocandomi e tormentandomi e strappandomi un mugolio implorante. «*Sven...*».

Ero molto vicina a perdere la testa. Molto vicina a precipitare in uno stato che non mi sarei mai aspettata di provare di nuovo. E mentre bramavo di sperimentare il piacere, di accettare la mia vera natura, avevo sempre più bisogno di lui.

Mi mordicchiò il labbro inferiore, come a prolungare il momento. Un momento che non avevamo.

Gli afferrai le spalle e trascinai le unghie lungo la sua schiena, chiedendo al mio alfa di fare ciò di cui avevo bisogno, di portarmi a nuove vette di piacere, di scopar...

«Oh!» gridai quando entrò dentro di me senza preavviso. Il suo sesso pulsava dentro di me, riempiendomi completamente con un'unica spinta.

Le lacrime offuscarono la mia visuale, ma non erano lacrime di dolore. No. Erano lacrime di gioia.

Perché finalmente il mio alfa si era unito a me come avrebbe dovuto.

Le mie viscere soffrirono per l'improvvisa penetrazione, lamentandosi e rallegrandosi al tempo stesso per le sue dimensioni.

E poi Sven iniziò a muoversi.

Lentamente, senza fretta, facendomi sentire ogni centimetro della sua lunghezza. Scivolò attraverso la mia eccitazione per penetrarmi fino in fondo e poi uscire di nuovo, quasi del tutto.

Era una splendida tortura, che mi spinse a inarcarmi sul materasso, implorandolo di continuare, di darmene *di più*. Urlai il suo nome come una preghiera e una maledizione, finché la sua bocca non inghiottì ogni suono e la sua lingua mi sfidò per il dominio.

Ogni sferzata mi ricordava chi comandava.

Ogni movimento dei fianchi mi diceva a chi appartenevo.

Ogni spinta mi assicurava che nessuno sarebbe mai entrato dentro di me, tranne Sven.

«Mia» ringhiò sulle mie labbra. Il suo impeto possessivo mi incendiò dalla testa ai piedi. Si stava abbandonando alla passione, e il suo bisogno di reclamarmi era evidente nella foga con cui mi prendeva.

Mi faceva male nel miglior modo possibile, cancellando la presenza e il ricordo di tutti quelli che erano venuti prima, costringendomi a pensare soltanto a lui, il mio compagno, il mio Sven.

Ansimai. L'inferno dentro di me stava raggiungendo l'apice, la follia minacciava di appropriarsi dei miei pensieri. Ma mi aggrappai con tutte le mie forze alla mia sanità mentale. Volevo ancora qualche minuto. Avevo *bisogno* di qualche minuto.

Lasciami sentire. Ti prego, lasciami sentire!

«Dammi il tuo nodo» lo implorai. «Oh, Sven, ti prego... ho *bisogno*...» mugolai con una vocetta acuta e ansimante che non riconobbi. Non avevo mai provato nulla del genere. L'intensità del nostro amplesso mi stava marchiando a fuoco l'anima, radicandomi per sempre in quel momento insieme a lui.

Mi baciò ancora una volta, sussurrandomi con la lingua promesse di eternità, marchiando il mio corpo a ogni spinta straziante e perfetta.

In quel momento, avrebbe potuto distruggermi e non mi sarebbe importato.

Avrebbe potuto scoparmi a morte e mi sarei limitata a sospirare il suo nome.

Mi possedeva così completamente che il mio cuore era nelle sue mani, e il mio corpo non mi apparteneva più.

«Sono tua» mormorai sulla sua bocca. «Sarò tua per sempre».

Le mie parole sembrarono spronarlo. I suoi muscoli si tesero attorno a me creando una coltre di calore e ferocia. Avvolsi le cosce attorno ai suoi fianchi, prendendolo sempre più in profondità ed evocando dalle sue labbra un suono delizioso e oscuro.

«Oh, Kari» mormorò aprendo gli occhi. «Che sensazione stupenda. Sei così stretta. Così perfetta. Così *mia*».

«Tua» ripetei, inarcandomi verso di lui e supplicandolo di accelerare.

Ma lui rallentò. I suoi occhi azzurri catturarono e trattennero i miei mentre mi costringeva a sentire ogni centimetro della sua lunghezza.

Lo strinsi forte con i miei muscoli interni, il mio ventre si contorse con un desiderio feroce che si propagò lungo le mie membra. «Ti prego» lo implorai. Di fare cosa, non ne avevo idea. Ma la sua espressione mi rivelò che lo sapeva già.

Mi catturò i polsi e mi sollevò le braccia, bloccandomele sopra la testa. Intrecciò le dita con le mie e mi guardò negli occhi, impostando il ritmo dei nostri movimenti.

L'agonia mi attraversò il corpo, le mie viscere volevano che fosse più violento e più veloce, ma lui mi torturò con dei movimenti lenti e mirati. Poi, con altrettanta calma, mi baciò di nuovo.

C'era qualcosa di così bello e tenero, in quel momento, che seppi con certezza che lo avrei ricordato per sempre.

Il mio alfa stava facendo l'amore con me. Non mi stava scopando, non mi stava prendendo. Mi stava dimostrando con la sua forza e il suo autocontrollo quanto fosse in grado di dominarmi.

E quella consapevolezza fece sì che il mio cuore si spalancasse, sbocciando con una potenza che mi rubò tutta l'aria dai polmoni.

«Sven» esalai, con le cosce che tremavano attorno ai suoi fianchi.

Lui mi leccò il labbro inferiore, per poi tracciare un sentiero di baci fino al mio orecchio. «Ti amo, Kari» sussurrò. «E ora ti mostrerò quanto».

Non mi diede la possibilità di rispondere. La sua bocca si abbassò sul mio seno, mentre mi penetrava con una spinta che mi fece vedere le stelle.

Il suo nodo, capii, traboccante di meraviglia. Lo sentii risalire dalla base ed esplodere dentro di me, e nello stesso momento i suoi denti affondarono nella mia carne.

Il suo potere mi consumò. Il suo marchio di rivendicazione fu una sensazione attesa eppure stupefacente, che mi lasciò senza parole.

E poi gridai, in preda a una sofferenza meravigliosa, travolta da un dolore completamente diverso da quello a cui ero abituata. Emerse dal profondo, inondando le mie membra di piacere e di calore, lasciandosi dietro una scia infuocata.

Oh...

Precipitai in un'estasi che inghiottì la mia stessa anima, riducendomi a una massa tremante stesa su un letto coperto di piacere, seme e sangue.

Mi sentivo completa.

Viva.

Posseduta.

Mi ha reclamata, pensai, sentendo la sua lingua che lambiva la ferita sopra il capezzolo. *Mi ha davvero reclamata.*

E il suo nodo continuava a pulsare. Il suo sesso fremeva selvaggiamente nel mio calore, riempiendomi con la sua essenza in torride ondate di piacere.

Non riuscivo a smettere di venire. Era come se tutti gli orgasmi mai provati in vita fossero racchiusi in quello, e il mio corpo non sapeva come fermare quella sensazione incredibile.

Gemetti.

Piansi.

Implorai.

Era una strana combinazione, frutto del desiderio, dell'amore e dell'agonia.

Sven mi confortò, risalendo con le labbra lungo il mio collo e verso il mio orecchio, dove sussurrò lodi e parole adoranti. Mi disse che ero bellissima. Perfetta. Mi ringraziò di essere sua e di aver creduto in lui. Ribadì la sua gratitudine per avergli permesso di darmi il suo nodo. E mi promise una lunga serie di atti perversi e peccaminosi da sperimentare in futuro.

Gemetti di nuovo, inarcandomi verso di lui, bramosa di sperimentare ogni voce della lista.

Ma lui avvicinò le dita alla mia bocca, lasciando che assaggiassi il frutto dell'unione dei nostri corpi.

Rabbrividii, e il sapore mi provocò un altro orgasmo attorno alla sua erezione. Il suo nodo si era ritratto, ma il suo sesso era di nuovo duro, pronto per un altro round. E lo esortai a scoparmi con più violenza, stringendo le gambe attorno ai suoi fianchi in una morsa ed esigendo che mi desse tutto il suo potere e la sua forza.

Non mi deluse, spingendosi dentro di me con un abbandono che appagò il mio spirito.

E venimmo di nuovo, contorcendoci, con le nostre bestie che avevano preso il sopravvento.

La mia mente esultava, il mio cuore batteva forte e il mio corpo si scioglieva per l'alfa.

Baciò ancora una volta il marchio che mi aveva lasciato, liberandomi le mani in modo che potessi esplorare la sua figura muscolosa. *È tutto mio*, pensai, baciandolo e leccandolo e mordendolo. In qualche modo mi ritrovai sopra di lui, con il suo sesso in profondità, a cavalcarlo come desideravo, prendendo tutto quello di cui avevo bisogno e ordinandogli di scoparmi per giorni e giorni di fila.

Sven soddisfò le mie richieste, dandomi esattamente ciò di cui avevo bisogno e facendomi vedere le stelle.

E continuando ad aggiungere voci alla sua lista.

Prese la mia bocca, annegandomi con il suo seme.

Mi prese da dietro, sfruttando la mia eccitazione come lubrificante per reclamare anche quella parte di me.

Mi lavò, ripulendomi dai nostri fluidi, e mi prese di nuovo attaccata alla parete della doccia. Poi mi portò a letto con il suo nodo che continuava a pulsare dentro di me.

Non dormimmo, le nostre bestie erano troppo affamate l'una dell'altra per perdere tempo con necessità così frivole.

Fui sotto di lui, sopra, accanto, sul letto, su diversi mobili, addosso alla finestra... e in così tanti altri posti che si fusero insieme nella mia mente, ricoprendomi con una serenità che baciò il mio spirito.

Mi sembrava un sogno.

Ma sapevo che era reale.

Alla fine sarei stata sicuramente dolorante, dal momento che il corpo di Sven era molto più grosso e forte del mio, ma ne sarebbe valsa la pena.

Perché finalmente ero completa.

Posseduta.

Reclamata.

E *amata*.

CAPITOLO 34
SVEN

Erano passati già dodici giorni e l'estro di Kari non dava alcun segno di avvicinarsi al termine.

La mia compagna era una cosina insaziabile, che pretendeva che la scopassi notte e giorno. Era un miracolo che ogni tanto riuscissi a farla dormire.

Ora era stesa sotto di me e stavo cercando di calmarla con le mie fusa. Aveva le pupille dilatate per il piacere e il desiderio. Voleva che la prendessi con più forza, ma la costrinsi a sopportare i miei movimenti languidi. Mi graffiò la schiena in segno di protesta, inarcandosi verso di me.

«Non puoi dominarmi dal basso, piccola meraviglia» dissi, divertito dal suo atteggiamento.

Lei ringhiò.

Le risposi a tono, con un ringhio basso e profondo, strappandole un gemito. Aveva la voce roca per tutte le urla, e il corpo a pezzi per le scopate praticamente ininterrotte. Ma era molto resistente, la sua genetica da mutaforma la stava guarendo con grazia, suscitando l'ammirazione della mia bestia.

Presto avrebbe ritrovato la voce, e sapevo esattamente cosa mi avrebbe chiesto.

Più forte. Più veloce. Di più, alfa, di più.

Le coprii il collo di baci, scendendo verso il segno del morso che le avevo lasciato sul seno. Era guarito completamente, a parte la leggera cicatrice che la marchiava come mia. Mi aveva chiesto di reclamarla più e più volte, la sua lupa amava la sensazione dei miei denti conficcati nella pelle.

E mi aveva marchiato a sua volta, punteggiando il mio torso con dei segni che ricordavano delle piccole mezzelune. Quelli erano guariti completamente, senza lasciare nessuna cicatrice. Un fatto che sembrava turbarla profondamente. Infatti continuava a mordermi, e ogni volta la sua lupa ringhiava: «*Il mio alfa*».

Adoravo la sua possessività e il suo desiderio insaziabile. Ma stavo cominciando a preoccuparmi per il calore prolungato.

Due notti prima avevo scritto a Riley, e lei mi aveva messo in contatto con Kieran. L'alfa V-Clan era tornato nel settore Blood, dicendo di chiamarlo quando fossimo riemersi dal nido. Quindi rispose al primo squillo, convinto che Kari fosse pronta a parlargli. Ma si era reso conto in fretta che non era così, e quando gli dissi che era ancora in calore sorrise.

«È meglio che tu stia al passo, Sven» aveva commentato, riattaccando prima che potessi esprimere la mia inquietudine.

In mattinata gli avevo mandato un altro messaggio, dicendogli che non era ancora uscita dall'estro e chiedendogli se fosse il caso di iniziare a preoccuparmi.

Messaggio a cui aveva risposto con: *È un bene che tu non*

sia un lupo V-Clan. Le nostre compagne vanno in calore per settimane.

Mi domandai se quell'estro prolungato non fosse stato causato dalle energie guaritrici di Kieran. Ma poi Kari mi aveva chiesto di tornare a letto, ed era lì che ero rimasto, dentro di lei, fino a quel momento.

Il suo umido calore si serrò attorno a me, implorandomi di darle ancora il mio nodo.

Ma mi trattenni, scivolando dentro e fuori da lei in una lenta carezza che la fece mugolare di piacere.

«Adoro quel suono» mormorai. «È così sexy». Trascinai i denti lungo il suo labbro inferiore, mordicchiandolo delicatamente. «Mmm». Entrai ancora una volta dentro di lei, fino in fondo, strappandole un altro lamento. Sorrisi. Mi piaceva vederla così, fiduciosa ed eccitata.

Mi aveva permesso di prenderla in ogni modo possibile, dicendomi quali fossero le sue posizione preferite e, in certi casi, chiedendomi di ripetere di nuovo la mia performance. E io ero stato ben felice di accontentarla.

«Sei una piccola macchina del sesso» mormorai divertito, mentre mi stringeva con le cosce. «Sei insaziabile. Lo adoro».

«Scopami» rantolò.

«Lo sto facendo».

«*Più forte*».

«Mmm...». Mi spinsi dentro di lei con violenza, suscitando un altro di quei gemiti deliziosi. «Così?».

«Sssì...» sibilò, conficcandomi le unghie nel collo.

La baciai, dimostrandole il mio amore con la lingua e prendendola di nuovo con la ferocia che desiderava. Lei ansimò sotto di me, con i capezzoli duri che sfregavano sul mio petto, mentre la conducevo oltre il limite in un orgasmo che la fece gridare senza alcun suono.

Il mio nodo pulsava. Essere dentro di lei era una sensazione talmente piacevole che non riuscii a trattenermi dal gemere anch'io, svuotandomi tra le sue cosce, inondandola con il mio seme e rivendicandola nel più tradizionale dei modi.

Lei mugolò con un filo di voce, soddisfatta della mia offerta, e strusciò il viso sulla mia guancia.

Le sue labbra si aprirono in uno sbadiglio e i suoi occhi si chiusero, nonostante il suo corpo stesse ancora fremendo. Ridacchiai, felice di vederla così appagata.

«Sei perfetta» le sussurrai all'orecchio. «Sei così bella e incredibile, Kari. Sono fortunato ad averti, a saperti mia. Grazie, piccola meraviglia. Grazie di avermi trovato».

Lei sbadigliò di nuovo, ma le sue labbra si incurvarono in un sorriso. I miei commenti le piacevano, o forse era solo contenta di sentire la mia voce. Non potevo saperlo, dato che non stava realmente parlando. Ma continuai a esprimere la mia gratitudine e a farle tutti i complimenti che mi passavano per la testa, finché non si addormentò di nuovo sotto di me.

Mi dolevano i muscoli per lo sforzo di averla presa a ripetizione per quasi due settimane. E ripensai ancora una volta al commento di Kieran. *È un bene che tu non sia un lupo V-Clan.*

Sbuffai.

Avrei potuto continuare per mesi. Volevo solo assicurarmi che fosse tutto normale, che fosse tutto *a posto*. Perché Kari non aveva quasi toccato cibo. Era stato difficile anche solo darle un po' d'acqua. Avevo scoperto che il trucco era portarla nella doccia e scoparla sotto il getto; apriva la bocca e deglutiva come se si trattasse del mio seme.

Uno spettacolo erotico, che ultimamente mi ero goduto ogni giorno.

Ma volevo la certezza che prima o poi sarebbe uscita da quello stato. Per quanto apprezzassi la sua trasformazione in un'omega affamata di sesso, mi mancava la mia Kari. Mi mancava la sua voce. Mi mancavano i suoi sguardi incerti, i piccoli sorrisi e i grandi occhi azzurri.

Le baciai la gola, andando verso il seno. Lì seguii i contorni del marchio che le avevo lasciato, mentre il mio sesso scivolava fuori dal suo calore. Poi continuai a scendere e la pulii con la lingua, portandola di nuovo all'orgasmo nonostante stesse ancora dormendo, nella speranza di tenerla tranquilla ancora per qualche minuto.

Lei borbottò qualcosa di incomprensibile, le sue membra si rilassarono e la sua bocca si schiuse in un piccolo sospiro felice.

Sorrisi e le baciai l'interno coscia, poi mi allontanai dal letto per chiamare ancora una volta Riley.

Rispose al primo squillo, con i capelli aggrovigliati che le pendevano in riccioli crespi intorno al viso arrossato. «Non ne è ancora uscita?».

«Già» risposi. «E Kieran non mi è di nessun aiuto».

«Incredibile» commentò Jonas in sottofondo.

Considerato l'aspetto scarmigliato di Riley, non mi fu difficile indovinare cosa stessero facendo. Immaginai che la sua punizione fosse terminata; doveva essere felice di quello sviluppo, almeno stando alla sua espressione raggiante e al suo colorito sano.

«Lo chiamerò» mormorò Riley.

«No, me ne occupo io» si intromise Jonas. «Prenditi cura della tua compagna, Sven. Ti farò sapere cos'ha da dire Kieran». L'alfa terminò la chiamata, determinato ad assumere il controllo della situazione.

Annuii, felice di quello sviluppo, e tornai a letto per guardare Kari mentre dormiva. Quando si svegliò, facemmo un'altra doccia. Poi tentai di darle da mangiare. Accettava soltanto cibi insaporiti con il mio seme, che gustava con le pupille dilatate dall'eccitazione.

Passarono altri tre giorni prima che Jonas si facesse sentire. A quel punto, ero già in grado di cogliere qualche barlume della mia Kari.

Dice che è perfettamente naturale che lei sperimenti un lungo estro dopo tanti anni senza. Prevede che ne avrà un altro prima del solito e che potrebbe anche restare incinta, quindi ti suggerisce di migliorare la tua resistenza.

Sbuffai e risposi: *Non c'è niente che non va con la mia resistenza.* Uno sguardo alla mia donna l'avrebbe dimostrato a chiunque. Era immersa nella beatitudine post-orgasmo. Ma il pensiero di metterla incinta mi fece sorridere. Non avevamo concepito durante quel ciclo di calore, proprio come aveva previsto Kieran. Una parte di me aveva sperato che si sbagliasse. Un'altra parte di me si rendeva perfettamente conto che nessuno dei due era ancora pronto per il passo successivo.

Ti sto solo riferendo quello che ha detto, rispose Jonas. *Pensa che tornerà completamente in sé nel giro di un giorno.*

Accarezzai i capelli setosi di Kari, facendo le fusa mentre lei si accoccolava sul mio petto. Ultimamente stava dormendo più spesso e più a lungo, il suo corpo si stava riprendendo dagli sforzi a cui era stato sottoposto.

Un piccolo gemito le sfuggì dalle labbra e si avvicinò ancora di più a me, la sua lupa cercava conforto durante il processo di guarigione.

La strinsi forte tra le braccia, assicurandomi che fosse al caldo.

Poi la scopai di nuovo quando si svegliò e la portai in bagno per farle una doccia.

Era una danza intima che si addiceva alle nostre esigenze. Stavolta, però, bevve molta più acqua del solito. E, al termine della doccia, mangiò spontaneamente un vero e proprio pasto.

Per poi trascinarmi di nuovo nel suo nido per un altro round.

Aveva usato tutte le lenzuola della suite e aveva recuperato i nostri vestiti sporchi, biancheria pulita e asciugamani per costruire il suo rifugio. Aveva l'odore dei nostri fluidi, risvegliando il mio istinto da predatore e spingendomi a reclamarla più e più volte.

Ma ero riuscito a controllarmi per tutto il tempo, dandole quello di cui aveva bisogno senza pretendere troppo da lei.

E quando si svegliò, la mattina dopo, le sue iridi azzurre erano tornate visibili, incorniciando le pupille che avevano riacquistato le loro normali dimensioni. Kari mi rivolse un sorriso assonnato e si stiracchiò, poi accarezzò il marchio che le avevo impresso sul seno.

Ci baciammo.

Ci accarezzammo.

Facemmo l'amore lentamente, a lungo, e lei mi morse di nuovo, stavolta sul collo. Quando ringhiai, sorrise, con un'espressione adorabile e velata di timidezza. «Mio» sussurrò.

Ricambiai il sorriso, felice di sentirla parlare normalmente, nonostante avesse pronunciato un'unica parola. Almeno aveva scelto la cosa perfetta da dire. Le accarezzai il seno e lo strinsi, poi le risposi allo stesso modo.

Lei mugolò in segno di approvazione, si rannicchiò su di me e si riaddormentò.

Nel corso della serata tornò completamente in sé, e il suo lamento di disagio arrivò con il sorgere del sole. Presi a massaggiarla, sciogliendole i muscoli irrigiditi e facendo del mio meglio per confortarla con il mio tocco.

Quando la accarezzai tra le gambe, strinse le cosce e gemette in segno di protesta. «Hai male?» le chiesi.

Annuì, mordendosi il labbro.

La baciai e la leccai, nel tentativo di guarirla con la lingua.

Venne con un piccolo grido, il suo clitoride pulsò nella mia bocca.

E si addormentò ancora una volta.

Quando arrivò mezzogiorno, era sveglia e si sentiva chiaramente meglio, perché mi chiese qualcosa da mangiare. La lasciai nel nido e le preparai un piccolo banchetto. Poi la portai in soggiorno, nuda, la feci sedere sulle mie gambe e le diedi da mangiare. Il suo corpo minuto si adagiava perfettamente sul mio. Non si lamentò nemmeno una volta di come la maneggiavo; la sua lupa ne aveva bisogno, e anche lei.

Mi ringraziò un paio di volte, leccandomi e strusciando il viso su di me, e trascorse il pomeriggio con un tenero sorriso stampato in volto.

La sera parlò di più, raccontandomi quello che ricordava del suo estro. Era molto più di quanto mi aspettassi, dato che la maggior parte delle omega cadeva in uno stato di beatitudine e si limitava a esistere, mentre i loro corpi facevano tutto il lavoro. Ma la mente di Kari era rimasta con lei per tutto il tempo, a riprova di quanto fosse sconnessa dalla sua lupa.

Sospettavo che con il tempo anche quel problema si sarebbe risolto. Stava già dimostrando dei grossi miglioramenti, ma la sua mente aveva ancora molta strada da fare per guarire del tutto.

Una consapevolezza che mi spinse ad avere una conversazione che avrei preferito evitare, ma che era assolutamente necessaria.

Le parlai delle nostre intenzioni per il settore Bariloche e di come Enrique ed Elias avessero elaborato un piano, che poi avevano perfezionato nelle ultime settimane sfruttando i droni di mio fratello. Tra le altre cose, avevano scoperto che Kieran aveva ragione riguardo ai sotterranei.

E che le sensazioni di Enrique erano giuste: suo fratello era ancora vivo.

«Lo raderemo al suolo» le promisi. «Il settore Bariloche non merita di esistere».

«E quelli che non hanno avuto scelta?» sussurrò con gli occhi spalancati, ancora sconvolta per tutto quello che le avevo raccontato.

«Gli innocenti saranno trasferiti. Gli altri superstiti dovranno trovare da soli un altro settore e implorare che li lascino entrare». Quella parte era stata una mia decisione, che aveva trovato d'accordo anche mio padre e mio fratello. Mi avevano chiesto se avessi voluto il settore Bariloche per me, ma avevo rifiutato. Non ero ancora pronto a comandare, e la sera prima, durante uno dei pisolini di Kari, l'avevo ammesso senza mezzi termini sia ad Ander che a mio padre. Non si erano mostrati d'accordo né in disaccordo, limitandosi ad annuire e ad accettare la mia decisione.

«Stavano aspettando che tu uscissi dall'estro» continuai. «E ora che l'hai fatto, vorranno agire il prima possibile». E con quello intendevo proprio *il giorno dopo*. O almeno era ciò che indicava l'ultimo messaggio di Ander.

Considerando quello che aveva detto Kieran sulla

possibilità che Kari andasse nuovamente in calore in tempi brevi, ero d'accordo anch'io di muoversi al più presto. Non volevo rischiare di essere via proprio quando aveva bisogno di me.

«Non combatte in modo leale» sussurrò mentre la riportavo nel nostro nido. Fui assalito dalla sua paura. «Non lo conosci come lo conosco io».

«È vero» confermai. «Ma anche Enrique verrà con noi». La guardai. «Suo fratello è vivo».

«L'alfa Joseph?» domandò con un'espressione esterrefatta.

Annuii. «E anche tua sorella è viva. Li salverà entrambi».

«Sfidando... sfidando l'alfa Carlos?».

«Non ci sarà nessuna sfida» la rassicurai. «Lo uccideremo senza processo. Come ha fatto lui con tutti i suoi avversari. E uccideremo anche i suoi sostenitori. Il settore Bariloche sarà completamente distrutto».

«Oh» mormorò. «Sei sicuro che starai bene?».

Sorrisi. «Ne sono assolutamente certo. Non c'è nulla che possa fare per fermarci. La nostra tecnologia è superiore alla sua e abbiamo sviluppato una tossina per contrastare le sue sostanze allucinogene. Sarà completamente fuori di testa». La stesi sulla schiena e mi sistemai accanto a lei. Eravamo entrambi ancora nudi, ma per il passo successivo avevo bisogno di coprirla, così strattonai un lenzuolo e glielo misi sopra.

Lei aggrottò la fronte ed ebbi l'impressione che volesse rimetterlo al suo posto, ma non mi rimproverò.

«Anche Kieran mi ha chiesto di chiamarlo non appena ti fossi ripresa» aggiunsi. «Ha qualche domanda sulle omega nel settore Bariloche».

Una parte di me voleva ignorare la sua richiesta, visto

che tra l'altro non era stato molto d'aiuto durante l'estro di Kari.

Ma aveva guarito la mia compagna e le aveva salvato la vita, e quello era un debito che non sarei mai riuscito a ripagare completamente. Così avrei iniziato rispettando la promessa di telefonargli.

«Ti va bene se lo chiamiamo adesso?» chiesi a Kari.

«Qui?» sussurrò lei, dando un'occhiata al nostro nido.

«Non gli è permesso vederlo?» domandai, aggrottando le sopracciglia. Perché il mio lupo *voleva* che l'alfa lo vedesse e sapesse che Kari era mia. Che non avrebbe mai potuto averla. Che sarebbe appartenuta a me per sempre. Ma se la mia omega non voleva condividere il nostro rifugio, avrei rispettato i suoi desideri.

«N... no, è solo che...». Si interruppe e arrossì, strappandomi un sorriso.

«Ah, okay, quello è *esattamente* il motivo per cui voglio che lo veda» risposi con un basso ringhio. «Consideralo un modo di dimostrargli che la sua magia ha funzionato».

Il colorito sulle sue guance si fece ancora più intenso, ma annuì. «Okay».

«È *davvero* okay, o è la tua lupa a parlare?» le chiesi. Avevo bisogno di saperlo.

«Sono io... Kari... a parlare» disse con un sorriso negli occhi. «Vorrei ringraziarlo per... per tutto».

Ed ecco un altro motivo per fare quella telefonata: la mia compagna voleva esprimere la sua gratitudine. Non le avrei mai negato quell'opportunità. Le baciai la tempia e chiamai Kieran con il mio orologio.

Il viso dell'alfa apparve qualche secondo più tardi e mi osservò con uno sguardo d'intesa. «Il mio record è di ventinove giorni» fu il suo saluto. «Andrà meglio la prossima volta».

Alzai gli occhi al cielo. «Vuoi parlare con la mia omega o no?».

«Oh, lo voglio eccome» mormorò, e la sua espressione si fece immediatamente seria.

Ruotai lo schermo con le dita in modo che fosse rivolto verso Kari. Lei si strinse ancora di più a me, come se stesse cercando la mia forza per affrontare l'alfa. «Grazie, alfa Kieran» sussurrò. «Grazie di avermi resa di nuovo integra».

«Non si è mai trattato di questo, piccola. Si trattava di liberarti da un fardello che non avrebbe mai dovuto esserti inflitto» rispose dolcemente. «E tutta la gratitudine di cui ho bisogno è vedere quel bel rossore sul tuo viso».

Strinsi i denti; il suo tono ammiccante stava irritando il mio lupo. «Comincio a capire perché Jonas non sia un tuo grande fan». L'alfa V-Clan, con la sua voce soave, aveva palesemente un debole per le omega. E si assicurava sempre che lo sapessero tutti.

Kieran sorrise e i suoi occhi scuri tornarono su di me. «L'opinione di Jonas non ha niente a che vedere con Riley e tutto a che vedere con il suo orgoglio ferito». Non mi diede la possibilità di rispondere, la sua attenzione era rivolta ancora una volta alla mia omega. «Farò in fretta, perché immagino abbiate altre attività a cui dedicarvi, ora che siete ufficialmente accoppiati».

Il mio lupo ringhiò in segno di approvazione, e fui travolto dal desiderio di baciare il marchio che le avevo lasciato. Ma avrebbe significato scoprirle il seno, e non avevo nessuna intenzione di farlo davanti a un altro alfa.

Spogliarsi per trasformarsi era una cosa.

Ma farlo nel nido era completamente diverso.

«Mentre stavo curando alcune delle tue cicatrici, ho percepito un'energia residua proveniente da una delle mie. Vorrei chiederti qualcosa al riguardo».

«Stai parlando dell'omega Quinn» mormorò Kari. «L'alfa Carlos non sa cosa può fare».

«Con "cosa può fare" intendi curare le persone, vero?».

Lei annuì lentamente. «Un po' come fai tu, ma non è altrettanto potente».

Le labbra dell'alfa si incurvarono in un sorriso. «Il mio tocco si è perfezionato nel tempo. Immagino che un giorno anche *l'omega Quinn* riuscirà a raggiungere lo stesso livello, se istruita a dovere. Puoi descrivermela?».

«Ti assomiglia molto» sussurrò Kari. «Occhi scuri, capelli scuri. Ma è più pallida di te. E molto più piccola».

Kieran sembrò soddisfatto della descrizione e tornò a rivolgersi a me. «Quando pensate di attaccare il settore Bariloche?».

«Ander vuole partire domani» risposi. Kari mi lanciò un'occhiata sorpresa. Non avevo ancora avuto modo di parlargliene. «Il piano è di portare le omega nel settore Andorra per una valutazione medica» aggiunsi, immaginando che fosse quello che gli interessava davvero. Se Carlos aveva un'omega V-Clan nella sua collezione, allora Kieran sarebbe stato impaziente di riaverla con sé.

«A che ora partirete?» insistette, facendomi aggrottare la fronte.

«Nel tardo pomeriggio» dissi lentamente.

L'alfa annuì. «Okay, arriverò nel settore Andorra con due dei miei Élite verso mezzogiorno e vi seguiremo».

«Élite?» ripetei.

Ma aveva già riattaccato.

Rimasi a fissare il mio orologio a bocca aperta. «Ma che diavolo...?!». Non gli avevo dato quelle informazioni per invitarlo a venire con noi. Ringhiando, gli scrissi un messaggio dicendoglielo senza mezzi termini.

Un messaggio a cui rispose: *Non ho bisogno di un invito per fare quello che voglio. A domani.*

«Merda». Lo inoltrai ad Ander, dicendogli di aspettarsi compagnia dal settore Blood. Poi misi il mio dispositivo in silenzioso perché non volevo leggere la sua risposta.

E mi concentrai sulla mia compagna e sulla preoccupazione che le aveva disegnato una ruga tra le sopracciglia. «Promettimi che tornerai da me» disse.

«Certo che tornerò da te» giurai. «E ti porterò in dono la testa di tuo padre».

Le sue labbra si schiusero in un sussulto che soffocai con la bocca.

Essendo la mia compagna, si sarebbe preoccupata per me. E quella consapevolezza mi avrebbe spinto a tornare ancora più in fretta.

«Raderò al suolo quel dannato settore» sussurrai. «E mi assicurerò che tu percepisca la nostra vendetta. Perché lo sto facendo per te, *la mia compagna*, per dimostrare il mio valore alla tua lupa».

«Sei già degno di me e della mia lupa».

Sorrisi. «Lo so, ma questo non significa che non debba dimostrarlo».

Zittii le sue proteste con un bacio.

Poi il mio corpo lenì i suoi bisogni e le sue preoccupazioni, e la cullai nel sonno con le mie fusa.

Quando giunse il mattino, era sazia e soddisfatta. La mia piccola meraviglia.

Tutto quello che faccio, lo faccio per te, le dissi con un bacio. *Il nostro futuro inizia adesso.*

PARTE TRE
SETTORE BARILOCHE

CAPITOLO 35
SVEN

Spazio aereo argentino

Un'immagine sfarfallò sul mio orologio, mentre Kari armeggiava con il dispositivo che le avevo lasciato. Per quanto avessi voluto portarla con me, sapevo che il mio lupo non me lo avrebbe mai permesso. Kari era la mia unica debolezza, la donna per cui avrei dato la vita. Quindi avevo bisogno che stesse al sicuro nel settore Andorra.

Una parte di me pensava che non fosse giusto, che avrebbe dovuto essere lì con me. Soprattutto perché lo scopo del mio viaggio era vendicarla. Era proprio per quello che le avevo lasciato un modo per comunicare con me: volevo mostrarle in tempo reale il risultato della nostra spedizione. La distruzione del settore Bariloche.

«Niente telefonate mentre sei alla guida» mi rimproverò Kaz dal sedile del copilota.

Si era presentato in mattinata senza preavviso, poco prima dell'arrivo di Kieran e dei suoi due "Élite" in un jet stealth. Si erano insinuati nell'apertura della cupola predisposta per l'ingresso di Kaz, apparendo letteralmente dal nulla. Nessuno aveva percepito o udito il loro avvicinamento. E anche in quel momento, pur sapendo che stavano volando con noi, non avevo idea di dove si trovassero.

Fottuti lupi V-Clan, pensai.

Beh, almeno erano dalla nostra parte.

«Siete quasi arrivati?» chiese Kari. Il suo bel viso aleggiava sul mio polso.

«Siamo a circa mezz'ora dal punto di lancio» risposi, osservando le nuvole che ci circondavano. C'erano diversi jet che attraversavano lo spazio aereo argentino, tutti diretti a un vecchio aeroporto all'esterno del settore Bariloche.

Carlos avrebbe avvertito la nostra presenza a momenti, se non l'aveva già fatto.

Mi aspettavo che combattesse.

Solo che avevamo già mandato Elias ed Enrique in avanscoperta. Avevano preso un aereo stealth simile a quello pilotato da Kieran, ed erano atterrati da qualche parte sulle Ande per incontrare uno degli alleati di Enrique, un altro alfa che non apprezzava i metodi di Carlos.

Un'ora prima, avevano confermato di essere arrivati.

Il loro ultimo messaggio ci informava che il pacco era stato consegnato. Ciò significava che la sostanza per contrastare gli allucinogeni era già nell'aria. A breve gli alfa avrebbero cominciato a reagire, offrendoci la distrazione necessaria per atterrare.

Kari rimase in collegamento con noi. Le spiegai man mano tutto quello che stavo facendo. Kaz era seduto accanto a me in una posizione rilassata. Aveva sorriso per tutto il tempo, il suo divertimento era palpabile. Continuava a scherzare sulla necessità di non avere alcuna distrazione in volo, ma sapevamo entrambi che avevo tutto sotto controllo.

«Ora devo andare, piccola meraviglia» dissi quando il jet atterrò.

Sentivo già la battaglia nell'aria, il mio lupo che non vedeva l'ora di essere liberato. Ognuno di noi aveva il suo obiettivo; il mio era trovare Carlos e uccidere quel figlio di puttana. A quanto sembrava, Kaz si era sentito escluso. Da qui il suo arrivo a sorpresa e la decisione di aggregarsi alla missione, come mio aiutante.

Il suo compito era quello di uccidere chiunque si mettesse sulla nostra strada.

Un compito perfetto per lui, considerando la sua passione per il sangue.

«Ti amo» disse bruscamente Kari. Due parole che non aveva mai pronunciato.

Sorrisi. «Ripetilo quando torno, compagna».

«Okay» sussurrò. «E sono io a parlare, non la mia lupa».

Kaz mi lanciò un'occhiata. Le sue sopracciglia si inarcarono per quella strana affermazione.

Il mio sorriso si allargò. «A presto, piccola meraviglia». Le mandai un bacio e terminai la chiamata, poi guardai Kaz. «Non dire niente. Anche tu sei diventato il cagnolino di Winter».

Lui fece spallucce. «Non lo nego. Ma è bello vederti addomesticato dalla tua *piccola meraviglia*».

Alzai gli occhi al cielo. «Avrei dovuto lasciarti in quel covo di Infetti a Buenos Aires, mentre venivamo qui».

«Non sono io il novellino» ribatté.

«Beh, sei pronto a vedere cos'è in grado di fare il *novellino*?».

I suoi occhi scuri si illuminarono. «È ora di mettere alla prova tutto il mio addestramento?».

«Qualcosa del genere».

«Vai a segno, uccidili tutti» disse con un sorriso nella voce. «Facciamoli sanguinare».

Mi slacciai la cintura e mi preparai all'attacco.

Anche gli altri erano atterrati. Attorno a noi c'era una crescente presenza di alfa. Ma nessuno era in forma animale. Percepivo la loro energia di mutaforma, sentivo il sapore della polvere da sparo e l'odore della loro aggressività.

«Non sono lucidi» ringhiai.

«Già» confermò Kaz. Il suo divertimento era svanito da un pezzo, la sua postura era vigile. «Come ce la giochiamo, Mick?» chiese, usando il nomignolo che mi aveva affibbiato anni prima. «Come a Ginevra?».

Ci riflettei sopra per qualche istante e scossi il capo. «Come a Copenaghen».

Sollevò le sopracciglia. «Sicuro?».

«Sì».

Le sue labbra si piegarono in un sorriso selvaggio. «Fantastico. Al tre?».

«Al due» ribattei. «Uno».

Colpii il portellone e saltai giù per primo, poi rotolai verso la copertura degli alberi accanto ai quali avevo parcheggiato il jet.

Gli spari risuonarono nell'aria, sfrecciando davanti a me, e Kaz rispose al fuoco dall'aereo, centrando il primo gruppo di assalitori con la sua mira impeccabile.

Proprio come a Copenaghen, pensai.

«Oh, quell'uomo mi piace» disse Kieran, apparendo accanto a me in una nebbiolina oscura. «Ricordami che devo chiedergli di scambiarci i numeri».

«Certo, sarà la mia priorità» risposi in tono piatto.

Kaz saltò giù dall'aereo mezzo secondo più tardi, gridando il mio nome. Presi immediatamente la mira e colpii gli alfa in avvicinamento con una serie di spari in rapida successione, guadagnandomi un fischio di ammirazione da parte di Kieran.

«Sei qui ad assistere allo spettacolo o hai intenzione di fare qualcosa?» gli chiesi.

«Vuoi che ti aiuti?» domandò in tono innocente. «Non ti toglierebbe tutto il divertimento?».

«Sì, hai ragione. Preferisco di gran lunga star qui seduto con te a chiacchierare e sparare». Presi la mira su un altro alfa che aveva aperto il fuoco sul jet di mio fratello, mentre Kaz si accucciava e ci raggiungeva dietro gli alberi.

Il mio amico lanciò un'occhiata a Kieran. «Ero convinto che i lupi V-Clan amassero il sangue, ma mi sembri fin troppo pulito».

Kieran gli rivolse un sorrisetto. «Ah sì? Immagino che dovrò rimediare». E svanì in un vortice di nebbia nera che si dissipò nel vento.

Seguirono delle urla, che mi spinsero a guardare Kaz con un'espressione sconcertata. Non avevo mai udito un maschio alfa gridare in quel modo.

Schizzi di sangue imbrattarono la pista, riflettendosi nella luce fioca del sole al tramonto.

Teste rotolarono al seguito delle ombre.

Poi tre spire di vapore color ebano si formarono al centro del campo, assumendo una forma corporea in men che non si dica. Kieran aveva le mani in tasca ed era in piedi tra i suoi due Élite, che capii essere i suoi uomini migliori. «Così va meglio, alfa Kazek?» domandò Kieran con disinvoltura. «O vuoi altro sangue?».

«Beh, è proprio un guastafeste» borbottò Kaz.

Sbuffai. «Non dirlo a me».

Kieran ci aveva sicuramente sentiti, perché si limitò a sorridere e a sparire di nuovo.

«È meglio che ci diamo una mossa, o non ci resterà nessuno da ammazzare» disse Kaz cominciando a correre. Il suo tono era intriso di irritazione.

«È solo per questo che sei qui?» gli chiesi seguendolo. «Per uccidere?».

«Per quale altro motivo avrei scelto di lasciare la mia compagna?» ribatté, aumentando la velocità.

«Perché ti manco?» suggerii, tenendo facilmente il ritmo.

«Sì, certo, mi manca proprio farti da babysitter» concordò. «Voglio dire, anche adesso mi tocca ricordarti di farmi strada. Sei tu quello che ha studiato la mappa, no?».

«Ricordarmi di farti strada» ripetei in un basso ringhio. «Stronzo».

Aumentai il passo e svoltai a sinistra, ricordando il percorso per raggiungere la tenuta principale di Carlos. Enrique ed Elias avrebbero dovuto incontrarci là fuori. Il loro compito era di scendere nei sotterranei, mentre io davo la caccia a Carlos.

Ander e Jonas si sarebbero occupati delle omega.

E nessuno sapeva cosa stessero facendo i lupi V-Clan. Sicuramente avevano i loro piani, e nessun interesse a collaborare.

Alana non si era unita a noi perché doveva fare le veci di Kaz, agendo come alfa del settore. Nel frattempo, Ander aveva incaricato l'alfa Sam, che Kat chiamava "zio Sammy" per via del loro legame di parentela, di guidare il settore Andorra in sua assenza. Di norma, quel compito sarebbe stato assegnato a Elias, ma lui aveva preferito venire con noi.

Altre grida risuonarono intorno a noi, facendo brontolare Kaz. «Esibizionisti».

Fui quasi sul punto di mostrarmi d'accordo con lui, ma in fin dei conti il loro aiuto ci faceva comodo. «Ricordami di non far mai incazzare un alfa V-Clan» commentai.

«Se devo ricordartelo, allora meriti di subirne le conseguenze» ribatté Kaz.

Ridacchiai e annuii. «Giusto». Stavo per aggiungere qualcos'altro, ma un'esplosione scosse la terra. Il movimento inaspettato mi fece indietreggiare di qualche passo, fino ad andare a sbattere sul tronco di un albero con un: «Uff».

Macchioline scure punteggiavano la mia visuale e le orecchie mi fischiavano.

Una mina, riconobbi, ancora stordito. *Merda*.

Essendo nascoste nel terreno, non avevamo potuto individuarle con i droni.

Cazzo. Atterrai sul fianco, con il corpo paralizzato dall'impatto. Non sapevo se ero stato io a calpestarla o Kaz. Non vedevo bene e non riuscivo nemmeno a parlare.

Qualcosa di caldo mi accarezzò l'addome, un liquido appiccicoso che si raccolse sulla mia pelle. *Sangue*.

Fui pervaso da una strana sensazione, un miscuglio di dolore e irritazione.

Kaz aveva ragione a dirmi che ero un novellino. Ero caduto in una fottuta trappola. *Maledizione*.

Aspettai che la mia vista si schiarisse e che le mie orecchie smettessero di fischiare per quelle che mi sembrarono ore. Poi, finalmente, notai che le fronde degli alberi al di sopra della mia testa stavano ondeggiando.

Ma non riuscivo ancora a sentire. Il mio lupo era furioso per quell'intrusione in uno dei miei sensi migliori. L'odore ferroso del mio stesso sangue mi riempì le narici.

Un'ondata di nausea mi investì, lasciandomi ansimante e senza fiato.

«Alzati». La voce di Kaz fu come una scarica elettrica. «Adesso, Mick. Alzati, cazzo».

Ringhiai. In quel momento non apprezzavo, né avevo bisogno, che mi parlasse con quel tono.

«Laggiù c'è una fossa piena di Infetti. Ti ci butto dentro se non ti alzi» mi avvertì.

Sei sempre così gentile, avrei voluto dirgli. Ma le mie labbra non volevano saperne di muoversi.

«*Alzati*» mi ordinò. La sua energia di alfa mi pervase e si impossessò del mio spirito.

Solo che il mio lupo gli ringhiò contro, facendosi valere e mandandolo al diavolo.

«Visto? Te l'avevo detto che stava bene» commentò Kaz, confondendomi.

«Sta perdendo molto sangue» osservò Elias.

«Sì. Ma ha affrontato di peggio». Kaz non sembrava minimamente preoccupato. «In più, abbiamo dei guaritori con noi, no?».

Grugnii.

Kaz fischiò, un suono che trafisse i miei timpani già malconci. «Ehi, principe azzurro!» gridò. «Abbiamo bisogno dei tuoi poteri».

«Oh, ti ricordo un principe delle fiabe?». La voce familiare e melliflua di Kieran mi fece venir voglia di rannicchiarmi su me stesso e lasciarmi morire. «Aspetta che incontri la tua compagna».

«Non ti conviene fare questi giochetti con me» rispose Kaz emanando la sua famigerata aura letale. «Occupati di Mick, così possiamo completare la missione».

«Sono abbastanza sicuro che abbiate compromesso il

vostro approccio furtivo, tra fischi ed esplosioni» mormorò Kieran, posando il palmo sulla mia spalla.

Tentai di allontanarmi da lui, per nulla entusiasta di essere attraversato dai suoi incantesimi. Ma quando la sua essenza guaritrice toccò il mio spirito, non riuscii a trattenere un sospiro di sollievo.

In pochi secondi, la mia vista e il mio udito si ripresero completamente, e mi ritrovai circondato da quattro dei nostri uomini.

Kaz. Elias. Enrique. Kieran.

L'alfa V-Clan tenne la mano premuta su di me ancora per un altro istante, poi annuì. «Non sei completamente guarito, ma starai bene. Cerca solo di evitare le prossime mine, okay?». Si raddrizzò e sparì in un vortice di fumo.

«Utile» commentò Kaz con un cenno del capo. «Proprio utile».

«E fottutamente inquietante» borbottò Elias.

Kaz si limitò ad alzare le spalle e mi tese la mano. «Sei pronto?».

CAPITOLO 36
KIERAN

Settore Bariloche

Il giovane alfa e il suo amico ricominciarono a camminare verso la tenuta di Carlos, facendo molta più attenzione di prima.

«Resta con loro» dissi a Cillian. «Assicurati che sopravvivano».

«Sì, mio signore» rispose chinando il capo, per poi dissolversi tra le ombre.

Lorcan rimase al mio fianco, in attesa di istruzioni.

Avremmo potuto distruggere tutto il settore Bariloche con un paio di incantesimi, ma era un conflitto tra lupi X-Clan. Che di conseguenza non ci riguardava. Ero venuto per un motivo soltanto: *Quinnlynn*.

Ma per portarla in salvo, avevo bisogno di non trovare ostacoli sul mio percorso.

Per questo motivo, avevo aiutato i lupi X-Clan a liberarsi dei loro avversari. Poi avevo guarito il giovane alfa perché mi piaceva. Sulla base della mia esperienza con Kari, avevo capito che sapeva come trattare bene un'omega. E così lo avevo ricompensato.

Certo, ora era in debito con me e mi doveva qualche favore. E quelli erano sempre utili.

Mi mossi silenziosamente sul terreno, sfiorandolo appena. Lorcan era sempre alle mie spalle. La sua insistenza nel volermi proteggere nasceva dalla frustrazione di non avermi potuto accompagnare durante il mio primo viaggio nel settore Andorra.

Non glielo avevo permesso perché non avevo bisogno di una guardia del corpo, come avevo dimostrato più e più volte.

Stavolta, tuttavia, avevo deciso di accontentarlo. Soprattutto perché volevo una scorta per la mia futura regina. Era audace e intelligente, e aveva la tendenza a sfuggirmi.

Non oggi, piccola, pensai rivolto a lei. *Oggi ti riporto a casa.*

Non poteva sentirmi, perché non ci eravamo ancora accoppiati. Ma avrei rimediato non appena fosse stata tra le mie mani.

Mi lasciai guidare dal mio naso. L'istinto di distruggere tutto ciò che incontravo sulla mia strada continuava a punzecchiarmi. Sarebbe stato così divertente. Così facile. Un unico incantesimo e sarebbero morti tutti.

Oh, ma avrei rischiato di perdere di nuovo la mia piccola degenerata. Lei prosperava nel caos ed era capace di fuggire nel vento senza lasciare traccia.

Ora, però, la sentivo. La sua presenza era come un faro che illuminava il mio cammino. E che mi condusse in un tunnel che portava nei sotterranei.

Vieni fuori, ovunque tu sia, pensai, restando nell'ombra e facendomi guidare dalla mia visione notturna. Era buio pesto, il mondo aveva lo stesso colore della mia pelliccia. Ma i miei occhi erano quelli di una pantera.

Il freddo umido si accese come una fiamma, mettendomi in guardia da rocce, curve e trappole. Lorcan sbuffò notandone una, che sarebbe stata quasi invisibile per un occhio inesperto, ma noi la vedemmo ben prima di raggiungerla. Lorcan si materializzò davanti a me e la disattivò, in modo che non dovessi nemmeno scavalcarla.

Poi proseguimmo scendendo nel sottosuolo, dove erano imprigionate le omega. Erano tutte in gabbia, e le loro condizioni mi fecero digrignare i denti. «Liberale» dissi in un sussurro destinato solo alle orecchie di Lorcan. «E portale al sicuro in superficie».

Il mio silenzioso compagno annuì e si mise al lavoro, facendo dissolvere le femmine tra le ombre, per poi farle ricomparire nel campo di aviazione. Là, sarebbero state messe su un aereo per essere trasportate in un settore migliore.

Quello era il pozzo della depravazione di Carlos, il luogo in cui mandava le omega ferite a riprendersi. Ciò spiegava la presenza della mia Quinnlynn. In quanto mia compagna designata, aveva accesso ai poteri di guarigione che dovevano essere un dono per la mia promessa sposa. Una dote di famiglia, che non molti lupi V-Clan possedevano.

Seguii la traccia di energia lungo il corridoio, giungendo in una stanza dove era presente un'omega particolarmente malridotta.

Quinnlynn alzò lo sguardo verso di me. La sua mano era posata sul cuore dell'omega. Non c'era un briciolo di sorpresa nella sua espressione, solo un accenno di rassegnazione. Accompagnato da una supplica.

«Aiutami» mi implorò. «Ti prego, prima aiutami a guarirla».

«Hai percepito il mio arrivo» mormorai, capendo perché non avesse reagito. Aveva sentito la mia energia in avvicinamento, proprio come io ero riuscito a tracciare l'utilizzo del mio potere. Funzionava solo quando eravamo vicini, ed era per questo che mi ci era voluto così tanto tempo per trovarla.

Annuì.

«Hai scelto di non fuggire» aggiunsi, osservando la scena che avevo davanti. «Hai messo la sua vita davanti alla tua». Sapevamo entrambi che avrebbe potuto sparire in un vortice d'ombra appena aveva percepito la mia vicinanza.

Annuì di nuovo.

«Ammirevole» ammisi, afferrandole il polso e allontanandolo dalla ragazza.

«Kieran, ti prego» sussurrò. Vidi il suo cuore spezzarsi davanti ai miei occhi.

«Sarebbe una punizione adeguata farti restare qui a guardarla morire» dissi con voce vellutata. La mia rabbia nei suoi confronti aumentava ogni secondo che passavo in sua presenza. «Fortunatamente per te, non sono così crudele» dissi, premendo il palmo della mano libera sulla femmina e ricucendo i brandelli della sua anima spezzata.

La sua firma energetica riscaldò il mio essere, sussurrando il suo nome e la sua storia. Il suo dolore mi era familiare, e mi rese impossibile lasciarla in quello stato.

«Devi essere la sorella di Kari». Riconobbi le somiglianze nel loro patrimonio genetico. Ma a differenza di Kari, prima che la guarissi, quell'omega aveva un compagno. Un alfa. Il gemello dell'altro. Ripercorsi con la mente tutti i loro legami, poi mi concentrai sulla cura di quello infranto che mi trovavo davanti.

Quando Lorcan arrivò per portarla via, respirava regolarmente; le ferite peggiori erano rimarginate e stavano già guarendo da sole.

«Questa va nel settore Andorra» gli dissi. «Ha bisogno di ulteriori trattamenti».

Lui annuì e sparì con l'omega, lasciandomi da solo con la mia piccola compagna vagabonda. «Ciao, Quinnlynn. Questa partita a nascondino sta diventando proprio stancante, non credi?».

Lei esalò un sospiro, facendo svolazzare i suoi capelli neri. «Non saprei... Stavolta ti ci sono voluti alcuni decenni per trovarmi, quindi penso di essere migliorata. Vogliamo puntare al secolo?».

Sorrisi. «No. Ti sei nascosta e ti ho trovata». La strinsi tra le braccia, e i miei occhi trattennero il suo sguardo diffidente. «Il gioco è finito, principessa. Ho vinto. È ora di tornare a casa. *Di nuovo*».

CAPITOLO 37
ENRIQUE

Settore Bariloche

Camminando tra gli alberi, mi resi conto che quella terra non mi apparteneva più. Mi era estranea. Mi sembrava violata. Sporca.

Il fetore della putrefazione aveva intaccato le foglie, le fosse degli Infetti erano numerose e grottesche.

Quel luogo non era più casa mia.

Ciò significava che ero un lupo senza un settore. Non avevo idea di dove sarei andato, finita la missione. Il mio passato incombeva come una nuvola nera sulla mia testa, vietandomi persino di chiedere asilo in certe terre.

Kazek non mi avrebbe mai accettato.

Ludvig nemmeno.

Ander forse sì, se mi fossi dimostrato una valida risorsa. Avevo l'impressione di piacere al suo Secondo. Ero già riuscito a ottenere una sistemazione nel suo settore per Savi e Joseph; avrei potuto aggiungere anche il mio nome alla lista.

Ci penserò dopo, mi dissi. *Concentrati.*

Le mine all'esterno della proprietà di Carlos si erano rivelate insidiose, e una aveva già messo al tappeto Sven. Per fortuna, si trattava solo dell'effetto dell'onda d'urto. Kazek l'aveva scorta da lontano e aveva sparato all'ordigno prima che Sven potesse camminarci sopra.

Il giovane alfa ne aveva comunque risentito, ma i sortilegi inquietanti di Kieran lo avevano guarito.

Dovevo ammettere che i lupi V-Clan avevano la loro utilità. Ma non avrei mai chiesto asilo nel settore Blood. Avrei preferito essere un lupo solitario, piuttosto che vivere circondato dalle loro folli magie.

Il solo pensiero mi fece rabbrividire.

Mi concentrai sul compito da svolgere. La tenuta era in vista. Ci eravamo già addentrati nelle terre di Carlos più di quanto fosse consentito a chiunque altro nel settore Bariloche. Doveva sapere di essere sotto attacco. Ma tutti gli alfa che erano stati mandati a occuparsi di noi erano stati uccisi da assassini ben addestrati. Inoltre, gli alfa che fino a poco prima erano controllati con le sostanze stupefacenti stavano combattendo con noi. Erano incazzati, e a ragione.

Hai i minuti contati, pensai rivolto all'alfa del settore.

Due beta corsero fuori dalle porte d'ingresso con le armi in mano, e le gettarono via mentre si davano alla fuga.

Kazek sbuffò. «Ecco cosa succede quando si schiavizza la propria gente. Non c'è nessuna lealtà».

«Userà gli altri come scudi umani» lo avvertii.

«Lascia che me ne occupi io, mentre tu vai a cercare tuo fratello» rispose, dirigendosi verso la porta con la pistola alzata.

Sven lo seguì. Quei due erano palesemente addestrati a combattere insieme.

Il loro ingresso nel palazzo fu accompagnato da grida e spari, ed Elias balzò dietro di loro, pronto ad attaccare. Io entrai per ultimo e non fui per nulla sorpreso di trovare i resti di diversi schiavi che dovevano essersi rifiutati di proteggere Carlos. La maggior parte aveva la gola squarciata. L'alfa amava usare le zanne.

«Pensi che ti concederò un combattimento leale in forma di lupo?» domandò Sven in tono sprezzante alla bestia che ringhiava in un angolo. «Non sperarci».

Sbuffai. «Il gioco è finito, Carlos».

Mi rispose con un altro ringhio. Non sembrava contento di vedere che ero stato io ad aiutarli ad attaccare.

Fummo avvolti da una nebbiolina grigiastra. Carlos aveva attivato uno dei suoi dispositivi di sicurezza sotto forma di un gas tossico. Ma ci eravamo già iniettati un antidoto ad ampio spettro prima di partire per il settore Bariloche. «Non funzionerà» dissi al mio ex capo. «Li ho avvertiti di tutti i tuoi trucchetti. Siamo preparati».

Elias tirò fuori due fumogeni che avrebbero dissipato le tossine e li lanciò proprio accanto al lupo ringhiante nell'angolo della stanza.

Esplosero, disperdendo la nebbia e lasciandoci tutti illesi. «La prossima volta andrà meglio» disse Elias.

Poi Sven prese la mira e piazzò un proiettile tra gli occhi dell'alfa.

«Seriamente?» chiese Kazek. «Tutto qui?!».

«Sì» rispose Sven guardando l'amico. «Il mio mentore mi ha sempre detto che non ci si guadagna nulla a essere arroganti. Se hai il coltello dalla parte del manico, è meglio che lo usi senza perdere tempo».

Un lento sorriso si allargò sulle labbra di Kazek. «Sembra che tu abbia avuto un mentore molto intelligente».

«Il migliore» disse Sven.

«È proprio vero» confermò Kazek, sparando due volte

nel petto di Carlos, che stava finendo di tornare in forma umana. «Gli taglierai comunque la testa?».

Sven rispose estraendo un coltello. «Certo!».

Kazek annuì, poi si voltò verso di me. «Vai a cercare tuo fratello».

Non me lo feci ripetere due volte e mi allontanai, certo che avrebbero messo in sicurezza l'area mentre io andavo a caccia.

Non c'erano guardie a sorvegliare la prigione.

Nessun lupo in agguato nei corridoi.

Solo una miriade di celle piene di alfa e beta in pessime condizioni, che chissà quando avevano fatto arrabbiare Carlos. Aprii tutte le porte, dicendo loro che erano liberi.

Alcuni corsero via.

Altri zoppicarono.

La maggior parte non si mosse.

Come nel caso di mio fratello, che si trovava nell'ultima cella, bloccato da catene d'argento. La fame lo aveva ridotto a uno scheletro, il suo corpo era deformato dal peso del metallo.

«Joseph» mormorai con il cuore infranto. «Oh... *cazzo*».

Non era morto.

Ma non era nemmeno vivo.

Sembrava impazzito, i suoi occhi affamati mi ricordavano quelli degli Infetti. Non avevo dubbi che si sarebbe lanciato su di me se lo avessi liberato, fosse solo per trovare qualcosa in cui affondare i denti.

Non sapevo come spostarlo. Ma di sicuro non lo avrei lasciato lì. Gli altri avevano già deciso di dare fuoco al palazzo.

«Sono qui» mormorai. Non ero sicuro che ciò lo aiutasse, ma volevo che sapesse che finalmente lo avevo trovato. Che in qualche modo lo avrei salvato. Che avrei sistemato tutto.

Dopo un po' fui raggiunto dagli altri. Il loro obiettivo era svuotare tutte le celle e aiutare chi non era in grado di muoversi da solo.

Elias si presentò con una siringa piena di calmante per mio fratello, i cui ringhi sembravano usciti da un incubo. Non ero mai stato solito piangere, ma sentii le lacrime pizzicarmi gli occhi alla vista dello stato in cui si trovava il mio gemello. «Ha solo bisogno di cibo e della sua compagna» mi rassicurò Elias.

«Non può vedere Savi in queste condizioni» risposi immediatamente. «La ucciderebbe».

«No, ci vorrà una lente reintroduzione» disse. «Ma abbiamo le strutture per farlo».

Annuii, deglutendo a fatica. Avevo un groppo in gola.

«E ci sarai anche tu ad aiutarlo» aggiunse in tono severo. «Giusto?».

«Certo che ci sarà anche lui. È suo fratello» intervenne Ander, entrando nella cella per aiutarmi a gestire il mio gemello. Essendo l'alfa X-Clan più forte tra tutti noi, a parte forse Kazek, aveva senso che si occupasse di quella parte.

Ma si presentò anche Kazek, e in due riuscirono a tirare fuori Joseph e a condurlo lentamente al piano di sopra. Nonostante fosse sedato, era comunque feroce. «Sarebbe stato bello se Kieran non se ne fosse andato senza una parola» borbottò Kazek. «Il suo tocco magico ci avrebbe fatto comodo».

«Sapevamo tutti che era qui per l'omega V-Clan» rispose Sven. «Deve averla trovata».

Kazek sbuffò, mugugnando qualcosa che non compresi. Perché la mia attenzione era rivolta a Joseph.

Finalmente avevo fatto quello che mi ero prefissato: avevo trovato mio fratello.

E ora non avevo idea di cosa fare dopo. Ovviamente mi sarei preso cura di lui. Ma poi?

Un giorno alla volta, mi dissi. *Un giorno alla volta.*

CAPITOLO 38

SVEN

Settore Andorra

Quando entrai nella cupola del settore Andorra, la stanchezza mi colpì in pieno petto. Avevo male dappertutto. Avevamo trascorso due giorni a ripulire il settore Bariloche e a raggruppare i sopravvissuti. La maggior parte era stata evacuata nel settore Andorra, in modo che fossero sottoposti alle cure necessarie. Quelli che si trovavano in condizioni migliori, invece, erano andati nel settore Norse e nel settore Winter. E una manciata di lupi era stata inviata ad altri alleati in giro per il mondo, tra cui due lupi Ash che si erano recati nel settore Shadowlands.

L'ultimo volo conteneva un gruppetto di omega provenienti da vari angoli del globo. Enrique si era offerto di portarle a casa, dicendo che era il minimo che potesse fare per ripagare il nostro aiuto. Sarebbe tornato da noi la settimana dopo. Mio fratello aveva ritenuto che fosse la soluzione migliore, perché avrebbe tenuto impegnato Enrique mentre i medici del settore Andorra si occupavano di Joseph e Savi.

Con un sospiro, azionai il carrello di atterraggio e mi rilassai sul sedile.

«Sei stato bravo» disse Kazek con un tono stranamente serio. «Molto bravo».

Le mie labbra si arricciarono di lato. «Meglio di Praga».

«Decisamente meglio» confermò. «Hai avuto solo un piccolo imprevisto con una mina. E stavolta non sei stato morso».

Sbuffai. «A Praga non mi hanno morso».

«Certo, certo».

«I denti nei jeans non contano. Non mi ha lacerato la pelle».

Kazek ci rifletté sopra. «Okay, va bene. Solo mezzo punto in meno».

Alzai gli occhi al cielo. «Niente punti in meno se non esce sangue».

«Sono stato io a dirlo?».

«Sì».

«Merda» mormorò. «Credo di dover rivedere le mie regole».

«Perché? C'è un altro covo di Infetti in cui vuoi gettarmi?».

«Forse non tu, ma Winter». E sorrise con un'espressione sognante. «Vuole andare a caccia di zombie con me».

Ridacchiai. «Il tuo appuntamento ideale».

«E qual è il tuo?» domandò slacciandosi la cintura. E lanciando un'occhiata eloquente alla borsa che si trovava sul sedile posteriore, contenente la testa di Carlos.

«È un pegno» spiegai. «Per dimostrarle che sono degno di lei».

«Non ne hai bisogno, Mick» rispose. «Sei uno degli alfa

più degni che abbia mai conosciuto. E questa è un'ottima cosa, perché non sono più sicuro di chi vincerebbe un combattimento tra noi due».

«Tu» risposi senza esitazioni. «Perché mi inchinerei a te».

«Già» concordò. «Solo che lo farei anch'io, ancora più in fretta, e poi vincerei comunque».

Sbuffai e mi slacciai la cintura di sicurezza, pronto a scendere da quel maledetto aereo. Ma Kaz mi bloccò appoggiandomi una mano sulla spalla. «Winter ha detto che posso tenere Alana come mia vice». Catturò il mio sguardo, la sua espressione seria era tornata. «Ho deciso di accettare solo perché hai un'opportunità migliore davanti a te. Altrimenti, ti obbligherei a essere il mio Secondo».

Aggrottai la fronte. «Un'opportunità migliore?».

«Dai, Mick. Sai benissimo che tuo padre ti sta preparando. Senza me e Alana, sei la scelta più ovvia: diventerai il suo Secondo nel settore Norse. E non mi stupirebbe se un giorno dovessi prendere il suo posto».

Valutai la sua affermazione e tutto quello che aveva messo in moto mio padre. «Non fa altro che insegnare, non è vero?».

«Sì, cazzo» borbottò Kaz, ma colsi un lampo di divertimento nei suoi occhi. «Mi ha chiamato per informarmi dei tuoi piani per il settore Bariloche come cortesia professionale, dicendo che gli sembrava giusto, visto che io lo avevo avvertito della tua precedente telefonata».

«Perché sapeva che saresti volato subito giù per unirti a noi per un bel bagno di sangue».

«Sì». Sorrise. «Sapeva anche che non avrei mai permesso che ti succedesse qualcosa. Ma hai dimostrato di non aver bisogno di me, a parte l'incidente con la mina».

«Che non mi permetterai mai di dimenticare, vero?».

«Non per molto, molto tempo. Voglio dire, ci sei quasi finito sopra. Era a meno di un metro...».

«Okay, okay, okay» dissi, mettendolo a tacere con un gesto della mano mentre mi alzavo in piedi. «Mi hai salvato di nuovo la vita. Senza di te sono perduto. Bla, bla, bla».

Scoppiò a ridere. «Non ho detto questo».

«Non ancora, ma lo farai. Così come continuerai a tormentarmi per Stoccolma». Andai a prendere la borsa con la testa di Carlos e lanciai un'occhiata a Kaz. «Mi hai lasciato con una sola pistola e mi hai rubato l'aereo».

«L'ho solo preso in prestito».

Mi avviai verso l'uscita con lui alle calcagna. «E poi mi hai rimproverato perché ci ho messo troppo tempo».

«Sei stato lentissimo» disse.

«È quello che succede quando ti buttano in un covo di Infetti con sei fottuti proiettili».

«Non è colpa mia se non li hai usati con saggezza».

«È assolutamente colpa tua, visto che non mi hai dato nessun preavviso» ribattei, uscendo dal velivolo e scendendo lungo la scaletta.

«Avevi le zanne come arma di riserva» insistette. «E avresti potuto trasformarti per correre più velocemente».

Scossi la testa. «Non lascerai mai che lo dimentichi».

«No» confermò. «E ora mi hai dato altro materiale con cui tormentarti».

Sospirai e mi avviai verso l'edificio. Poi ci ripensai, mi fermai e decisi di smetterla con i nostri piccoli battibecchi. «Grazie di essere venuto con me, Kaz». Era importante che glielo dicessi. Non solo perché era vero, ma perché avevo la sensazione che ci stessimo ufficialmente separando. Non per sempre. Ma stavamo intraprendendo due percorsi nuovi e diversi.

Mi osservò.

Io feci lo stesso con lui.

Poi Kaz annuì. «Non ho intenzione di abbracciarti, Mick».

«Bene. Non mi piace quando mi tocchi».

Mi fissò.

Lo fissai.

E lentamente sorrise. «Mmh... approvo». Mi diede una pacca sulla spalla e indicò l'edificio con un cenno del capo. «Ora vai dalla tua omega».

Non me lo feci ripetere. Era come se il mio cuore si fosse fermato per quelli che mi erano sembrati anni. Avevo bisogno che Kari lo rianimasse. Raggiunsi rapidamente l'ascensore e salii nella nostra suite.

Lei mi stava aspettando all'ingresso, con uno sguardo talmente colmo di speranza da farmi male al petto.

La mia femmina era diventata una lupa completamente diversa, che sorrideva e credeva in un futuro migliore.

Ma quando il suo sguardo si posò sulla borsa che avevo in mano, sentii che quella luce si affievoliva un po'. «L'hai fatto» mormorò.

«Sì» risposi. «E ho ucciso anche i due medici che ti avevano operata». Avevo trovato le sue cartelle cliniche nello studio di Carlos, quando avevamo esaminato tutti i fascicoli per stabilire la priorità dei raggruppamenti per i sopravvissuti. «Ho un video di loro che bruciano, se vuoi vederlo» aggiunsi.

Lei annuì lentamente. «Sì».

Riuscii quasi a sentire Kazek che approvava la sua sete di sangue. Forse un giorno l'avrei portata a caccia di Infetti. Potevamo organizzare un doppio appuntamento con Kaz e Winter.

Il pensiero mi strappò un piccolo sorriso, ma ora avevo qualcosa di più importante da fare.

Dovevo aiutare Kari a bruciare il passato.

Iniziando con la testa di Carlos.

EPILOGO

KARI

Diversi giorni più tardi

F issai la porta, studiandone i cardini e il legno liscio.

Dietro di essa, si nascondeva una parte di me che non avrei mai riavuto indietro. Un'anima distrutta che era avvizzita e morta di una morte dolorosa. Una morte che avevo scelto io.

Non ero più quella donna.

Non ero più un guscio vuoto e spezzato. Non ero più un segmento di esistenza in frantumi. Non ero più un'omega ridotta in schiavitù.

Ero Kari Mickelson, la compagna di Sven Mickelson.

E finalmente stavamo tornando a casa.

Premetti il palmo sul legno, dicendo addio per l'ultima volta e lasciandomi il mio vecchio mondo alle spalle. In quella stanza avevamo bruciato la testa di mio padre. Avevo pianto. Non per la perdita, ma per la sofferenza che mi aveva inflitto, per la distruzione che aveva provocato nella mia anima, e quella parte oscura di me era morta insieme a lui.

Perché non poteva più farmi del male.

Era tutto merito di Sven. Mi aveva salvata. Mi aveva dato fiducia. Mi aveva trasformata in una donna nuova, nata dalla forza e dalla *speranza*.

Era il compagno perfetto, l'altra metà della mia anima, e quando mi voltai per guardarlo in faccia, capii che era anche il mio *per sempre*.

«Ti amo» sussurrai, pronunciando le due parole che avevo trattenuto fin da quando gliele avevo dette al telefono. Quel giorno ero seria e convinta dei miei sentimenti, ma mai come ora. Una parte di me aveva paura ed era preoccupata per il suo compagno. Ma adesso sapevo che era sano, vivo e decisamente mio. Così glielo dissi con una nuova determinazione, mostrandogli con gli occhi quanto fosse profondo il mio amore per lui.

Lui mi prese tra le braccia. «Ti amo anch'io» mormorò con le labbra sulle mie. «Ora andiamo a casa».

Annuii.

Il mio futuro era nel settore Norse. E pur sentendo ancora quel brivido di inquietudine, scelsi di fidarmi del mio destino. Di fidarmi di Sven. Di fidarmi di me stessa e della mia lupa. Mi era stata vicina quando ne avevo avuto più bisogno, e ora avrei seguito sia il suo istinto che il mio.

«Sì» sussurrai, prendendogli la mano. «Andiamo a casa».

Con il mio compagno.

Con il mio amore.

Con la mia anima completamente guarita.

Il futuro non era mai stato così luminoso. E ora avevo l'eternità dalla mia parte.

Al destino, pensai, lanciando un ultimo sguardo alla suite che aveva cambiato tutto. *Alla vita*.

IL SETTORE BLOOD
Un romanzo della serie V-Clan

Quinn McNamara
Sangue. Morte. Guerra.
Una dinastia distrutta.
E io sono il premio finale.

Sono un'omega senza un compagno. Una principessa
destinata a governare. Ma tutti i principi alfa rimasti
vogliono rivendicarmi con i loro metodi violenti e
terrificanti.

Ho trascorso l'ultimo secolo a fuggire, a nascondermi in
luoghi dove nessuno avrebbe mai pensato di cercarmi.
Solo che *lui* mi ha trovata. Il principe Kieran, il mutaforma
più potente di tutti.

La nostra partita a nascondino è finita.
È giunto il momento che mi sottometta.
O che muoia lottando.

Kieran O'Callaghan

La mia furfantella mi è già sfuggita una volta. Si è divertita a farsi dare la caccia in giro per tutti i settori. Ma finalmente ho trovato il mio premio.

Povera piccola cara, pensava che rispettassi le regole della cavalleria e del corteggiamento. Ma io sono un alfa e un principe. Prendo quello che voglio, quando voglio, come voglio. E il suo dolce sangue invita il predatore che è in me a distruggere tutti i suoi sogni di un lieto fine.

Lascerò che gli altri principi si godano le loro guerre. Finché si inchineranno a me come re del settore Blood, non interverrò.
Inoltre, adesso ho una nuova omega da domare. È ora che le metta in testa una corona e la renda la mia regina.

Nota dell'autrice: Questo è un romanzo autoconclusivo con temi vicini all'Omegaverse. Kieran è uno spudorato principe alfa e Quinn un'esuberante principessa omega. Una coppia diabolica che vi riserverà molte sorprese.

PLAYLIST MUSICALE

Animals - Architects
Dead Butterflies - Architects
Dying Is Absolutely Safe - Architects
Flight without Feathers - Architects
Haunting - Halsey
Heaven's a Lie - Lacuna Coil
Immortalized - Hidden Citizens
Lithium - Evanescence
Little Wonder - Architects
Purify - Lacuna Coil
Stay Alive - Hidden Citizens
Wicked Game - Three Days Grace
World of Shame - Ego Likeness
Wrong Side of Heaven - Five Finger Death Punch

Lexi C. Foss, che con i suoi libri è in cima alle classifiche di *USA Today*, ama giocare con i mondi oscuri. Soprattutto quelli che mordono. Vive ad North Carolina con il marito e i loro figlioletti pelosi. Quando non è impegnata a scrivere, ama viaggiare e inseguire eclissi in giro per il mondo. È una donna eccentrica che beve troppo caffè e adora nuotare.

Vuoi ricevere sempre le ultime novità sui libri di Lexi? Iscriviti alla sua newsletter qui.

A Lexi piace anche chiacchierare con i suoi lettori su Facebook nel suo gruppo esclusivo - Unisciti qui.

Dove trovare Lexi:
www.LexiCFoss.com

I LIBRI DI LEXI C. FOSS

Alleanza di Sangue

Desiderami - Nyx/Vesperus

La Vergine di Sangue

Sangue Reale

Il Morso dell'Alfa

Anime Ribelli

Il re vampiro

Un morso crudele

Dark Provenance

La figlia della morte

Il figlio del Caos

L'amante del peccato

Lupi V-Clan

Il settore Blood

Reject Island

Carnage Island: Artigli Crudeli & Morsi Proibiti

Serie della Maledizione degli Immortali

Le Leggi del Sangue

Legami Proibiti

Cuore di Sangue